講談社文庫

琥珀のまたたき

小川洋子

講談社

琥珀のまたたき

1

よく晴れた暖かい日の午後、アンバー氏に会いたいと思ったら、裏庭の木立に沿って並ぶベンチを探したらいい。枝葉の影が差していない、日溜りの真ん中にあるベンチに彼は腰掛けている。骨ばった背中を丸め、心持ち首を傾け、左側の目を日差しの方に向けてじっとしている。

サロンのテラスから庭を見渡し、その姿を目に留めると、私はゆっくりベンチに歩み寄ってゆく。

「こんにちは」

「ああ、君だね。元気かい」

「はい」

私は彼の右側に座る。

彼の声はとても小さい。びっくりしたり大笑いしたり怒ったりする時でさえ、ほとんどささやくような声しか出さない。遠くにいる誰かに用がある時は、偶然その人が近寄ってくるまで辛抱強く待っている。

初めて彼を発見した人々はまず、その発声に異常を感じ、療法士の訓練を受けさせたけれど、もはやどうしようもなかったのだと、いつか誰かが噂していた。大きな声を出すこと、余計な物音を立てることは、

「ママの禁止事項だからね」

と、まるで今でもすぐそばにママがいるかのように、彼は言った。ママの禁止事項。この一言は他のどんな言葉よりもいっそう小さな声で、慎重に、しかし深い優しさをたたえて発せられる。それを一度でも耳にすれば、彼がどんなに母親を愛していたかが分かる。

そんな彼の話し方が私は好きだ。どんなに顔を寄せ合っても、耳をそばだてるためだからと言い訳ができる。秘密めいて消え入りそうなこのささやきを、今聞き取っているのは自分一人だ、花壇の花びらを揺らす風もそこに隠れる蜜蜂も、誰も邪魔できないのだ、という思いに浸ることができる。

私たちは長い時間、二人でお喋りをする。時折、開け放たれた館の窓から、バイオ

リンを調弦する音や誰かが練習するアリアが途切れ途切れに聞こえてくる。

「ええ、そうね。うん、それから？」

相づちを打つ私の声も少しずつ、ママの禁止事項にならって、耳元へ吹きかける息と変わらなくなってくる。

太陽が動き、足元に影が忍び寄ってくると、隣のベンチに移動する。彼の横顔に再び光が当たっているかどうか確かめる。

二人で話している間も彼の左目だけはこちらを見ていない。それは彼の名前そのもの、琥珀のような色合いを帯びている。半透明の中心に、黄褐色の光を浮かび上がらせ、ひんやりとした光沢に包まれている眼球。まだ濁りのない黒い瞳の持ち主だった少年が、琥珀という名前を授けられたのは、いったいどういう巡り合わせだったのだろうか。もしかしたらその名前こそが、彼の左目に地層を閉じ込めてしまったのかもしれない。

散歩する人たちが会釈しながら通り過ぎてゆく。気づかないまま彼は日差しを見ている。左目を補おうとして長年酷使されてきた右目は焦点がぼんやりとし、そこに映る私の姿も輪郭がにじんでいる。瞬きのたび、消え入りそうになる。

どこから流れてきたのか、タンポポの綿毛が髪にくっついているのを見つけ、手をのばしてそっと払う。

「失礼」

恥ずかしそうに彼は一瞬口元をゆるめる。私たちは日が当たる最後のベンチに移る。もう慣れたもので、合図など送らなくても上手く呼吸を合わせ、二人一緒に腰をかがめたまますっと移動できる。いつしかあたりには日陰の方が多くなり、空の色が少しずつ変わりはじめているのに気づく。風がでてきたのか、芝生に散らばる木漏れ日が揺らめいている。西門の鉄扉にとまっていた雀たちが飛び立ってゆく。

どのベンチに腰掛けても彼はすぐさま、ほとんど反射的に、左目を一番明るい方角に向ける。光に当たると琥珀色はさらに神秘的な模様を浮かび上がらせ、取り出してもっと近くで見つめたいような、あるいは結膜を破り、その奥に人差し指を浸してみたいような気持にさせる。指先はしんとした中をどこまでも深く埋もれてゆく。

私はよく知っている。彼の声が特別自分の耳にだけ届いていると感じるのは錯覚で、他にそれをちゃんと聞き取っている人がすぐそばにいるということを。彼の声がこんなにも小さい本当の理由は、地層の奥深く、琥珀の中に閉じ込められた人々にささやきかけているからだ、ということを。

最後のベンチが陰になる頃、私たちはお喋りを切り上げ、芝生を横切って館へ戻る。腕を取り合い、並んで歩く。

「じゃあ、また明日ね」

「ああ、また」

　そう言ってそれぞれの部屋へ分かれてゆく。


　ママが子どもたち三人に新しい名前をつけたのは、それまで住んでいた家を引き払い、昔パパが仕事用に使っていた古い別荘へ引っ越した時だった。

「今日を限り、前の名前は忘れましょうね」

　一人一人の手を握り締めながら、厳しい表情でママは言った。

「たとえ一度きりでも、たとえうっかりでも、それを口にしたら最後……」

　そこでたっぷりと間が取られた。

「名前の一音一音が種になって、口の中にぱっと舞い散るのです。やがて頬っぺたの内側から棘だらけの茨が……」

「えっ」

　真ん中の男の子が思わず両手で口をふさいだ。

「何か喋ろうとするたびに棘が刺さります。頬っぺたは柔らかいでしょう。根っこが食い込んでなかなか抜けません」

「でも、どうして……」

一番冷静なのは姉だった。下の弟はまだ小さすぎてよくわけが分かっていなかった。

「魔犬に呪いをかけられたのです。とっても残念だけれど」

ママは首を横に振り、ため息を漏らした。

彼らにとって魔犬は、滅多な場面で口にしてはならない決まりになっている、特別な響きを備えた単語だった。ママが一言、魔犬、と発音するだけであたりの空気を変えることができた。その時々、名前に関わる呪いの内容はさまざまに姿を変えたが(例えば、唇を破裂させるザクロや、顎を突き破って伸び続ける前歯など)、常に魔犬に変わりはなかった。それはいつどんな時でも、壁の向こう側で彼らを待ち構えていた。

こうして子どもたちには新しい名前が必要になった。ママのアイデアで、それらは『こども理科図鑑』の中から選ばれることになった。いつのクリスマスだったかパパが送ってきたきり、結局誰にも読まれないままずっと本箱の片隅に押しやられていた図鑑だった。

「さあ、目を閉じましょう。ズルはいけません」

最初は姉からだった。もちろん姉はズルなどせず、顔が皺だらけになるほどきつく目をつぶり、図鑑の真ん中からやや後ろよりのページを開くと、勢いよく一点を指差した。姉は、オパールになった。

「何て可愛らしい名前でしょうか」

喜ぶママの隣で姉は、自分の人差し指の先にあるまだら模様の小石に、黙って視線を落としていた。不意に自分と近しい間柄になってしまったその小石に、どんな表情を向けたらいいのか迷っている様子だった。

下の弟が姉と同じ〈鉱物〉のページを開いたのはただの偶然だったのか。ページの具合が開きやすくなっていただけのことなのか。とにかく彼はよだれだらけの手で瑪瑙を選んだ。写真で見る限りそれはオパールよりずっと地味な小石だった。真ん中の男の子は、〝馬の脳みそに似ているので、この名前がつけられました〟という一行を目にし、弟が気の毒になった。そんなことにもお構いなく、弟はママの膝によじのぼりお得意の歌をうたっていた。

自分の番になって『こども理科図鑑』を初めて手にした時、真ん中の男の子は思いがけない分厚さに戸惑った。こんなに立派なものをプレゼントしてもらったのに、パパに一言のお礼も言わなかったことが急に申し訳なく思われ、と同時に、この厚みの中からたった一つの何かを選ぶのが、重荷に感じられた。

〈星・天気〉〈海の動物〉〈昆虫〉〈植物〉〈熱とエネルギー〉〈気体・液体・固体〉〈ヒトの体〉……。ページはさまざまな項目に分類され、色分けされていた。図鑑の中身の入り組んだ様子を象徴する、細々とした色の重なり合いを見ていると、目がちかちかしてくるほどだった。

絶対に自分も、〈鉱物〉のページを開かなければならない、と彼は思った。自分一人、姉と弟からはぐれ、宇宙や海底に取り残されるのは耐えられそうになかった。たとえ馬の脳みそでもいいから三人一緒でなければ、魔犬の格好の餌食にされそうだった。彼はママに悟られないよううつむき、薄目を開け、睫毛の間から狙いを定めてこここそと決心したページを開いた。

「琥珀」

本人が確かめるより先にママが言った。目を見開いてすぐ、そこが〈鉱物〉の前の項目〈化石〉であるのに気づいて彼はしまった、と思ったがもう手遅れだった。

「とっても立派なお名前」

満足げにママは琥珀の頭を撫でた。

その夜、ベッドで姉がオパール、琥珀、瑪瑙の説明文を朗読してくれた。

「琥珀は松や杉などあらゆる木々の樹液が数千万年かけて化石になったものです。現在ではもう絶滅してしまった木の樹液もあります。鉱物と同じくらい固く、装飾品に利用されます。古代、虎の死骸が固まったもの、と信じられていました」

「じゅえき、って何？」

琥珀は尋ねた。

「木の幹を流れる、赤くない血みたいなもの」

オパールは答えた。

説明文を聞いて琥珀は安心した。項目は違っても琥珀がオパールや瑪瑙と同じ宝石であり、鉱物に引けを取らない年月をかけて誕生するものだと分かったからだ。そのうえ馬の脳に比べれば、虎の死骸の方がまだましに思えた。弟にはそんな違いなど理解できるはずもないのに、それでも姉は気を配り、〝馬の脳みそに似ているので、この名前がつけられました〟の一行は早口で済ませた。

新しい家で眠る最初の夜から、彼らはオパールと琥珀と瑪瑙になった。人の名前だとさえ気づいてもらえないまま、途方もなく長い時間地中に閉じ込められる、小さな一欠片になった。自分たちでそれを選んだのだった。オパールが十一歳、琥珀が八歳、瑪瑙はもう少しで五つになるところだった。

『こども理科図鑑』を閉じ、三人は同じベッドで一かたまりになって眠った。オパールを真ん中にはさみ、足を絡ませ、互いの頭を肩の窪みに埋め合って目をつぶった。もうこれ以上、誰も欠けることがないよう、毎晩そうやって眠った。

後年、名前の由来を尋ねられるたび琥珀は、自分たちが実に的確な名前を選んだ偶然に気づかされた。オパールのネックレスをした人を見かける時、当然のごとくオパールを思い出した。控えめなのに可憐で、どこかしっとりと温かみのある輝きにはっとし、胸を締め付けられるような思いにとらわれた。そんな時浮かんでくる彼女はいつもダンスを踊っていた。春の初め、ママが遅番の夜、一人庭で踊る姿だった。もうすっかり小さくなってしまったバレエシューズに無理矢理足を押し込め、長い髪を一つに結わえ、ママお手製の衣裳を身につけて、くるくるターンしたりジャンプしたりしながら庭中を動き回った。涸れた池の窪みも木々の根の盛り上がりも鼬の巣穴も、隅々まで知り尽くしている彼女は一度としてつまずいたりせず、あらゆる隙間をすり抜けることができた。以前習っていたクラシックバレエのパターンからスタートし、やがてそれを自在に変化させ、独特な動きを生み出していった。頭に黒ピンで留めた王冠がずれても、白タイツが土まみれになってもお構いなしだった。地面に爪先を立て、宙を横切り、ふわりと着地するたび、背中の羽が震えた。尻尾が小枝に触れてサワサワと音がした。茂みのあちらこちらから虫たちが飛び出し、彼女を祝福した。

汗ばむ首筋と髪の束を月が照らしていた。ぼんやりした光が彼女に当たると、弾む息に温められ、新たな明るさを得てあたりの暗闇を照らしているように見えた。規則正しい珪酸の配列が色とりどりの光を発するのに、自らは色を持とうとせず、ただ他者を映し出すばかりの、オパールだった。規則正しくあるために、彼女は平静さを求め、変動を恐れる。果てしもない水平の地層で、静かにゆっくりと形作られてゆく。

　琥珀と瑪瑙は手をつなぎ、子ども部屋の窓からオパールを眺めていた。オパールが踊る時、庭は普段思うよりもっと広々した世界になった。彼らにとっていつでも庭は広大だったが、彼女の踊りが更に奥行きを広げた。真っ直ぐに伸びる脚が落ち葉をまき散らし、指先が空中の何かをつかみ、背骨がしなって優美な軌跡を描くたび、暗闇の向こうに隠れていた空洞が次々浮かび上がってきた。時折、煉瓦の壁に沿って広がる、高く伸びすぎた欅の茂みに姿が遠ざかると、境界を踏み越えてしまうのではないかという心配にかられた。けれど大丈夫だった。彼女はちゃんと戻ってきた。世界の一番縁を爪先でなぞりながら、決して向こう側へ墜落する失敗は犯さなかった。珪酸の規律を保つため、ママの禁止事項を最も厳密に守ろうとするオパールが、そんな失敗をするはずもなかった。

　瑪瑙は自分で作った歌をうたった。その声はオパールにまで届いてはいなかったが、二人の歌と踊りはぴったり合っていた。にぎやかな調子のところではターンの速度が速まり、山場では池を飛び越える大ジャンプがあり、スローなテンポになるとうつむき加減になった。瑪瑙は即興で、その場に相応しい、しかしかつて誰も耳にしたことのない特別な歌を、いくらでもこしらえることができた。知っている言葉の数は少なく、お手本となる曲もほとんど知らないはずの彼の口から、次々とメロディーはあふれ出てきた。喋っているより歌っている時間の方が長いくらいだった。もちろんすべて、小声で歌われた。か細い息の中で、小さな音の連なりが雫になってきらめいているといった様子だった。そのきらめきは誰の耳も煩わせず、音符に残す暇もないまま、ふと気づいた時には、既に遠くへ流れ去っていた。

三人のうちで最も遠くまで心を解き放つことができたのは、間違いなく瑪瑙だった。煉瓦の壁の向こう側にはもう自分の居場所はないのだと、信じ込もうとしていたオパールと琥珀をよそに、彼だけは馬を操るように歌に乗り、やすやすと境界を越えていった。見たこともないはずの風景を歌に映し、広々した世界を駆けていた。

やがて琥珀は馬の脳みそが気味の悪いものなどではなく、不規則な曲線の層の隙間に底知れない賢さを秘めているのだと知った。三人の三番め、最もか弱い存在でありながら、オパールや琥珀より硬く、ひとたび砕かれると鋭利に裂けた。樹木と煉瓦に遮られた境目など簡単に切り裂けるほどの鋭さを、奥深くに隠していた。

庭の中央、枝を一杯に広げるミモザの根元でひざまずき、ポーズを取ったところでダンスは終りを迎えた。いつの間にか瑪瑙の唇も閉じられていた。二人は窓の外に手を出し、音の鳴らない拍手をした。オパールはスカートの裾を持ち上げ、本物のバレリーナと同じように恭しくお辞儀をした。風はないのに、彼女の踊りが暗闇を揺らしたからだろうか、満開のミモザの花が髪の毛にいくつもくっついていた。いつまでも止まない拍手に合わせ、繰り返しお辞儀をするたび、オパールからミモザが舞い落ちた。シューズはリボンが解け、縫い目が綻び、破れた爪先には血がにじんでいた。

琥珀はつい不用意に、以前の名前を口走ってしまうのではないか、という不安をなかなか拭えないでいた。注意しようとすればするほど、自分の意思とは裏腹に勝手に舌が動き出すような気がし、日に何度もそれを前歯で押さえつけねばならなかった。一番心配なのは寝言だった。眠りに落ちる瞬間、よく空耳が聞こえた。たいていは瑪瑙の髪の毛が耳元でこすれている音だった。目を閉じているだけで、オパールもまだ眠れずにいるのが分かった。

彼は何度も同じ夢を見た。茨の棘で口中を血だらけにしながら、熟して破裂した唇のザクロの実を、一生懸命摘まもうとしている夢だった。一方では、茨の種が根を伸ばす感触を味わってみたいと願う気持も、どこかに潜んでいた。できれば一粒でいいから、唇のザクロも食べてみたかった。

ある日彼はオパールが大事にしている毛糸編みの人形をこっそり持ち出し、パパの書斎に一人籠もって実験をした。そこは壁中の棚にびっしり本が詰まった、変なにおいのする埃っぽい部屋だった。長く雨戸が閉じられていたせいで、クッションや電球の笠や壁紙の継ぎ目に黴が生えていた。

それは死んだ祖母が孫のおくるみの残り糸で編んだ、お世辞にも可愛いとは言えない人形だった。ただオパールを際立たせるためだけに抱かれているような、しょぼくれた風情を漂わせていた。黄土色の胴体は不健康そうで、手足は伸びきってぶらぶらし、ボタンの目は縁が欠けていた。彼が彼女を生贄に選んだ一番の理由は、人形の中で唯一唇を持っているからだった。祖母は口に見立てた窪みの周りに、赤色の毛糸で鎖編みの唇をちゃんと縫い付けてくれていた。それはザクロを思わせる鮮やかな色合いを保っていた。

彼はクッションの黴を払い、人形を横たえ、唇を引っ張ったり緩めたりして、琥珀以前の名前を発音させた。無音の名がつぶやかれた。ことの重大さに気づかないまま、人形は相変わらず欠けた目を一生懸命見開くばかりだった。

彼は待った。息を殺し、瞬きも我慢して凝視を続けた。しかし、魔犬が仕掛けた罠にしては、劇的な変化は何も起こらなかった。口の中から何かが芽吹く気配も、唇が破れる気配もなかった。やはり人形では効果がないのだろうか、と思い彼はそれをクッションから抱き上げた。背中が青黒い黴まみれになり、いっそう病気じみて見えるのが唯一の変化らしい変化だった。仕方なく、オパールのおもちゃ箱にそのまま戻して知らん振りをした。

それでもしばらくは注意深く観察を続けた。オパールは黴の汚れには気づいていない様子で、普段どおり寝る前に話し掛けたり、踊りの練習をする時、椅子に座らせて見物させたりしていた。そういう間にも、鎖編みの唇から意識をそらさなかった。

相変わらずの人形を見て少しずつ彼は、新たな恐れが沸き上がってくるのを感じた。ママの言いつけに一番忠実なオパールが、禁を破った人形を、疑いも持たずに可愛がっている。自分の腕の中にあるのが魔犬の生贄だと知ったら、彼女はどれほどおののくだろう。魔犬は人形と一緒にオパールまで罰したりしないだろうか。鎖編みでは満足できず、本物の唇を求めるのではないだろうか。

ようやく彼は取り返しのつかないことを仕出かしたのだと気づき、オパールが人形を可愛がるのを見るのに耐えられなくなった。このままにしておいたら自分が想像するよりもっと悪い事態が起こりそうだった。彼は隙を見て再び人形を連れ出し、欅の木立に走り込んで壁の向こうにそれを投げ捨てようとした。一人で壁の際まで行くのは怖くてたまらなかったが、そんな弱音を吐いている場合ではなかった。

八つの彼に壁は高すぎた。苔むし変色した煉瓦はざらざらとして冷たかった。更に高くそびえる欅の枝と、空を覆い隠すほどに茂る葉が邪魔になった。彼は何度も失敗した。足首をつかんで思い切り投げ上げても人形は、張り出す枝にぶつかるか、塀の上に届く手前で弱々しい弧を描き、足元に落下してくるばかりだった。黴と土が混じり合ってますます人形は薄汚れ、ぐったりとしてきた。鎖編みは弛み、唇はねじれていた。いつママやオパールに気づかれるかと、焦れば焦るほど余計な力が入り、人形はもがくように手足をバタバタさせた。

最後、助走をつけ、自分も壁を越える勢いで力を込めた時、それは欅の枝に引っ掛かって留まった。幹を揺すってみたが、びくとも動かなかった。股を広げ、両手をだらりと下げ、ぽかんと宙を見つめていた。背中に枝先が突き刺さっていた。串刺しにされた、正真正銘の生贄になったのだった。どうすることもできず、彼はその場を離れるしかなかった。

人形が見当たらないことで動揺したのはオパールではなく、ママの方だった。

「まただわ。また、連れて行かれてしまった」

家中を探し回りながらずっと、ママはそうつぶやき続けていた。あらゆる場所を探しつくし、すっかり疲れ果て、床に座り込んでしまった時には、ほとんどうめき声も同然になっていた。琥珀にはとても本当のことを告白する勇気がなかった。

「また一人、減った」

「ただのお人形よ」

と、オパールは言った。

「毛糸でできた、古ぼけたおもちゃ」

「戻ってこない」

「平気よ。わたし、もう十一歳だから。いらなくなったおもちゃは、知らない間にどこかへ行っちゃうの。いつだってそう」

「どこかに隠れた抜け道があるに違いありません。窓を閉めなくちゃなりません」

「大丈夫。さっき琥珀が全部鍵を掛けたもの。ほら、カーテンだって引いてある」

オパールの声はどこまでも落ち着いていた。

カーテンの隙間からほんのわずか庭がのぞいているのを、琥珀はひやひやしながら気にしていた。欅の木立は夕暮れに包まれ、例の場所がどのあたりかもよく見えなくなっていた。

「身代わりになってくれたのよ、きっと」

一段と声を落としてオパールは言った。

「わたしたち仲良しだったから、代わりに魔犬のところへ……」

ママは何か言おうとしたが、かすれた息が漏れるばかりだった。

「抜け道はとっても小さいのね。お人形しか通れないくらい。わたしたちは三人とも大丈夫よ。お人形よりずっと大きいんだから」

琥珀の振る舞いをすべて見ていたのではないかと思うくらいオパールは、人形の失踪について正しく理解していた。自分の持ち物が失われたのに不満も漏らさず、投げやりにもならず、人形が陥った偶然の事態を見通して、それが指し示す意味さえ読み取っていた。

オパールの言うとおり人形は、魔犬の通り道を封じる護符のように宙の一点に留まり、壁の向こう側に続く空を見つめ続けた。強風が吹いてもヒヨドリにつつかれても落ちてこなかった。欅が葉を落とす季節には枝の陰に隠れ、芽吹きの頃になるといち早く新芽の中に身を潜めた。雨と雪に濡れ、太陽に照らされ、毛糸は手足の先から少しずつ朽ちて解けていった。糸くずは落ち葉と一緒に風に吹き飛ばされた。

時折琥珀はその下に立ち、人形の様子が移り変わってゆくのを眺めた。通り道がきちんと塞がれているかどうかを確かめた。いつしか人形だった頃の名残は失せ、ただの奇妙なかたまりとなり、枝の瘤か鳥の巣の残骸と見分けがつかなくなってもまだ、それはそこに留まり続けた。彼らが壁の外へ出るその日までずっと、自らに課せられた役目を果たし続けた。

人形事件のあとほどなく、琥珀は以前の名前を忘れた。もはや舌を前歯で押さえつける必要も、寝言に怯える必要もなくなった。彼は今でもまだ、それを思い出せないでいる。

すべてのはじまりは妹が死んだことだった。三つになったばかりの妹は、ある日公園で野良犬に顔をなめられ、翌日から高熱を出し、そのままどんどん悪化してあっという間に死んでしまった。お医者さんには肺炎だと言われたが、ママはその病名を受け入れようとしなかった。

「野良犬のせいなんですね。犬の舌のせいなんですね」

いくら否定されても納得せず、ママはお医者さんに繰り返しそう詰め寄った。

「ご覧になって下さい。頬の赤い紋様。ちょうど犬がなめたところです」

熱のために赤くなった頬を指差してママは言った。まるで妹の病気より、犬の方が大問題であるかのようだった。

「犬の形をしているじゃありませんか。忌まわしい犬の紋様が、ほらこんなに大きく顔を覆って……」

お医者さんはもうこれ以上係わり合いになりたくないといった様子で、うんざりした視線をママに向けた。

「野良犬の舌になめられて死んだかわいそうな子」

以来、ママは妹のことをそう呼んだ。

公園にはきょうだい四人とママ、家族全員が一緒にいた。姉と妹はシロツメクサの首飾りを作り、男きょうだい二人はでんぐり返しの練習をしていた。犬はどこに隠れていたのだろうか。焦げ茶色の斑がある、細い尻尾と、垂れた耳を持つ、ありふれた雑種だった。痩せて肋骨が浮き出していた。誰にも気づかれない間にトコトコと姿を現し、男の子たちの前を通り過ぎ、妹の前で立ち止まると一度だけ彼女の顔をなめた。四人の子どものうちから、何の迷いもなく妹一人を選んだ。飛びかかろうとしたり嚙み付こうとしたりする気配はなかった。あらかじめ手順が決められているのです、とでもいうような落ち着き払った動きだった。礼儀正しくさえあった。貧相な体つきには不似合いなほどたっぷりと長く、厚みのある舌だった。てらてらとしたその薄桃色がなぜか琥珀の目に焼きついた。妹はシロツメクサの首飾りを握り、何が起こったか理解できないままに犬を見つめていた。

次の瞬間、ママは悲鳴を上げ、妹に走り寄るなり犬の腹を蹴り上げた。「キャン」という悲鳴とともに犬は宙を舞った。犬とはこんなにも高く飛び上がるものなのかと驚きつつ、子どもたちはそろって頭上を見やった。やがて犬は脱げたママの革靴と一緒に地面に落下してきた。騒ぎを聞きつけて公園中の人々が集まってきたが、そこにはただきょとんとした表情を浮かべる四人の子どもと、ケンケン跳びで靴を拾いにゆく母親と、ぐったり横たわる犬の姿があるばかりだった。

野良犬と肺炎が無関係なのは明らかだったが、それでもやはり、この小さな出来事の翌日から、彼らをめぐる状況が取り返しのつかない方向へ舵をきったことに間違いはなかった。明け方、犬の舌に巻きつけられ暗闇に引きずられるようにして、妹は息を引き取った。オパールの真似ばかりしている、おませでお喋り好きな、きょうだいの最後尾にちょこんと収まった女の子だった。〈鉱物〉あるいは〈化石〉のページから自分にぴったりの名前を指差す間もなく、たった一人、欠け落ちていった。

「お別れです」

葬儀屋に促され、子どもたちは順番に最後のお別れをした。琥珀は棺を覗き込み、ドライアイスと花に包まれた妹に顔を寄せた。頰の紋様は花に埋もれ、それが本当に犬の形をしているかどうか確かめようもなくなっていた。ふと微かなにおいが鼻をかすめた。野良犬の舌のにおいだろうか、と琥珀は思った。興奮して棺の周囲を駆け回る瑪瑙を、オパールが抱き上げた。ぐずって瑪瑙は泣いた。その間ママがどうしていたのか、琥珀には思い出せなかった。当然すぐそばにいたようにも思うし、一人だけどこか誰にも気づかれない場所にたたずんでいたような気もした。彼が覚えているのはただ、おぼつかない足取りで走る弟が、棺の角に眉間の急所をぶつけるのではないかと心配だったことと、野良犬の舌のにおいだけだった。

葬儀場からの帰り道、公園の裏口で死んでいる野良犬を見つけた。ポンプ小屋の脇のじめじめした日陰に、四本の脚を真っ直ぐ伸ばして横たわっていた。半開きの口から垂れる舌は既に変色し干からびていたが、それでも琥珀にはあの犬だとすぐに分かった。腹にママの靴跡が、青黒い内出血となって残っていたからだった。それは妹の頬にあるとママが主張する紋様よりもずっとくっきり、おぞましい刻印のように肋骨に張り付いていた。幸いにも気づいたのはオパールと彼だけだった。二人ともママがこれ以上犬に何かするのを見たくなかった。彼らは黙って足早にそこを通り過ぎた。

それからしばらくのち、彼らは残された家族四人で旅に出ることになった。妹のいない世界を生き抜くための、帰り道のない旅だった。

2

　夕食のあと、アンバー氏と私はギャラリーを見物する。A館とB館をつなぐ渡り廊下が、皆の作品を発表するためのギャラリーになっている。先週までは銅版画、その前は彫刻だった。昨日、作品が一点売れたと言って版画家が喜んでいた。ここでそういうことが起こるのは珍しい。年金以外の収入を得たのは十年ぶりだと、彼女自身がふれ回っていた。購入したのは毎月一回やって来る、巡回理容店の理髪師さんだった。孫娘の結婚祝いに贈るらしい。

　今は303号室に住むカメラマンの作品に切り替わっている。私たちは一点一点鑑賞しながら、A館からB館へ向かって歩いてゆく。写真はモノクロで、生きものは写っていない。カメラマンはクリスマスや誕生会の折り、快く撮影係を引き受けてくれる気のいい老人だが、作品はどれもうら寂しく陰鬱としている。スープから取り出されたブーケガルニ、歩道に描かれたチョークの印、沼のほとりのぬかるみに残る足跡、へその緒、燃え尽きた焚き火、ダムに沈んだ村の住宅地図、有効期限の切れたパスポート……。渡り廊下の真ん中あたりでようやく私は、事が起こったあとに取り残された何かの写真ばかりなんだな、と気づく。

私たちはずっと黙っている。どこの美術館でも博物館でも、アンバー氏ほど熱心に展示物を鑑賞する人に私は出会ったことがない。彼はしばしば目が不自由だと誤解されるが、本当は違う。他の誰とも異なる独自のやり方で世界を見ることができる人なのだ。今目の前にある一点だけでなく、その由来も未来も、すべてを一続きの一瞬一瞬として感じ取っている。彼の琥珀の奥でだけ、時間が本来あるべき姿で流れている。

彼の目にはきっと、歩道に飛び降り自殺した人の遺体も、水を飲みに沼に集まってきた鹿の群れも、ダムの底で時報を鳴らす村役場の時計塔も、はっきりと見えているに違いない。だから一枚一枚の写真の前で、彼には長い間が必要になる。彼の琥珀には、流れる時間のあらゆる一瞬が映し出される。アンバー氏は他の誰よりもゆっくりと時間をかけて生きている。

サロンで食後の談笑を楽しんでいた人たちはもう引き上げたのだろうか。さっきまで漏れていたざわめきとピアノの音は消え、渡り廊下は静まり返っている。窓はなくても、夜の気配が足元から立ち込め、外が月明かりさえない闇に包まれているのが分かる。薄ぼんやりした先に、B館へ続く扉が見える。いくらA館の物音が途絶えても、B館の静けさにはとてもかなわない。B館のベッドには、もう喋れなくなってしまった人々ばかりが横たわっている。

私たちは一緒に、あらゆる出来事の痕跡に立会いながら、B館へ向かって一歩ずつ歩み寄ってゆく。

彼らがたどり着いた父親の別荘は、温泉町の中心からバスで二十分ほど走った、高原のはずれにあった。子どもたちは皆、そこに来るのは初めてだった。別に家庭を持っていた父親は、四人もの子どもを作りながら結局ママとは正式に結婚せず、一度も一緒に暮らすことのないまま、四人めの子がお腹にいる間に関係を清算した。クモ膜下出血で倒れ、体が不自由になったのが一番のきっかけだったが、それ以前から状況は修復不可能なところまできていた。辺鄙な湯治場に建つ、その古ぼけた木造の二階家が手切れ金代わりとなった。

父親は出版社を経営していた。図鑑専門の出版社だった。オパールたちが生まれる以前、やり手のワンマン社長としてユニークなヒットシリーズをいくつも世に送り出していたが、いつの頃からか読者に顧みられなくなった。時代のせいなのか経営手腕の問題なのか、ふと気づいた時には既に手遅れになっていた。必要とされなくなった図鑑たちは片隅に追いやられ、邪魔物扱いされ、いつしか姿を消していった。倒産の痛手から立ち直れないまま、彼は長い余生を送っていた。

子どもたちは父親の作った図鑑が書店に並んでいるのを見たことがなかった。出版社の名が父親の苗字と同じだと知っていたオパールは、移動図書館のマイクロバスがやって来るたび密かに父親の図鑑を探したが、期待は毎回裏切られた。一度だけ彼女がそれを目にしたのは、書店でも図書館バスでもなく、廃品回収の集積場だった。バレエのレッスンからの帰り道、T字路の角に積み上げられた新聞や雑誌の山に何気なく目をやった時、人体の不思議シリーズ全九巻が、束になって転がっているのを発見した。ビニールひもを解いてもっとよく確かめようとしたが、結び目がきつくてどうしようもできなかった。もう二度とページが開かれる必要はないのだ、と誰かが宣告しているかのような厳重な縛り方だった。背表紙は窪み、角は磨り減り、一冊一冊の区別がつかないほどに密着して、ただのかたまりになっていた。変色しうねるページが不気味な縞模様を浮き上がらせていた。それでもどうにか出版社名を判読することはできた。ページをめくる代わりにオパールは、縞模様を指でなぞってみた。不意にどさりと音がして、かたまりが足元に転げ落ちてきた。悪戯をとがめられたようにオパールははっとして息を飲み、振り向きもせずT字路から走り去った。走りながら幾度も人差し指をスカートにこすりつけたが、指先はいつまでもじめじめしたままだった。

父親がそこに別荘を建てたのは、不妊と呼吸器疾患に効用があるとされる温泉のためだった。森で発作に襲われた美しい村娘がハクビシンに導かれるままその湯に入り、命を取り留めたばかりでなく、青年に姿を変えたハクビシンとの間に元気な赤ん坊を授かった、という言い伝えが残っていた。正妻には子どもがいなかった。

目ぼしい観光地もない地味な町ながら、割合大きな温泉療養施設があり、それを中心にして拓けていた。町の通りにはいつも、不妊症の女性と喘息持ちの子が行き交っていた。ただ効用が本当なのかどうかは誰にも分からなかった。正妻は結局一度も妊娠しなかった。

受胎のための別荘を慰謝料にされたママは憤慨し、ずっと放置していたが、新しい生活をスタートさせるのにそこがうってつけの場所であると気づいて初めて、会ったことのない正妻に感謝した。あたりには唐松林が広がり、隣家は遠く、広々とした庭は煉瓦の壁で囲まれていた。そのうえ長年手入れをされないままに生い茂った庭木のせいで、家の姿は大方隠れ、どんなに目を凝らしても青いスレートの切り妻屋根がかろうじて見えるだけだった。

ママは二階の一番広い部屋を三人の子ども部屋にした。まず殺風景な壁を飾るため、絵葉書や雑誌やポスターからお気に入りの図柄を切り抜いて、一面に貼り付けるところからはじめた。リス、お城、スズラン、フランス人形、馬車、野うさぎ、蝶々、きのこ、宝石箱……。さまざまな可愛らしいものたちで、部屋は埋め尽くされていった。ドアの周囲では数珠繋ぎになった天使たちが竪琴を爪弾き、暖炉の脇にはカテドラル、飾り戸棚の上には宮殿がそびえている。花園はあちらこちらで満開を迎え、花びらの陰から小人や牧神が顔をのぞかせ、お姫様がフキノトウのベッドで昼寝をしている。

子どもたちも大騒ぎをしながら手伝った。さかさまになったり重なり合ったりしても構うことなく、手当たり次第に貼り付けていった。背が届かないところはママが担当した。壁を埋めるだけでは満足せず、ママは天井からリボンで、オリオン座や虹や人工衛星や気球をぶら下げた。瑪瑙は洗面器に溶いた糊を混ぜるのが気に入り、刷毛を振り回してそこら中を糊だらけにしたが、大げさに逃げる振りをするだけで誰も怒らなかった。このもの珍しい遊びのおかげでオパールと琥珀は、友だちにさようならも言わず別れた心残りも、見知らぬ場所にやって来た不安も、花に埋もれた妹の死顔も、ひととき忘れることができた。

貼る場所がどこにも見つからなくなった時ようやくママが、

「さあ、これでいいでしょう」

と言った。色とりどりで、自由気ままで、なのに少しもごちゃごちゃとうるさくなく、むしろ寄せ集めの材料で編まれた鳥の巣のように、居心地のいい部屋になっていた。ほんのわずかの隙間も見当たらず、いくら飛び跳ねても落下する心配のない巣だった。天使か小人か牧神か、何かが常に子どもたちを見守っていた。

ママは三人に、この部屋の住人に相応しい格好をさせるため、洋服をアレンジした。外の世界から持ち込んだ服をそのまま着ることは禁じられた。ママは数日、ミシンを踏み続けた。三人分のあらゆる衣類に何かしらの細工が施された。琥珀のズボンと瑪瑙のロンパースには尻尾が、オパールのブラウスの背中には羽が縫い付けられた。角の生えた帽子もあれば、背鰭のあるセーターもあった。フェルトの王冠、厚紙の剣と仮面、タッセルのベルト、などなど小道具も揃えられた。あり合わせの材料で工夫されたそれらは、ママの真剣さとは裏腹にどこか間が抜けていた。カーテン生地を細長く切って縫い合わせた尻尾は、所々中に詰めた綿がはみ出していたし、帽子に突き刺したチキンの骨は変なにおいを発していた。オパールの王冠はどんなにきちんと頭に載せようとしても、柔らかすぎてすぐにぐったりとなってしまった。

それでも三人はママの禁止事項を守った。急に自分に尻尾が生えて瑪瑙は大喜びした。わざと尻尾を床に叩きつけながら走ろうとして、それを踏んづけ、何度も転んだ。瑪瑙の尻尾はすぐ、丸い毛糸玉に取り替えられた。

「壁の外には出られません」

最も大事な禁止事項を、ママは言い渡した。

「魔犬のせいね」

オパールが言った。

「そうです。次の子どもを狙って、すぐそこで待ち構えているのです」

すぐそこ、と言いながら窓の向こうを指差した時、天井からぶら下がる気球がママの腕に触れてクルクル回転した。フクロウとオットセイとモグラが仲良く乗った、チョコレートの箱から切り抜かれた気球だった。

「決して、一歩も……」

分かったわ、ママ、と答える代わりにオパールは、目を半ば覆うほどにずり落ちてきた王冠を直そうともせず、琥珀と瑪瑙の手を取ってきつく握り締めた。頭や背中やお尻に余分なものをくっつけたまま、三人はそろってうなずいた。

ママは門を鍵で閉ざした。子どもの力では回せない頑丈な鍵だった。

以来、彼らは壁の外へ一歩も出ることなく、その閉ざされた家で暮らした。電話もテレビも新聞も知らず、学校へも通わず、生きた友だちは庭の昆虫と小動物だけだった。琥珀は以前の名前を忘れるのと同じく、外の世界で過ごした記憶を無意識に心の底に沈め、生まれた時からずっとここにこうしているのだと錯覚するようになっていた。瑪瑙はほとんど、丸い尻尾を持ってそこで生まれたも同然だった。

オパールだけはバレエ教室や遠足やデパートや、弟たちが忘れてしまった思い出を蓄えていたが、それを懐かしんだりはしなかった。ただ弟たちはオパールが知っている外の世界のお話を、しばしばせがんで聞きたがった。特に唐松林がゴーゴーと唸る風の強い日や、静まり返った夜空に魔犬の遠吠えが響く夜、恐ろしくて眠れない二人の少年のためにオパールのお話は役立った。彼女は辛抱強い語り手だった。そのうえ、どんなテーマでも、リクエストされればすぐさま、手元に紙芝居を持っているかのような鮮やかさで話すことができた。思い出というものは全部頭の中の紙に一枚一枚描かれていて、必要に応じて取り出せるものなのだと、琥珀は信じた。オパールの記憶は『こども理科図鑑』に匹敵する実務的教科書であり、同時に未知の国を映し出すおとぎ話だった。

彼らは少しも退屈しなかった。庭にも、子ども部屋の壁にも、書斎にも、探検すべき場所はいくらでもあったし、一旦そこへ潜り込めば、遊びのバリエーションはごく自然に増えていった。三人はすぐさま、大きな声と物音を立てない、というママの禁止事項を守りつつ、思いきり楽しむ術を身につけた。壁の外側にいた時より内側に閉じこもってからの方が、ずっと広い世界にいるような気持になれた。

もちろんただ遊ぶばかりではなく、ママが台所の柱に留めた時間割に沿って、規則正しく課題をこなしていった。乾布摩擦、塗り絵、日光浴、縄跳び、おやつ、昼寝、水浴び、遠方凝視、合唱……。季節や天気によって項目は変化したが、週六日、午前中の勉強時間だけはずっと同じだった。黴だらけの壁紙を張り替えた父親の書斎が、勉強部屋になった。そこには売れ残り、忘れ去られた大量の図鑑が仮死状態の標本のように保存されていた。それが彼らの教科書だった。

一方ママは温泉療養施設で付添婦として働くことになった。体質改善のために療養する人たちの、洗濯をしたり買い物を手伝ったり話し相手になったりする仕事だった。ママが壁の外へ出ると知って琥珀とオパールは泣きだした。

「心配しなくてもいいのです」

ママは琥珀の尻尾を握り、その先で二人の涙を拭った。

「十分、用心して行きますからね。クリームを塗って、その上にたっぷり頬紅もはたいたんです。ほら、この通り」

確かにママの頬は、魔犬の紋様が浮き上がってこられないくらい、べったりと赤く染まっていた。

「それに、これを持っていれば大丈夫」

ママはツルハシを握っていた。物置から引きずり出してきた、道路工事の現場で見かけるような立派なツルハシだった。木製の持ち手にはひびが入り、金属部分は重々しく黒ずみ、土と錆が一緒になってざらついた感じが、尖った先端の凶暴さをより強調していた。

「これで犬をやっつけるの？」

瑪瑙が尋ねた。

「そうです」

琥珀はママの靴先が野良犬の脇腹に食い込んだ瞬間を思い出し、あの勢いがあればツルハシで野良犬の眉間を打ち砕くこともできるだろうと思った。しかし頭蓋骨が割れる音や、脳みそが飛び散るさまを想像するのは、呪いで肺炎になるよりずっと恐ろしいことのように感じた。

三人は出勤するママをテラスから見送った。ママは白いブラウスにツイードのスーツ姿で、左の肘にハンドバッグを提げ、右の肩にツルハシを担ぎ、ウエーブのかかった髪を背中で揺らしながら遠ざかっていった。明らかに重すぎるツルハシのせいで体は右側に傾き、足取りはおぼつかなかった。万が一ツルハシが役に立たなかった場合に備え、先の尖った革靴を履くのも忘れてはいなかった。

「行ってらっしゃい」

子どもたちはささやいた。三人のささやきが一つになると、それはいっそう小さな響きになった。

「わたしが彼らの合図に気づいたのは、ここへ来てからでした。実際彼らを目にしていた時には気づきませんでした。何てぼんやりさんだったのだろうと、あきれるくらいです。

彼らもわたしたちと同じ三人きょうだいです。そのうえ宝石のように光るのですから、ますます親しみを感じます。三人はいつも一緒で、決してばらばらにはなりません。ほとんど三人で一人と言ってもいいでしょう。

割合どこでもすぐに出会えます。たいていは一対で立っていますし、集団になっている場所さえあります。けれど彼らはお互い協力し合えません。各々、三人一組に課せられた寂しさを、きょうだいだけで耐えています。彼らの光はそれぞれの方向へ放たれ、たとえ向かい合わせに立っていようとも、交差するということがありません。

わたしは彼らを眺めるのが好きでした。もちろん安全のためでもありましたが、色の具合い、長い我慢のあとに訪れるチカチカしたリズム、一瞬の変化、そういう流れについ見とれてしまい、よくママに手を引っ張られたものです。

特に気になるのは、真ん中の宝石です。それはいつでも十分に長くは光りません。まるで両脇のきょうだいに遠慮するみたいに、登場したかと思った途端、すぐに退場してゆきます。でも遠慮深そうなそれがいるからこそ、三きょうだいの表情にムードが出るのです。もう少し長く、彼らを見上げていたいなあという気分になります。もしわたしたちに当てはめるとしたら、真ん中の宝石は誰になるでしょう。やっぱり順番から言って琥珀でしょうか。それとも毎晩、琥珀と瑪瑙にはさまれて眠るわたしでしょうか。

壁の内側に来て、彼らと会えなくなってしばらく経ちますが、今でも目をつぶると彼らの瞬きがよみがえってきます。ああ、合図を送っているのだなあと分かります。もう一人のきょうだいに向かって。

たった一人どこかへ行ってしまったきょうだいのために、彼らは光ります。返事はありませんが、そんなことは大した問題じゃありません。自分たちはお前のことを忘れていないよと、伝えるための瞬きですから。夜は当然のこと、空の星が消える真昼だって休みません。ただ黙々と瞬き続けます。あちらの三きょうだいも、こちらの三きょうだいも、正しい四きょうだいには戻れないと、分かっているのに、です。

琥珀と瑪瑙と一緒にベッドに入る時、もしかしたら自分たちも眠っている間に光っているのだろうか、と考えたりします。そうだったらいいのにと思います。光ならばママの禁止事項を破ることなく、静かに、しかしとても遠くまで行くことができるからです」


「遠くって、壁の外?」

琥珀が尋ねた。

「さあ、どうかしら……」

毛布を瑪瑙の首元まで持ち上げながらオパールは言った。

オパールの声はきょうだいの中でも一段と小さかった。壁の花園の花弁一枚、天井からぶら下がるリボン一本、揺らしはしなかった。自分のお話は小さな声で事足りるのですと、彼女自身がよくわきまえていた。にもかかわらず同時に、どこか深い空洞へ吸い込まれてゆく感じもあった。三人、どんなにぴったり体を寄せ合ってもふさぎきれない空洞が、そこにはあった。

オパールのお話の中でも、この三きょうだいの話は特に安らかな眠りをもたらした。琥珀は三つの光が順番に光るさまを、まぶたの裏にくっきり浮かび上がらせることができた。一瞬の点滅をつなぎ合わせ、一続きの光の帯を作ることができた。三つの色は寄り添い合い、重なり合いしながら、オパールの声が届く空洞の果てを照らしていた。そこはきっと、妹がいる場所なのだと琥珀は思った。

眠りに落ちる間際、琥珀は、長く光ろうとはしないにもかかわらず、大事な役目を果たすという、遠慮深い真ん中の宝石のことを思った。まさにそれにはオパールこそが相応しいと感じた。しかしその役を彼女に背負わせるのは、どこか申し訳ないような気もした。琥珀は体を丸め、オパールの腕にいっそうきつくしがみついた。背中の羽がガサゴソ音を立てるのが聞こえた。暗闇の中で三つの宝石が本当に光っているのか、目を閉じてしまうと確かめられないのが、残念でたまらなかった。

オパールのお話のおかげで瑪瑙は急速に言葉を覚えていった。毎晩、夕食の時、新しく習得した言葉を披露してはママを驚かせた。

「瑪瑙はお利口さんね」

「教えてもらった」

「オパールに？」

「ううん、違う。シグナル先生」

「それはどなた？」

「シグナル先生」

瑪瑙によれば言葉を教えてくれるその人は、痩せて背が高く、チェックのシャツを着て、脇に紙挟みを抱えているらしかった。指紋がべたべたくっついて眼鏡が曇っているせいで、表情はよく分からないが、声は優しく、ハミングするように喋る。好物は殻付きピーナッツ。いつも上着のポケットにたっぷり蓄えてある。ピーナッツを食べ過ぎたせいかどうか、前歯がほんの少し欠けている。それがシグナル先生だった。

「どこから、いらっしゃるの？」

一通り瑪瑙が喋り終え、カップのスープを全部飲み干したのを見届けてから、慎重にママは尋ねた。

「ここ」

カップをテーブルに置き、瑪瑙は自分の左耳を指差した。

「でも、たくさんは来られないよ」

「どうして？」

「ここ、迷路になってるから。迷子になっちゃうんだ」

オパールと琥珀は瑪瑙の左耳を見やった。そこは緩やかな弧を描く溝の隅々まで、血管が透けて薄桃色に染まっていた。

「来た時はすぐに分かるよ。紙挟みがカサコソいう」

「お耳に住んでいるのは間違いないのね」

オパールが言った。

「うん。だってほら、ピーナッツの皮が……」

瑪瑙が耳に人差し指を突っ込むと、それは目に見えないくらい微かに、はらはらと落ちてきた。

「あら、本当。よく分かったわ。でも念のため、お食事中はやめておきましょうね」

慌ててママはテーブルクロスをナプキンで払った。瑪瑙は口の周りをバターソースでべたつかせながら、チキンにかぶりついた。

弟の耳をそんなにもじっくり見つめたのは初めてだったが、なるほどそこは身を潜めるにはうってつけの場所だと琥珀は思った。腰掛けたり寝転がったりするのに最適な窪みや斜面がいくつもあり、すべすべとして温かく、更に奥深い通路とつながっていた。

「迷路なんて難しい言葉が使えるとは、素晴らしいわ」

ママが言った。

「シグナル先生のおかげだ」

琥珀が続けた。そうね、とオパールがうなずいた。

「紙挟みに一杯言葉を隠していらっしゃるのね」

ママと琥珀とオパールは、瑪瑙の耳に住む先生に敬意を表した。瑪瑙は大したことじゃないという素振りでチキンソテーと格闘していた。

夕食のあと、彼らは居間に集まり、ママが弾く足踏みオルガンに合わせて合唱した。引っ越してくる以前からずっとそこにある、いくら踏んでも半分以上の鍵盤は音が出ない壊れたオルガンだったが、彼らにとって不都合はなかった。静かでいることを何より重んじる彼らにはむしろ、ほとんど空気の漏れしか発しないそのオルガンは、願ってもない音色を奏でる楽器と言えた。

最初の一、二曲、ママお気に入りの子守唄やイングランド民謡を歌っていてもすぐに瑪瑙がアレンジを加え、やがて彼オリジナルの歌へと変遷していった。それらはどれも、知っている単語が自在につなぎ合わされ、意味を超えた響きを生み出し、ユーモラスなリフレインと陽気な音階で、一度耳にしたら忘れられない調子をかもし出していた。合唱の時間だけは最もちびっ子の瑪瑙がリーダーだった。

彼は踵を上下させ、肩を揺すり、大きな口を開け、その大きさに反比例する小さな声で歌った。初めて聞く歌でも残りの三人は慌てず、すみやかに合わせることができた。オパールと琥珀はハミングしながらリズムにつき従い、やがてキーになるメロディーを理解するとそこにハーモニーを加えた。瑪瑙の踵と、オパールの羽と、琥珀の尻尾は同じ波長を刻んだ。ママはひたすらペダルを踏み、鳴らない鍵盤を叩いた。すべてがぴったり揃っていた。まるでシグナル先生が指揮をしているかのようだった。

オルガンから漏れ出す吐息に包まれ、彼らの歌は密やかに震え、三つの声が一つに溶け合ってもうどれが誰の声か区別がつかなくなった。自分の声がどこにいったのか耳を澄ませながら琥珀は、そこにいないもう一人の歌声を感じ取った。それは空洞の底から届いてくる、一番ひっそりとしていながら、どうしても必要な声だった。合唱の時間はいつも、彼らは四人きょうだいに戻っていた。


どれほど厳重に壁をめぐらせても、やはり外の世界と同じく季節は移り変わっていった。新緑が雨に濡れ、庭に出られない日が続いたかと思うと不意に夏が訪れ、やがてそれも無数の蟬の死骸とともに去っていった。

琥珀と瑪瑙は蟬の死骸を踏みつける競争に夢中になった。蟬たちはどれもついさっきまで腹を震わせ、目一杯鳴き続け、飛び立とうと羽を開きかけたところで息絶えていた。精巧に折り重なる蛇腹、トゲトゲした脚先、真っ黒な目、羽に浮き上がる模様、何もかもが生きている時のままで、自分が死んだことに気づいてさえいないようだった。瑪瑙の小さな靴でも彼らは呆気なく粉々になった。足の裏にはほとんど何の感触も残らなかった。時折、まだ本当には死んでいない蝉もいた。「ジリッ」と声の残骸が聞こえるので、そうだと分かった。その時だけ二人は動きを止め、目を見合わせ、自分の靴の下を確かめた。死んでいない蝉もまた同じく、粉々になっていた。

より大きな蝉を求めて二人は庭を隈なく走り回った。日差しは明るく、唐松林を抜けてくる風に雲は流され、空はどこまでも青かった。夏の間水量が減っていた泉はいつの間にか復活し、そこから壁際の岩陰に続く細い水路は、再び透明な流れを取り戻していた。もつれるほどに枝を茂らせたミモザの根元をかき分けていた瑪瑙が、再び姿を現した時、思わず琥珀は声を上げた。一瞬にして弟が別の生きものに変身してしまったのかと思ったからだった。

「どうしたの」

自分に何が起こったのか瑪瑙は気づいていなかった。ねずみ色をしたフード付きのつなぎにタイツ姿の瑪瑙は、全身、黄緑に変色していた。フードに縫い込まれた三角形の耳の先端から足首まで、もちろん丸い尻尾も、隙間なく黄緑色だった。

「ひっつき虫だ」

琥珀は指差して叫んだ。ようやく事態に気づいたらしい瑪瑙は、驚いていいのか笑っていいのか分からずにもじもじし、やがて半分泣き顔になった。

「チクチクするよ」

「あんまり動かない方がいいと思う。棘が刺さるといけないから」

それを聞いて瑪瑙は本格的に泣き出した。彼が頭を動かすたび、フードからはみ出した髪の毛に引っ掛かったひっつき虫が、可愛い飾りのように揺れた。

琥珀は瑪瑙をテラスまでそっと引っ張ってゆき、泣き止まない弟をなだめながら、オパールと一緒に一個一個ひっつき虫を取っていった。それは思いのほか手間のかかる作業だった。ひっつき虫を覆う棘の先端はいちいち釣り針のように曲がり、服の繊維に絡まってただ引っ張っただけでは外れないばかりか、ひっつき虫同士が合体してより状況をややこしくしていた。そのうえすぐ、琥珀とオパールにもくっつこうとするので油断がならなかった。

「さあ、片方が終わった。今度は反対の手」

オパールに言われるとおり、瑪瑙は大人しく背中を向けたり腕を差し出したりした。

「大丈夫？　痛くない？」

ひっつき虫を摘まむ二人を見て心配そうに瑪瑙は言った。

「平気だよ。ほら」

琥珀は指先で棘を押し潰し、手のひらに載せて転がして見せた。イガイガするわりには頼りないほど軽かった。

テラスの床に黄緑色の小山が築かれるのに合わせ、少しずつ元の瑪瑙が姿を取り戻し、涙も乾いてきた。棘のフックのせいで、尻尾もフードの三角耳も毛羽立っていた。

「虫なのに動かないの？」

「動けないけど虫っていう名前なの」

オパールが答えた。

「瑪瑙のおかげでミモザからテラスまで移動できたんだ」

琥珀がそう言うと瑪瑙は得意げな表情を浮かべた。

オパールは『こども理科図鑑』を広げ、それがオナモミという名のひっつき虫であると突き止めた。

「より条件のよい場所に種を散布させるため、動物や人間にくっついて実を運んでもらいます。野山でも町中でもよく見られます。タヌキやイノシシ、アナグマの他、カラスやヒヨドリなど野鳥も利用されます。草陰に隠れ、辛抱強く、じっと運び屋が現れるのを待ち続けます。偶然出会った相手と共に、一人きりではとうていたどり着けない遠い場所まで旅をするのです」

琥珀はもう一度足元の小山を眺めた。瑪瑙にくっついている時より心なしか黄緑色がくすんで見えた。せっかく元気な坊やと一緒に旅立とうとした矢先、出鼻をくじかれ、がっかりしているかのようだった。

　夕方になるのを待ち、琥珀はそれをビニール袋に詰め、こっそり庭を横切っていった。カーブを描く砂利のアプローチの先に門があった。そこに近づくのは、初めて別荘へ到着した日以来だった。ママによって厳重に錠が掛けられた木製の門は、長年の風雨に耐えかねてニスが剝げ落ち、所々ひびが走り、地面から這い上ってくる苔と蔦に大方侵食されていた。一日に二度、ツルハシを担いだママが開け閉めするだけの取手は、よそよそしく黒光りしていた。

　オパールの人形の時の経験から、彼は煉瓦と欅の壁を突破するのは難しいとよく知っていた。門は琥珀の背よりは高かったが、壁よりは低かった。琥珀はビニール袋から一個、ひっつき虫を取り出すと、門の向こうへ放り上げた。手足がバタバタして扱いにくかった人形に比べ、それはいとも軽々、素直に外側へ落ちていった。

「ごめんよ」

　それが消えて見えなくなる、空中の一点に向かって琥珀は言った。

「ここにいる限り、いつまでたっても遠くへは行けないんだ。いくら僕たちにひっついてもね」

　時間が経つにつれて棘は乾燥し、尚そのフックの先端を尖らせ、どうにかして何かにひっつこうと一生懸命に身構えていた。頰の内側に生えるという呪いの茨の棘も、こんなふうなのだろうか、と思いながら琥珀はそれを優しく握り、少しでも広い範囲に散らばるよう、方向と力の入れ具合を変化させて投げた。耳を澄ませると、一個一個、草地に落下するわずかな気配が伝わってきた。

「他の誰かを待つんだ。猫でも小鳥でもいい。犬にはちょっと気をつけた方がいいかもしれないけど。とにかく君は遠くへ旅に出なくちゃいけないんだろう？」

もうすぐそこまで夕闇が迫ろうとしていた。空の色は緑から刻々と移り変わり、林を揺する風の音が少しずつ大きくなっていた。振り返ってもただいつもの緑が広がるばかりで、瑪瑙をお風呂に入れているはずのオパールの様子は届いてこなかった。

「遠い、っていうのがどういうところか、僕にはよく分からないんだけどね」

最後の一個に琥珀はささやきかけた。もう忘れてしまった昔の名前の残骸を、外の世界へ投げ戻すかのように、彼はその一個を放り上げた。

空になったビニール袋をポケットに押し込めたあと、間違いなく彼らが無事外側にたどり着いたかどうか確かめるため、琥珀は門のひびに目を押し当てた。ほんの数ミリしかないその細長い隙間は、丁度測ったように彼の目の高さにあった。しかし予想とは裏腹に、どんなに目を凝らしても、ひっつき虫は一つとして見当たらなかった。地面に茂る草にただ隠れているだけなのか、隙間が細すぎるせいなのか、彼には判断できなかった。

外側は特別、何の変哲もなく、魔犬の姿もなかった。木々がそびえ、林道がのび、草むらの中で虫が鳴いていた。琥珀は瞬きをした。ひびからはみ出した睫毛の先が、外側に触れるのを感じた。怖さより、拍子抜けする気持の方が強かった。

その時、何の前触れもなく、何かが林道を走り過ぎていった。やはり魔犬なのか、と琥珀は驚き、咄嗟に蔦の葉を握り締めた。しかしそれは一台の自転車だった。隙間を横切ったのはほんの一瞬だったが、彼にはそれが前籠のついた、えび茶色のペンキで塗られた自転車で、乗っていたのは額が禿げ上がって眉間に皺の寄ったおじさんだと分かった。とうに車輪の音が林の奥へ消え去った後でも尚、籠に入った黒い書類鞄が目一杯膨らんでいたのも、ズボンの裾がなびいていたのも視界に映っていた。幾度も琥珀は瞬きをした。そのたび、ほとんど睫毛の幅ほどしかない隙間に切り取られた一瞬が、車輪のカタカタ鳴る音に合わせ、一枚一枚、一続きの絵になって蘇ってきた。

ズボンの裾にひっついて、彼らが旅をする様子を琥珀は思い浮かべた。おじさんは何も気づいていない。瑪瑙の時盛大にやりすぎて失敗したのを反省し、目立たないよう身を潜めているのだ。早く家へ帰りたくておじさんは一心にペダルを漕ぐ。眉間に皺が寄るのは不機嫌だからではなく、息が上がっているせいだ。ペダルを踏み込む勢いで危うくひっつき虫は振り落とされそうになるが、せっかく出会えた偶然の同伴者とはぐれないよう、どうにか踏みとどまる。車輪は少しずつ回転を増し、いかにも遠くを目指すのに相応しい高まりを、楽器のように奏でている。琥珀でさえ、おじさんが連れて行ってくれる遠い場所はきっと素敵に違いないという気がしてくる。

やがて林を抜け、自転車は一軒の家の前で止まる。おじさんは前籠の書類鞄を抱え、自転車のスタンドを勢いよく立てる。その拍子にズボンの裾からひっつき虫が、誰にも悟られない慎重さで、地面に落ちる。家の中ではパパが帰ってきたのを察した子どもたちがはしゃいでいる。膨らんだ書類鞄の中に、お土産が入っているからだ。お土産は何だろう。花火？　チョコレート？　サッカーゲーム？　いや、ラッパだ。威勢のいい音が高らかに鳴る、房飾りのついた、金色に輝くラッパがいい。お父さんの自転車と合奏するかのように、子どもが得意げに吹き鳴らすラッパの音を聞きながら、ひっつき虫はその見知らぬ地面に身を横たえる。瑪瑙がもぐり込んだミモザの根元よりずっと日当たりのいい、柔らかい地面に、尖った棘とは似ても似つかないか細い根を伸ばす。ただラッパの音だけがそれを見守っている……。

これが、遠くへ行く、ということなのだろうか。

琥珀はつぶやいた。すべての場面が瞬くシグナルのように、門のひびに映し出され、消え去っていった。はっと息を飲む間だったたような気がしたのになぜか、林道も自転車もひっつき虫も、すっかり夕闇に包まれていた。琥珀はひびから目をそらし、蔦の葉を撫で、二度、三度振り返りながらその場を離れた。子ども部屋のガラス越しにオパールと瑪瑙の影が映って見えた。もうじきママが帰ってくる時刻だった。

3

雨が降る日、私たちは一緒にアンバー氏の部屋でおやつを食べる。普段はサロンで皆とお喋りをしながら過ごすのだが、時折こうして二人きりで、ゆっくりお茶を飲みたくなる。特に雨が止む気配を見せず、ベンチが冷たく濡れている午後には。

今日は一日中天気が愚図つきそうだと思われる日、朝一番でバスに乗って町へ行き、あらかじめお菓子を買っておく。館がティータイムに出してくれるのは、合成着色料や甘味料にまみれた安物で、あまり美味しくない。私は町で一番高級なお店へ行き、ガラスケースの前で腰をかがめ、中を隅々まで眺め回す。他のお客さんに鬱陶しがられても気にせず、アンバー氏と二人で味わうのに相応しいケーキを吟味して探す。

「これを、二つ」

丸いスポンジが三段重なった、コリント式の柱のようなケーキを私は指差す。ガラスケースの中で一番壊れやすそうな、できるだけ食べにくいケーキを選ぶ。その方が、クリームだらけのフォークを手に難渋するアンバー氏を、手助けできるからだ。

「大丈夫ですか」

店員さんが心配そうな表情を浮かべる。曲がった指でお釣りを財布にしまいながら、ケーキの入った小さな箱をどうにか水平に保とうと苦心している私を見かね、店員さんが出口で傘を差してくれる。

「どうも、ご親切に」

スカートの裾と背中はあっという間に雨に濡れてしまう。私はただケーキの箱だけを大事に守りつつ、バス停まで歩く。

昔、建物を増改築した時に偶然出現した空洞をそのまま居室にしたせいだろうか、二階の西端にあるアンバー氏の部屋は、A館のなかで一番狭い。それでもアンバー氏は少しも不自由していない。図鑑が一冊と鉛筆が一本、それが載るだけの机さえあれば十分だと感じている。その机の前に彼はいつも、ぽつんと座っている。

すべての居室が淡いクリーム色で統一されているのと異なり、そこは壁も天井も真っ白に塗り直されている。視界に覆いかぶさってくるようなその白色に、たいていの人は戸惑うが、私はすっかり慣れている。琥珀色の眼球には、混じり気のない白い空白が適している。自分の部屋にいる時は、光の方向を気にせずいつでも左の目を使うことができる。白い空白にかざすと、よりはっきり琥珀の内側が映し出される。彼の左目は、外の世界を見るためではなく、琥珀の奥を見つめるためにある。壁に閉ざされた子ども時代の記憶を守るかのように、左目の視線は決して外側に放たれることがない。目の中に底知れず奥深い、広大な世界を隠し持ちながら、彼自身は小さな一部屋に暮らしている。

「間に挟まっているのは生クリームとラズベリーで、スポンジにはリキュールが染み込んでいるみたいです。天辺にふわふわ散らばるのはホワイトチョコレートで、真ん中の蝶々は飴細工ですね、きっと」

私たちは机に向かい合って座っている。アンバー氏は体を傾け、右目だけをケーキ皿に近づける。

「君は説明が上手だ。オパールみたいに」

それは最上の褒め言葉だと感じて私はうれしくなる。

「オパールは何についても上手に説明してくれる」

「ええ、そうですね」

「たとえ道端で踏みつけにされた、片方の手袋についてだって、礼儀正しく語れる。

誰も気づかない物語を朗読できるんだ」

アンバー氏は小刻みに震える手で、スポンジにフォークを突き刺す。コリント式の柱は呆気なく倒壊し、蝶の触角が片方折れる。

「オパールこそ、パパが生み出した最も偉大な図鑑だよ」

私はアンバー氏の手からフォークを取り、クリームをすくい、右側からそろそろと口元へ近づける。目の前に差し出されたのが、自分の手なのか他人の手なのか区別がつかないとでもいうような、あやふやな様子で彼は口を開ける。口の中の暗闇が、彼の顔にいっそう濃い老いの影を落とす。唇の端にクリームがはみ出している。

私は身を乗り出し、二度、三度、彼の口にケーキを運ぶ。フォークの先と前歯が触れる、コツンという微かな感触が指先から伝わってくる。はみ出したクリームを人差し指で拭い、自分の口に含む。一瞬、アンバー氏の指をなめてしまったのかと錯覚するほど、柔らかく生温かい感触が唇に残る。

雨は休まず降り続いている。私の姿はもうアンバー氏の瞳に映っていない。彼は琥珀の奥に潜むオパールを見つめている。いつしかケーキは跡形もなくなっている。

ある日ママが、一頭のロバを連れて仕事から戻ってきた。右肩にいつものツルハシを担ぎ、ハンドバッグを肘に掛け、左手で手綱を引っ張るママの後ろから、それはぽっくり、ぽっくりとついてきた。普段と様子が違うのに気づいた子どもたちはテラスに飛び出し、「それは何?」と尋ねるのも忘れてただ驚いていた。何であれ、外の世界の生き物が壁を越え、自分たちの目の前にいるという事態を飲み込むのに時間が必要だった。その間ロバは、さして面白くもないといった風情で首を上下させていた。

「温泉療養施設のボイラーマンの小父さんが飼っているロバです」

ママはツルハシを玄関脇の所定の位置に立て掛けたあと、ロバの背中を撫で、口元の轡をゆるめて手綱を外した。いつの間に扱いを学んだのか、慣れた手つきだった。自由になってもロバは相変わらず、その場で足踏みをするだけで、駆け出す素振りは見せなかった。

「それ、僕らで飼うの?」

興奮を抑えきれずに琥珀が口を開いた。

「いいえ。借りてきただけですよ。明日から木曜日まで、家で働いてもらうんです」

「何をするの?」

今度はオパールが尋ねた。

「庭の草を食べるのが、この子のお仕事です。ほら、御覧なさい。お利口に早速、仕事に取り掛かっているじゃありませんか」

ママの言うとおり、ロバはステップの脇に茂る雑草に鼻先を埋め、口をもごもごさせていた。自分が話題の中心になっていると気づいているのかいないのか、前脚を前後に開き、心持ち後ろ脚の膝を曲げ、尻尾をだらんと下げてリラックスした雰囲気を漂わせていた。

「僕の尻尾より、長いね」

ロバを驚かせないよう、用心深い口調で瑪瑙は言った。ロバに触ってみたくてたまらないのに、どうしても最後の一歩が踏み出せない瑪瑙は、オパールの手を握ったまま下から顔をそっとのぞき込んでいた。

「バケツにたっぷり水を入れて、庭の四隅に置いてあげて下さいね。泉の湧き水が涸れているといけませんから。草を食べると、とっても喉が渇くらしいのです」

ママはボイラーマンの小父さんから、ロバについての注意事項を伝え聞いているようだった。

「さあ、私たちも晩御飯にしましょう」

あとは全部ロバに任せておけば安心、という晴れ晴れした声で、ママは言った。

こうして毎年、一年に六日だけ、彼らの暮らしにロバが加わることになった。そのスペシャルな訪問者ボイラーは、ただ無口に草を食むだけだったが、子どもたちに輝かしいひとときをもたらした。彼らの頭の中で一年は、ボイラー以前とボイラー以後、二種類の季節に分類された。その二つをロバの六日間がつないでいた。言ってみればロバは、リボンの結び目と一緒だった。特別な形に整えられた結び目があるからこそ、彼らの閉ざされた単調な時間は、ただの一本の紐ではなく、愛らしいリボンになるのだった。

もちろんママはたとえロバであっても、壁の中に何ものかを引き入れることに抵抗があった。せっかく苦心して守ってきた秩序が乱されるのを恐れた。しかし郵便受けに投げ込まれた役場の環境課からの通達には、無視できない不穏な威圧感があった。

「……最近、別荘地への不法投棄が後を絶たず……衛生面からも保安上からも、草刈を徹底していただく必要があります……高速回転式電動草刈機の貸し出しを役場で受け付けており……また、業者へ委託する場合には、町からの補助金が支給されます。申請用紙に必要事項を記入の上……改善が見られない場合、管理会社を通して注意勧告を……」

役場、業者、管理会社。何もかも一家にとっては、遠ざけるべき不吉な響きを持つ言葉だった。できるだけ目立たない方法で雑草を始末するにはどうしたらいいか。業者を中に入れるのだけは絶対に避けなければならない。やはり頑張って自分で草刈機を操縦すべきなのか。あるいは敢えてこのまま放置しておく方が安全だろうか。迷っている時偶然出会ったのがボイラーマンのロバだった。ボイラーマンは実家の農家で飼っているロバを時折療養施設に連れてきては、入院している喘息の子どもを背中に乗せて遊ばせていた。順番に裏の広場を一周するだけのことだったが、ちょっとしたリクリエーションとして人気があった。求められている役割を承知しているように、ロバは一人一人パジャマ姿の子どもを乗せては、ゆっくりした一定のスピードを保って歩き、ボイラーマンが手綱を引っ張らなくても、丁度一周したところで自ら立ち止まった。どんなに大柄な子でも、乱暴で落ち着きのない子でも嫌がらなかった。その様子を洗濯場からママは眺めていた。

「あの子も、あそこにいる」

木陰に一かたまりになり、歓声を上げたり飛び跳ねたり髪を引っ張り合ったりしながら順番を待っている、色とりどりのパジャマの群れの中に、あの子も紛れ込んでいる。今か今かとうずうずし、背伸びをして先頭の様子をうかがっている。ボイラーマンに両脇を持ち上げられ、高みに座り、日向に向かって出発してゆく選ばれた子を、眩しそうに見送る。ロバはくたびれてしまわないだろうか、こんなにもたくさんの子を乗せるのだから、とあの子は少しずつ心配になってくる。心なしかロバの息遣いが苦しげに聞こえてくる。気管支が悪いのは子どもの方ではなくロバの方かもしれない。自分はできるだけ腰を浮かせてロバに重たい思いをさせないようにしよう。優しいあの子は考える。あと何人。あと何人。あの子は指を折って数えている。

どんな場面であれ、子どもが大勢集まっているところに出会うと、ママは必ず死んだ娘を探した。小さな子どもたちが発する特有の騒がしさや熱気、交差するか細い脚、重なり合う影の中には、本来そこにいるべきなのに、事情があっていられない可哀想な子どものための空洞が一人分、隠されているのをママは知っていた。洗濯の手を止め、息を詰め、ママはその空洞に目を凝らした。たえず動き回る彼らの忙しなさに圧倒され、それはすぐどこかへ紛れてしまいそうになるので、油断がならなかった。生きている者たちは誰も、自分の傍らにそんな空洞が潜んでいるとは気づいてもいなかった。なぜ彼らが一人も足を取られないのか不思議だった。しかしどんな無遠慮にも乱暴にも侵されることなく、それは静けさを保ちつつ、確かにママの視線の先にあった。

やがて全部の子どもたちに順番が巡ってくる。皆平等に広場を一周し、満足してロバに手を振り、自分の病室に戻ってゆく。発作を心配して病室の窓から我が子の名前を呼ぶ母親もいる。その声にはっとしてママが瞬きをすると、さっきまで見つめていたはずの空洞がいつの間にか消えている。

あとにはただボイラーマンとロバが取り残されているばかりだった。ロバは広場の草を食べていた。いつまでもひたすら食べ続けていた。

「何て働き者のロバかしら」

濡れた手をエプロンで拭きながらママはボイラーマンに近寄っていった。

「貸し出しは可能でしょうか？」

ロバに向けて、ママは精一杯の微笑を浮かべた。

期待以上にボイラーはよく働いた。全体に焦げ茶色で、お腹と鼻先だけが白く、ボソボソした鬣《たてがみ》が申し訳程度、短い首に生えていた。ずんぐりと小ぶりにまとまった体に比べ、耳だけがピンと立派に張り出し、風向きに合わせて時折角度を変えた。睫毛は長く、瞳は黒々としていたが、草を食べている間中ずっと伏目がちでいるために、どこかしら物憂げに見えた。

午前中の勉強時間をどうにか辛抱した子どもたちは、課題をやり終えるとすぐさま書斎から庭へ駆け出し、午後の間中ずっと飽きもせずボイラーを眺めて過ごした。広場一周のリクリエーションで子どもには慣れているからか、ボイラーは彼らが興奮して近寄っても少しも迷惑そうにしなかった。脚元の草を食べ、一段落すると泉の水を飲み、気の向く方へ移動してぼんやり風に吹かれた。花壇の柵をなめたり鼻の穴を膨らませて鳴いたりしながら休憩し、やがてまた草を食べる業務に戻った。彼らはそのあとをついて回った。

「あっちの、日当たりのいい草の方が柔らかくて美味しいんじゃない？」

「消化のために、もっと水を飲んだ方がいいよ」

「あっ、気をつけて。そこは岩がゴツゴツして危ないし、その向こうはすぐ壁だから」

「ちょっと、ここ、触っても怒らない？」

三人は口々にボイラーに話し掛けた。答える代わりにボイラーは、尻尾を震わせ、つぶやくようにぽとぽとと、フンを落とした。

申し分のない秋晴れの午後だった。壁と梢に切り取られた空は果てがなかった。その一番高い一点から降り注ぐ光は、枝の間をすり抜け、三人とボイラーのもとへ真っ直ぐに届いていた。泉もせせらぎも花壇も動物たちの巣穴も、すべてを覆い隠す草々が、緑の濃淡の帯となって彼らを取り囲んでいた。ただボイラーの周りだけ、土が顔をのぞかせ、斑点模様のようになっていた。壁の外からは何の気配も届かず、小鳥のさえずりと、草を巻き取るボイラーの舌の音が聞こえるばかりだった。

「好きなだけ食べるんだよ。まだまだこんなにあるんだから」

琥珀は言った。

「お腹を壊さない程度にね」

オパールは白い毛の生えたお腹をさすった。確かにそこは垂れ下がるほどに膨れ上がっていた。鬣が気に入った瑪瑙は、上から下へ、下から上へと何度も掌を滑らせていた。ボイラーがうつむくと、鬣は瑪瑙が手をのばすのに都合のよい高さに来た。掌の中でその毛先は、光を振りまくようにしてきらめいた。

「乗りたい」

瑪瑙が言った。

「きっと楽しいよ」

温泉療養施設の広場でボイラーが何をしているか、ちゃんと知っているかのような口振りだった。

「うん、そうしよう」

すぐさま琥珀は賛成した。

しかし、鞍も手綱も外され、ただ草を食べる役目だけに徹しているロバに乗るのは、予想よりも難しかった。踏み台を持ってきて跨ろうとしても、鬣は短すぎて持ち手にならず、背中はごつごつして安定が悪かった。琥珀と瑪瑙は代わる代わるボイラーにしがみついては、何度もむなしくずり落ちた。

「可哀想だから、もうあきらめたら？」

オパールは心配げに見守っていた。ボイラーは嫌がりもしなかったが、協力的でもなく、あくまで自分のペースを貫いていた。やがて暑くなってきたのか、もがく男の子二人を置き去りにし、のんびりした歩調でミモザの木陰に移動した。風通しがよく、一番影の濃い場所をちゃんと心得ているのだった。

垂れ下がる枝の間に身を落ち着け、ボイラーは半分目を閉じた。気持のいい風が吹き抜け、尻尾と木漏れ日を揺らした。風が収まるとあとは時折、耳がほんのわずか動くだけだった。いつまで待っても決して順番の巡ってこない、空洞にはまった子どものように、三人は黙っていつまでもボイラーを見つめていた。

その夜、彼らは『こども理科図鑑』で〈ロバ〉の項目を調べた。

「……別名、うさぎ馬です。とても体が頑丈で、我慢強く、少ない餌と水でも耐えられます。おもに荷物を運んだり力仕事を助けたりする家畜として飼われます……」

オパールの朗読を聞きながら琥珀は、説明文の脇に載っている写真に目をやった。一枚の写真の中でロバは、藁を運んでいた。一体どうやって背中に固定しているのか、藁はロバの背丈の三倍以上も高く積み上げられ、ほとんどロバを埋め尽くし、押し潰すほどの巨大なかたまりとなっていた。もはや体は藁に支配され、かろうじてかたまりの下から、顔と脚先がのぞいているに過ぎなかった。そんなかたまりが三つ、四つ、列になって田舎道を進んでいた。脇には鞭を手にした男が立っていた。

もう一枚のロバは石臼を回していた。薄暗い小屋の真ん中で、木の棒を体にくくりつけられ、目隠しをされ、いかにも重そうな円盤形の臼の周囲を歩いているところだった。石臼は磨り減り、木の棒は湾曲していた。

琥珀は思わず図鑑を手元に引き寄せた。どちらのロバも淡々と振る舞っていた。ふて腐れてもいなければ、苦痛に顔を歪めてもいなかった。それどころか、どうぞ私には構わないで下さい、とでもいうような泰然とした雰囲気さえ漂わせていた。たとえ目隠しをされていてもそうだと分かった。あとどれくらい歩けば荷を降ろせるのか、あといくつ回転すれば棒を外してもらえるのか、尋ねる方法も知らないまま、のしかかってくる重みを受け止めていた。

「ごめんね」

涙声になって琥珀は言った。

「無理に乗ろうとしたりして……」

琥珀は写真を撫でた。

「重かっただろう？」

つられて瑪瑙も涙を浮かべた。

「いくら丈夫だからって、そんなに我慢しなくてもいいんだよ。お前はうさぎ馬なんだから。可愛らしくて優しいんだから……」

藁を背中に積み、石臼を回させているのは他の誰でもない自分だ、という気がして琥珀は居たたまれなかった。彼の胸には、よろける脚を打ち据える鞭の音と、木の棒が食い込んで軋む背骨の音が、混じり合って響いていた。ロバを苦しめる音をかき消すため、もう少しで叫び出しそうになったが、長い間大きな声を出していない喉からは、かすれた息が漏れるばかりだった。

「心配ないわ」

図鑑に息を吹きかけるほどの小声で、オパールが言った。

「藁は全部、納屋に着いたし、石臼はもう止まってる。ご褒美に青い草を一杯食べたし、お水もちゃんと飲んだ。今頃は皆、寝床で眠っているわ。ほら、ボイラーだって」

三人は子ども部屋の窓から同時に外を見た。庭は暗闇だった。しかし琥珀にはミモザの枝の中にちゃんとボイラーがいると分かった。瞬きをしている間に少しずつ、点滅するシグナルの光に照らされるようにして、ボイラーの形が闇の中から浮かび上がってくるのを感じた。

彼は彼にとって最も相応しい姿をしていた。藁を背負うのでもなく臼を回すのでもなく、真っ直ぐに遠い一点を見つめ、やがて彼にだけ分かるシグナルをキャッチして、ぴくりと耳を動かす。そして思慮深く頭を垂れ、大地に祈りを捧げる。そういう姿だった。琥珀が瞬きをするたび、ボイラーは何度でも祈った。

瑪瑙はボイラーに捧げる歌をうたった。三人はベッドで一枚の毛布にくるまり、ぴったりと寄り添い合った。三人の体が組み合わさってできる小さな空洞、本当ならそこにいるべきもう一人のための空洞に吸い寄せられ、瑪瑙の歌声はいっそうあどけなく聞こえた。うさぎ馬というあだ名にうってつけの可愛らしさだった。瞬きの中でボイラーが耳を動かし、感謝の気持を表すのが、琥珀には見えた。

まるで誰かが計ったようにボイラーは、約束の期間で丁度庭中の草を食べ終えた。草が足りなくなるのではとひやひやすることも、貸し出し期間を延長してもらう必要が生じることもなく、無事、返却予定日の朝を迎えた。庭は全くの別世界に生まれ変わっていた。それまで長く雑草の中に身を潜めていた、水鉢や飛び石や陶器のオブジェや如雨露や排水溝の蓋や、ありとあらゆるものがすべてあらわになり、さっぱりとして清らかに見えた。思わず深呼吸がしたくなるような見通しのよさだった。木々の根元は生気を取り戻し、土は朝日を浴びて柔らかく湿り気を帯び、泉の水は心なしか水量を増してより勢いよく岩間を流れていた。

子どもたちはテラスに立ち、歓声とともに庭を見やった。たった一頭のロバがこれほどのことを成し遂げたのかと思うと、恐れ入るような、誇らしいような気持になった。

「よくやったね、ボイラー」

「偉いよ、ボイラー」

「ありがとう、ボイラー」

三人は思いつく限りの言葉でロバを称えた。思いつく言葉を全部口にしてしまうと、あとはもう悲しくなるばかりだった。

水を飲み、面繋《おもがい》を着け、準備を整えたボイラーは大人しくテラスの前に立っていた。自分が何を果たしたのか、別に知る必要もないといった表情で、木製の手すりに鼻を押しつけていた。名残を惜しむように瑪瑙は鬣を撫でた。彼のスモックの背中では、ビニール製荷造り紐を短く切り揃えて縫い付けた、ママお手製の鬣がなびいていた。

「また、戻ってきますよ」

手綱を握りながらママが言った。

「いつ？」

三人は一緒に尋ねた。

「雑草が、元通りになる頃ね。さあ、行きましょう」

ママはツルハシを担ぎ、手綱を引っ張ってボイラーと一緒に門の外へ出ていった。

蹄の音が聞こえなくなるまで、三人はじっと耳を澄ませていた。

子どもたちが壁の内側に潜んでいた間、毎年ボイラーは姿を現し、忠実に業務を果たし続けた。三人が少しずつ大きくなるにつれ、彼は老いていった。毛艶が悪くなり、皮膚がたるみ、食べる草の量も減って、庭を隅々まで綺麗にするのにより日数がかかるようになった。それでもボイラーが三人の唯一の友だちであるのに変わりはなかった。

生涯を通じ、数えきれない作品を残すことになる琥珀が、生まれて初めて作ったのは、このボイラーをモチーフにしたものだった。欅の小枝の先に、丸く切った厚紙を二枚、ボンドで貼り合わせたその小さなおもちゃは、瑪瑙へのプレゼントだった。厚紙の片方には真っ直ぐ前を向くボイラー、もう片方には頭を垂れるボイラーがクレヨンで描かれていた。琥珀は小枝を両手で挟み、瑪瑙の前でクルクルと回転させた。

「あっ」

最初、何が起こったのかよく分からず、瑪瑙は目を見開いていた。

「ボイラーだ。ボイラーが草を食べてる」

すぐに気づいて瑪瑙は声を上げた。まるで琥珀の指先から生まれ出たかのように、それは掌の中に浮かび上がっていた。厚紙が巻き起こす小さな風のためか、クレヨンの輪郭は震え、にじんで見えた。琥珀がほんの少し力を緩めるだけで、危うげに消え入りそうになったが、すぐにまたパタパタという音とともに勢いを取り戻した。遠くの一点を見つめる。地面に顔を寄せ、祈りを捧げる。その間に耳が傾き、鬣がたなびき、お腹が膨らむ。脚元から蝶々が飛び立つ。

厚紙の表と裏、その間に挟まれた空洞でボイラーは、草を食べ続けた。琥珀が求めれば求めるだけ大地に祈りの言葉をつぶやいた。幾度でも蝶々は羽ばたいた。琥珀の掌が空洞を包み、そこに潜むものをよみがえらせていた。

「とっても不思議」

オパールの声に琥珀は手を止めた。たちまちボイラーは姿を消した。表と裏、お互いに相手を見失った二頭のロバが、取り残されているだけだった。頭でっかちの素朴なロバだった。ついさっきまで震えていたはずの輪郭は、力強く一続きにつながっていた。

「どうやって思いついたの？」

「見えてるままを描いただけだよ」

琥珀は言った。そうとしか答えようがなかった。

「こんなふうに、瞬きの中にいるボイラーを、見えてるとおりに……」

琥珀はゆっくり瞬きをしてみせた。それから小枝を瑪瑙に手渡した。

「自分でやってごらん」

最初はぎこちなく、やがてスムーズに小枝は回転をはじめた。

「わあ、見て。僕にもできるよ」

今度は瑪瑙の掌にボイラーが包まれていた。ボイラーがこぼれ落ちないよう、一生懸命指先に力を込めていた。琥珀の時より更に元気よく、何もかもが動いていた。

「すごいよ。ねえ、助けて、シグナル先生。こんな時、何て言ったらいいの？」

小枝を回し続けながら、興奮して瑪瑙は言った。


ママの息抜きは二ヵ月か三ヵ月に一度、バスと電車を乗り継いで大きな町の劇場へ行くことだった。出掛ける日の朝は目一杯お洒落をした。爪を磨き、眉墨を引き、オパールに手伝ってもらって髪をカーラーで巻いた。香水を吹きかけたシルクのワンピースを身にまとい、パパからのたった一つのプレゼント、人造真珠のブローチを襟に飾った。もちろん頬紅も忘れなかった。

「とっても綺麗」

オパールは言った。ママはワンピースの裾を翻し、香水の匂いを振りまいた。

「ツルハシは？」

「今日はいいんです。この靴を履いて行きますから」

ママはハイヒールの尖った踵をオパールに見せた。

「お留守番、お願いしますね」

門を出ると最後にもう一度、髪の毛がふんわりカールしているかどうか、手鏡で確かめた。これで準備完了だった。

そこは演劇専用のこぢんまりとした劇場で、いろいろな芝居が上演されていた。しかしママは一度として芝居を観たことはなかった。せいぜい入口の脇に貼られたポスターを眺めるだけで、あとは上演の間中ずっと、劇場前にある公園のベンチに腰掛けていた。最上段の片隅の席でさえ、ママにとって切符は高価すぎた。

不思議なことに時計を見なくても劇場を眺めていれば、今開演した、とママには分かった。正面玄関のあたりで待合わせをしたり、当日券売場に並んだりしていた人々がいつの間にか姿を消し、あたりが静けさに包まれたあと、ほどなくしてその時は訪れた。もちろん開演のベルも音楽も、何も聞こえてはこなかったが、その一瞬、劇場の影が震えるのをママは見逃さなかった。

ベンチの他には、滑り台と砂場と水飲み場があるきりだった。なぜそこに公園が必要なのか、誰にも理由が分からないような殺風景なところだった。

ベンチは劇場を見渡す絶好の位置を占めていた。間を遮るものは何もなく、ガラスの回転扉に映るロビーの照明と階段が真正面に見通せた。ハンドバッグを膝に載せ、背筋をのばし、時に脚を組んだりハンカチを握ったりしながらママは前を向いていた。そこが彼女の座席だった。

喜劇、ミュージカル、一人芝居、朗読劇、パントマイム、人形劇。演目の違いに合わせて劇場の表情も変わった。弾むような朗らかさを放っている日もあれば、物思いにふけっている日もあった。空を切り取る屋根のラインや、吹き抜けのガラスに反射する日光のきらめきや、フラワーショップの店先に並ぶ花の色合いや、あらゆるものが毎回少しずつ違っていた。いくら頑丈な扉で建物の奥に閉じ込めても、そこで繰り広げられている世界のかけらが、あちらこちらからにじみ出ていた。それを感じ取っているのはママ以外他にいなかった。中には一歩も足を踏み入れたことがないにもかかわらず、劇場の外観について最も丁寧に観察しているのは、間違いなくママだった。

公園を通り過ぎる人は皆、すぐそこに劇場があることすら気づかず、ましてベンチに座る婦人が何をしているのかなど気にも留めていなかった。ママの頭の中ではスポットライトが点り、さっきポスターで目にした女優が滔々と声を張り上げ、その場を盛り上げるための音楽が鳴っていた。せっかくのクライマックスを白けさせる観客の咳払いも聞こえていた。

暑かろうと風が強かろうと、終演までママはベンチを動かなかった。エチケットを守ってクッキー一枚食べたりもしなかった。どんな観客より礼儀正しい観客だった。

幕が下り、アンコールの拍手が止んでロビーの階段に人々の姿が見えはじめてもしばらくは、余韻に浸るように座ったままでいた。空はかげり、ガラスはもう光っていなかった。どこにこんな大勢の人が隠れていたのかと思うくらい、次から次へと観客は回転扉からあふれ出てきた。頃合いを見計らい、ママはハンドバッグにハンカチを仕舞うと、代わりにサングラスを取り出して掛けた。

人の波に紛れてママは劇場の周りを歩く。ワンピースの裾とカールした髪が上手く風になびくよう心持ち早足で、爪先あたりに視線を落とし、カツカツとヒールの音を響かせる。ついさっき終わったばかりの芝居の熱気が人々の息遣いから伝わり、ママの頰を紅潮させる。感想を述べたり食事の相談をしたり、皆が饒舌に語らう中をすり抜けてゆく途中、初老の夫婦と肩がぶつかる。

「失礼」

サングラスの奥で目を伏せ、ママはささやく。そのまま行き過ぎようとしてふと、妻の方が足を止め、「あらっ」と首を傾げる。

「もしかしてあなたは……まあ、何ていう幸運。とっても感動的でしたわ。ああ、どうしたらいいのかしら。すみません。ちょっとここに、サインをお願いしてもいいでしょうか」

一人興奮し、そわそわする妻はパンフレットを差し出す。

「あなた、何か書くものない？」

妻に急かされ夫は背広の内ポケットから万年筆を取り出す。

ママはパンフレットの表紙に、誰にも判別できないほどの流麗な曲線で自分の名前をサインする。もう十分に慣れているので一息に書くことができる。

「わあ、うれしい。握手もお願いします」

妻と、ついでにその夫と、ママは握手をする。他人の手はなぜこうも柔らかいのだろうかと、いつもママは不思議な気持になる。

やり取りに気づいた近くの幾人かが、遠慮がちに様子をうかがっている。

「急ぎますので」

ママは足早にその場を立ち去る。

こんなふうにしてママは何人かの見知らぬ人と握手をし、何冊かのパンフレットにサインをした。一度も観たことがない、きっとこれから先も観る機会のないだろう芝居のパンフレットに、自分の名前を記してきた。たとえヒロインがママとは似ても似つかない顔立ちだったとしても、必ず誰かが間違いを犯した。ママのことをまるで、偶然の幸運を運んできた女神のように見つめ、声を掛けてきた。黙ってママは彼らの求めに応じた。だましているのではない、ささやかな幸運の印を残しているのだ、と自分に言い聞かせた。

壁の内側から門に鍵を掛ける時、子どもたちの洋服を繕う時、夜、合唱の時間が終わってオルガンの蓋を閉じる時、何かの拍子にママはパンフレットのことを思った。自分の名前が、どこか知らない遠い場所に大事に仕舞われているのを想像すると、心が落ち着いた。壁の内側の安全がより確かに約束された気持になった。

何周くらい歩いた後だろうか。息が弾み、履き慣れないハイヒールのせいで爪先が痛みはじめる頃、既に人の波は遠ざかり、芝居の名残は消えている。ママはまた、一人に戻っている。サングラスを外し、急行列車に間に合うよう駅まで走る。髪のカールは解け、香水は蒸発し、ワンピースは皺だらけになっている。ママの短い休日はこのようにして終わる。

4

遠足バスに乗って皆が出掛ける日、私は朝から落ち着きをなくしてしまう。雨が降りだしたり急病人が出たりして中止になりはしないかと、廊下の窓から何度も車寄せを覗き見する。無事、バスが発車するのを見届けると、すぐさまサロンへ降りてゆき、ピアノの前に座る。

普段は四人の元ピアニストで譲り合いながら弾いているピアノを、その日だけは独り占めできるので、遠足は必ず欠席と決めている。誰かが置きっぱなしにしている楽譜を片付け、椅子の高さを調節し、しばらく指慣らしをしているうち少しずつ、前に弾いた人の痕跡が消えてゆく。鍵盤が上手い具合に指に馴染んでくる。他の三人はキャリアもあり、個性豊かで押しが強い。そばで順番を待っていても、「あなたのピアノを聴きたがっている人なんているかしら」とでもいうような勢いで弾き続け、なかなか代わってもらえない。弾いている時間より待っている時間の方がずっと長い。確かに、曲がってしまったこんな指ではもう綺麗な音など出せないのだから、と私は弱気になっていっそう何も言えなくなる。だからこそ遠足の日は、心置きなく一日中ピアノの前で過ごす。

やがてアンバー氏が姿を見せる。

「元気かい」

音色が途切れる頃合いを見計らい、声を掛けてくる。

「はい。とっても」

いつもより弾んだ調子で私は答える。

アンバー氏もまた遠足バスには乗らない。汽車、船、タクシー、飛行機、ケーブルカー、ゴンドラ、馬車、リフト。何であれ、それが移動するためのものである以上、彼には縁がない。門の外へ出て遠くへ移動することは依然、ママの禁止事項に含まれている。救出されてから既に何十年も経つというのに、彼の心は安住の地を求めるように、相変わらず壁の内側に留まったままでいる。

一曲弾き終えるごとに、アンバー氏は音のしない拍手をする。音がなくてもちゃんと、私のピアノに敬意を払ってくれているのが伝わってくる。

「瑪瑙の歌をうたって下さい」

私がお願いすると、彼は最初恥ずかしそうにする。

「今日はあまり人もいませんし、遠慮はいりません」

「何がいいだろう……」

「ではまず、『ロバに捧げる歌』をお願いします」

私は一番好きな歌をリクエストする。

アンバー氏は弟が歌ったうたをすべて覚えている。一度聞けばすぐさま私は、その一つ一つに伴奏をつけることができる。何せ私は伴奏専門のピアニストだったのだから。

音楽大学のレッスン室で、コンクールの予選会場で、コマーシャルの録音スタジオで、私は数えきれない種類の仕事をした。ママさんコーラス、演奏家の卵、グリー倶楽部、バレエ教室の生徒、無名の歌手……。さまざまな人々のためにピアノを演奏した。ずっと変わらず伴奏だった。拍手はいつでも私以外の誰かのために送られた。

「オルガンの伴奏も、こんな感じでしたか」

私は尋ねる。アンバー氏は口ごもり、何も答えられない。ああ、そうだ、オルガンは壊れていたのだと気づく。

合唱の時間にきょうだいが歌ったうたをよみがえらせるのに、私のピアノはどうしようもなく出しゃばりすぎている。伴奏者として一番恥ずかしい過ちを犯している。

　アンバー氏は立ち上がり、手を後ろで組み、すぐそばにオパールと瑪瑙がいた昔と変わらず、踵でリズムを取りながら歌いはじめる。彼の歌声は、壁の内側から長い歳月をかけて届いてきたかのような密やかさをたたえている。オパールと瑪瑙と、それから一番小さな妹と、四人のきょうだいが揃い、その密やかさがいっそう親密に響きだすのを邪魔しないよう、私は細心の注意を払う。

　その時初めて、病のために変形した指をありがたく思う。不恰好に曲がった指は力なく、鍵盤をそっと撫でることしかできない。

『ロバに捧げる歌』はボイラーを励ますように明るさを増し、リズミカルになり、やがていたわりの色調を帯びてくる。私はボイラーの姿を思い浮かべる。四人のきょうだいと私の間でボイラーは草を食べている。露に濡れて青々と光る草が私たちを包んでいる。気持のいい風が吹き抜け、ピアノの音を遠くへ運んでくれる。壊れたオルガンの音色にどんどん近づいてゆくようで、私はうれしくなってくる。遠足へ行くよりもずっと楽しんでいる。このままいつまでも、きょうだいの歌のためにピアノを弾いていたいと願う。

壁の内側では日にちを曜日で区切るのが難しかった。きょうだいはそれぞれ、独自のやり方で時間の流れを計った。オパールはママの仕事の勤務表に×印をつけ、瑪瑙は泉の脇に小石を積み上げ、琥珀は一日に一個、ひっつき虫を門の外へ放り投げた。お互い相談し合ったわけでも、何かの決意を持っていたわけでもなかった。そのことにどういう意味があるのか本人にもよく分からないまま、自分なりの小さな印を刻んでいるだけだった。勤務表には刺繍ステッチのように×印が連なり、泉の脇には城砦が築かれ、ひっつき虫は遠いどこかで芽を出していた。刺繍と城砦とひっつき虫が成長の象徴だった。三人は十四歳と十一歳と七歳になった。

彼らが大きくなってゆくなかで問題は病気だった。ママがどんなに注意を払おうと、どこからともなく病は忍び寄ってきた。扁桃腺炎もあれば蕁麻疹もあれば火傷もあった。食あたり、中耳炎、捻挫、気管支炎、とびひ、膀胱炎……。三人の具合を悪くする原因は実にさまざまだった。外の世界から病原菌を運び入れているのは自分だとも知らずにママは、誰かが伏せると途端に魔犬の記憶を蘇らせ、混乱した。家中を歩き回ってすべての鎧戸を閉め、庭に自生しているアロエとドクダミで煎じ薬を作り、それだけでは安心できずに万が一魔犬が襲って来た時のため、玄関ポーチに殺鼠剤を埋めたコッペパンを置いた。

一番の危機は瑪瑙が水疱瘡に罹った時だった。それはまさに呪われた病だった。急な高熱とともに胸に赤い発疹が現れたかと思うと、瞬く間に全身に広がっていった。ほとんどどこにも瑪瑙本来の皮膚は残されていなかった。口の中から足の裏まで、すべてが水疱瘡に占領されていた。妹の赤い頬とは比べものにならないその乱暴さに、とうとう魔犬が次の狙いを定めたのだと、琥珀は観念した。

子ども部屋の扉の隙間から見える瑪瑙は、もはや琥珀のよく知っている弟ではなく、うごめく発疹のかたまりでしかなかった。普段は三人で寝ているベッドに一人置き去りにされ、丸まった背中は心もとなげだった。ベッドの傍らにひざまずき、かたまりを撫で続けるママの掌が、何度も隙間を横切った。涙声の子守唄とうめき声が一緒になって聞こえた。合間には「痛いのを取って、ママ」という弱々しい訴えが耳に届いてきた。壁の天使たちも気球に乗った動物たちも皆、不安の表情を浮かべていた。琥珀は強く扉に目を押し当て、ママの掌の動きに合わせて瞬きした。鎧戸に閉ざされた中、細長く切り取られた隙間が、シグナルの点滅に照らされるように、一瞬一瞬連なり合って浮かび上がってきた。

瑪瑙はその一瞬の奥に閉じ込められていた。発疹は盛り上がり、赤味を増し、中央の一点から滲み出てくる汁に濡れていっそうの毒気を帯びている。盛り上がる途中で隣同士合体し、帯状になり、瑪瑙の輪郭を侵食してゆく。赤色が濃くなるにつれ、少しずつ瑪瑙が小さく、遠ざかってゆくような錯覚に陥り、琥珀は思わず手をのばしそうになる。今やママの掌にすっぽり隠れるほどにまで縮小している。しかしなぜか、そうなればなるほどかたまりはくっきりとし、発疹の細部までがありありと目に映り、「痛いのを取って、ママ」という瑪瑙の声も、耳の中でささやいているかのようにすぐそばに聞こえる。

いよいよ赤色は極限にまで達する。一個一個の発疹がもう我慢できないといった様子で身震いしはじめた次の瞬間、首の後ろの出っ張ったあたりに音もなく、すうっと切れ目が走る。そこからどんどん赤色は裂けてゆく。琥珀が瞬きすればするだけ裂け目は深くなる。あっと声を上げる間もなくそれは、首から頭蓋骨へとのびてゆく。

「駄目だ。痛いのを取っちゃ駄目だ」

心の中で琥珀は叫ぶ。

「痛いのを取ってしまったら、瑪瑙が全部無くなっちゃうよ」

けれど止めようもなく裂け目は広がり、胸からお尻にまで達し、やがて腐敗した果実の皮がめくれるように、瑪瑙は裏返しになってしまう。内側は赤いのを通り越して黒ずんだ斑点模様が浮き出す、どろりとしたゼリーになっている。そこにはもう瑪瑙の可愛らしい目も耳も尻尾もない。なのにママは何も気づかず、まだそれを撫で続けている。

そうしたすべてのことが、隙間の一瞬の向こう側で繰り広げられる。たまらず琥珀は目を閉じる。

「さあ、下へ行きましょう」

オパールの声に促され、次に目を開けた時、いつの間にか隙間は塞がっていた。扉は閉められ、裏返しにされた瑪瑙もママの掌も二人の声も消えていた。オパールと琥珀は居間のソファーで眠った。

熱が下がりはじめたのは、五日めの朝だった。それに合わせ、発疹は色と潤いを失い、次々黒ずんだ瘡蓋に姿を変えていった。瘡蓋が瑪瑙からはがれ落ち、シーツの皺の間に溜まってゆくのを目にし、魔犬が去ろうとしているのだ、と琥珀は悟った。裏返しにされた首の後ろの裂け目は、ようやく元通りにつながろうとしていた。

すべての発疹が姿を消し、鎧戸が開けられ、十日ぶりに庭へ出る許しをもらった琥珀とオパールは、玄関ポーチに置かれたコッペパンを発見した。それは硬くなり、黴に覆われ、パンではない何ものかに成り果てていた。琥珀が爪先で突くと、許しを請うかのように、もやもやした胞子を舞い上がらせながら一回転した。病んだ瑪瑙の内側を満たしていたあの赤黒いゼリーが、勢いをそがれて干からび、こんなところに転がっているのだ。琥珀は思った。二人はそれを蹴って泉のそばまで運び、瑪瑙が積み上げている城砦の下に穴を掘って埋めた。

彼らにはもう一つ、葬るための儀式が必要になった。元気になった瑪瑙は折り紙で小舟を折り、シーツに溜まった瘡蓋を集めてそれに載せた。

「シグナル先生とお別れしなくちゃいけないよ」

どんな欠片一つも見逃さない熱心さで瑪瑙は瘡蓋を拾い集めた。苦しめられた原因のそれを、あたかも自分の一部分であるかのように扱った。すっかり精気を失った瘡蓋は、何の抵抗もできず、ただ瑪瑙にされるがままだった。

小舟にはこんもりした、何色とも言えないくすんだ山ができた。ピーナッツの皮のようでもあり、遺灰のようでもあった。

「熱が下がったら、もういなかった」

三人は泉にやって来た。小舟を落とさないよう、瑪瑙は胸の前で大事に抱えていた。病気の間中ずっと雨が降らなかったせいで、せせらぎは水量が減っていたが、それでも岩間を静かに流れていた。

「紙挟みを片手で持ち上げて、合図をしてくれたよ。でもブツブツにつまずいて転んだんだ」

琥珀は泉に手を浸した。水面で反射する光が飛び散った。水を飲みに集まっていたらしい小鳥たちが、頭上でしきりにさえずっていた。

「ポケットからピーナッツが全部、こぼれて落ちちゃった」

瑪瑙がせせらぎに小舟を浮かべると、ためらいがちに窪みに留まったのち、やがて水の勢いに押され流れはじめた。まだ発疹の跡が消えない手で折られた小舟は弱々しく揺らめいたが、それでも沈むことはなかった。岩にぶつかって立ち往生し、回転するたび瘡蓋が舞い落ち、その瘡蓋と一緒にまた水面を滑っていった。三人は黙ってその後を追い掛けた。岩場に足を取られないよう、オパールは瑪瑙の手を握った。

せせらぎの出口の溜まりまで来た時、もうこれで最後と分かっているかのように小舟は、落ち葉と小枝に囲まれて、しばらく渦を描いていた。

「さようなら、シグナル先生」

瑪瑙は言った。そのささやきを合図に小舟は岩間に姿を消した。梢を飛び立ち泉に舞い降りようとする小鳥たちの、一段と大きなさえずりが聞こえていた。

瑪瑙はいつまでも小舟が消えたあたりを見つめ、なかなかその場を離れようとしなかった。小舟がたどった跡には何の印もなく、瘡蓋の一欠片も残ってはいなかった。

「どこへ行ったんだろう」

自分はなぜそこに小舟を浮かべたのか、その不思議に今ようやく気づいたとでもいうかのような口振りでつぶやくと、瑪瑙は身を乗り出し、せせらぎが吸い込まれてゆく穴に手を突っ込もうとした。

「いけない」

慌ててオパールが腕を引っ張った。そこは絡まる欅の根と、苔むした岩に囲まれた暗い穴だった。垂れ下がる羊歯の葉に半ば覆われ、目を凝らしても何も見えず、ただ暗がりの向こうで水の音がほんのわずか聞こえるだけだった。すぐ背後には壁がそびえていた。

「危ないわ」

オパールは濡れた瑪瑙の手を自分のスカートで拭った。彼女が心配なのは、足を滑らせて水に落ちることなのか、それともシグナル先生と一緒に壁の外へ消えてしまうことなのか、琥珀には区別がつかなかった。

「ここに、通り道があるんだね。壁の向こう側とここと、穴でつながっているんだ。僕、知らなかった。今気がついたよ。最後にシグナル先生が教えてくれたんだね」

オパールと琥珀を交互に見やりながら瑪瑙は興奮して言った。自分の発見が間違っていないことを確かめるように、何度も穴を見直した。

「ええ、そうね。でも大丈夫。魔犬が通り抜けるには小さすぎる穴だから」

オパールの背中で、羽が力なく揺れていた。瑪瑙が言いたいのはもっと別の意味だと感じつつも、他に言葉が思い浮かばない様子だった。

琥珀はいつか自分が内緒で持ち出した、オパールの人形が突き刺さっている欅を見上げた。壁の内側を封印するための生贄になったはずのそれは、既に大方朽ちて元の姿は留めていなかった。人形はせせらぎに流すべきだったのだろうか。琥珀は胸の中でつぶやいた。

そうしている間にも泉からは休みなく水があふれ、せせらぎは蛇行する光の帯になって流れ続けていた。三人は肩を寄せ、光の行く先に目を凝らし、もう一度声を合わせて「さようなら、シグナル先生」と言った。


琥珀の左目に変化が現れたのは、瑪瑙の水疱瘡がようやく一段落してほどなくの頃だった。最初のうち、そのことを彼は誰にも言わなかった。水疱瘡の騒ぎでくたびれている皆を、これ以上煩わせたくなかったからだ。

初めて気がついたのは泉を覗いている時だった。一匹のアメンボが水面に浮かぶ花弁に足を取られ、もがいていた。助けようとして両手ですくい上げると、指の間から水がこぼれ落ちるばかりで、なぜかアメンボの姿はなかった。あれっ、と思っているうち水面が平らに戻り、気がつくとまたアメンボがもがいていた。琥珀は幾度か救出を試み、そのたびに失敗した。

書斎の窓辺で図鑑を読んでいる時、いつの間にかアメンボは糸くずに変化していた。ママのミシン台にいくらでも散らばっている、もつれた糸くずがページの左隅に落ちていた。摘まもうとする琥珀の指を、もやもやとすり抜け、めくるページめくるページすべてに姿を現した。

目にゴミが入ったのだと思い、まぶたをこすったり目薬を差したりした。いつかオパールが結膜炎に罹った時、ママが療養施設の薬局からもらってきた二パーセントホウ酸水溶液で、目を洗ったりもしてみた。けれど糸くずは消えなかった。毛羽立った切り端をなびかせながら、水溶液の中を浮遊していた。

場所と光の加減によってそれはさまざまに姿を変えた。小枝に紛れる擬態昆虫の時もあれば、水辺に産みつけられたばかりの両生類の卵になっている場合もあった。壁の外へ投げ捨てられたひっつき虫のように、目じりからそれがコロコロ転がり落ちてきたかと思うと、また別の機会には、半透明の幼虫が今にも羽化しそうな勢いでうごめいていた。光の射すところではよりはっきりと見え、目をつぶると一斉にどこかへ姿を消してしまった。

「ちょっと待って」

夜眠る前、枕元の明かりを消そうとするオパールに琥珀は言った。

「もう少しだけ消さないでおいて」

クリーム色がかった電気スタンドの明かりは、左目のそれを、日光より曖昧な輪郭で浮き上がらせた。涙の膜に溶け出すようなその柔らかい感じが、琥珀は好きだった。糸くずでも両生類の卵でもひっつき虫でも、昼間より遠慮深く見えた。瞬きをしているうち、今にも膜の奥にある眠りの世界へ滑り落ちてゆきそうになった。

「どうしたの？　眠れないの？」

オパールは尋ねた。左目を明かりの方に向け、瞬きを繰り返しながら琥珀は、「そうじゃないよ」と首を横に振った。今自分が見ているものについて、どうオパールに説明したらいいのか見当がつかなかった。

瑪瑙の寝息が聞こえていた。オパールは枕元にのばしかけた手を引っ込め、毛布を首元まで引っ張り上げ、琥珀の左目を見つめていた。オパールの息が横顔にかかるのを琥珀は感じた。三人ともずいぶん体が大きくなったはずなのに、ベッドに入るとなぜか、初めてそこで眠った時と何も変わらず、少しも窮屈でないのが不思議だった。オパールを真ん中に、互いの体の窪みに横顔を埋め、手足を絡め、一つのかたまりになりながら同時にもう一人のための空洞を抱え合うその格好は、ずっと変わりがなかった。

明かりは琥珀の左目だけでなく、オパールの長い髪と、ついさっきまで歌を口ずさんでいた瑪瑙の唇も一緒に照らしていた。サイドテーブルにはオパールの体から取り外された王冠と羽が横たわっていた。オパールよりも疲れてぐったりしているように見えた。

「こうやって瞬きの間隔をゆっくりにしていけば、少しずつ眠くなってくるんだ。まぶたが重くなってね」

アメンボも擬態昆虫も幼虫も、もうほとんどまぶたの裏側の暗闇に退場してゆくところだった。いつオパールが明かりを消したのか、琥珀は気づかなかった。

ママの夜勤が明けた日の午後だった。居間でママはミシンを踏み、子どもたちはオリンピックごっこをして遊んでいた。それは『オリンピックのすべてがわかる図鑑』を元にオパールが編み出した遊びで、順番に好きな種目の選手に成りきり、あとの二人が新聞記者役でインタビューをする、という仕組みになっていた。大事なのは図鑑を読み込み、その種目について理解するのはもちろん、新聞記者から何を質問されても淀みなく答えられるよう、選手の人物像をいかに具体的に作り上げるかだった。

彼らにとって、オリンピックのイメージを描くのは簡単なことではなかった。下の二人はそもそも、スポーツが何であるかさえよく分かっていなかった。三人は丹念にページをめくり、説明文を音読し、口絵や写真を眺めては、自分たちがいることとは違うどこか遠い場所で繰り広げられているらしい、その催しに思いを巡らせた。

図鑑を読めば読むほど、三人の頭の中でオリンピックの輪郭は膨張していった。それが一つのところで、しかも数日の間に収まるとはとても信じられなかった。芝生、土、砂、床、マット、水……。競技場の種類だけでも数えきれないほどあるうえ、選手たちは各々独自のデザインのユニフォームに身を包み、実にさまざまな用具を用いていた。ボールや剣やヨットや、用途がはっきりしているものはむしろ稀で、多くは何のために編み出されたのか理解できない不思議な形をしていた。折れる寸前まで湾曲する長すぎる棒、天井から吊り下げられ宙に取り残された二つの輪っか、痛ましいほどに叩きつけられても健気に舞い上がる落下傘、両端に重しをはめ込んだ首の骨を折るための拷問器具。そうしたものたちの写真を、三人は競い合って眺めた。それらを駆使しながら、顔を歪め、汗を滴らせ、肉をぶつけ合っている人間たちは、おとぎの国の住人のようにロマンチックに見えた。そこではメダルが輝き、鳩が飛び立ち、ピストルの音が響いていた。どこまでも広大で果てしがなかった。おとぎの国は旗に彩られ、炎に守られていた。

種目の好みには三人それぞれに違いがあった。瑪瑙はとにかく、ルールのややこしくない、明確に勝敗の区別がつく種目を好んだ。速く走る、高く飛ぶ、遠くまで投げる、ということで彼の頭は一杯だった。しかも必ず金メダリストにならなければ気がすまなかった。一方、オパールの基準はユニフォームの可愛さにあった。平均台の上で優雅にポーズを取る体操や、スパンコールがキラキラ光る衣裳を身に着けたフィギュアスケートの選手に、うっとりとした視線を送った。

毎回、他の二人が見向きもしない、最も地味な選択をするのは琥珀だった。ある時は馬場馬術、ある時はカヤックシングル、ある時はバイアスロン十キロだった。そのうえメダルにはこだわらず、むしろ敗者に成りきるのを得意技とした。

「バイアスロンは罰があるスポーツです」

二人の新聞記者に向かって琥珀は言った。

「射撃を一発失敗するたび、一周多く走らされるのです。ズルをしたわけでもないのに罰を受けるなんていう種目は、他にありません」

新聞記者は揃ってうなずき、メモを取る。

「さぞかし焦るでしょうね」

同情を込めてオパール記者が言うと、琥珀選手はうつむいて首を横に振る。

「いえ、焦っているようではまだ未熟なのです。与えられた罰を自ら進んで、もっと言えば、他人の分まで一緒に背負うくらいの我慢強さが必要な種目です」

「なるほど」

オパール記者はメモ用紙に我慢と書き、瑪瑙記者はグルグル模様と三角を組み合わせた図形を描く。

「で、あなたは何位でしたか？」

瑪瑙記者の質問はいつも直球で答えやすい。

「八十一位です」

記者二人は思わず「えっ」と言って鉛筆の手を止める。それまでも決してメダリストになろうとしない琥珀選手ではあったが、八十一位は抜きん出て過去最低の順位だったからだ。

「出場選手中、最下位です。オリンピックすべての種目の中でも、最下位です」

「そうですか……」

ため息を漏らすオパール記者の隣で瑪瑙記者は、数字が書けるのが自慢でならない、といった様子でメモ用紙に大きく、81、と記す。

「全部の弾を失敗しました。罰をたくさん受けました」

まだ罰の一周を回る途中にいるかのように、目を伏せ、背中を丸めて琥珀は答える。

これがオリンピックごっこだった。

「ねえ、ママは何の選手がいい？」

子どもたちの服に新しい飾りを縫い付けているママに、瑪瑙は尋ねた。

「そうねえ……」

その家で足踏みミシンは最も大きな音を立てる道具だったが、ママは最小限の力でペダルを踏むコツを心得ていた。彼らの声を邪魔しないよう、ベルトは用心深く回転していた。

「コンパニオンがいいわ」

しばらく考えてからママは答えた。

「それ、どんな種目？」

「選手じゃないの。綺麗にお化粧をして、ハイヒールを履いて、世界の大統領を案内して歩く人なんですよ」

「ふうん」

つまらなそうに瑪瑙は言った。再びママはミシンを踏みはじめた。鬣《たてがみ》を縫い付けなければいけない瑪瑙の夏用シャツは、まだあと数枚残っていた。

その日琥珀が選んだのは一人乗りリュージュだった。

「競技を始めたきっかけは何ですか？」

「十一歳の誕生日にお父さんがソリをプレゼントしてくれたことです」

「楽しいのはどんなところですか？」

「ブレーキもハンドルもなく、ただ滑るだけ。スピードを出すためには手で氷を引っかくしかない。そういうちょっと原始的なところです」

「怖くはありませんか？」

「はい、怖いです。時速百二十キロです。ソリと自分が一緒になって、自分がソリかソリが自分か、区別がつかなくなる瞬間、氷の穴に吸い込まれそうになります」

「滑っている時、何を考えていますか？」

「穴の底まで行ってみたいなあ、という気持になります」

「そこには何があるんでしょう？」

「えっと……うん……たぶん、お父さんかな」

ミシンの向こう側の窓から差し込む日が、ママの横顔と絨毯に座り込む三人の足先を照らしていた。琥珀はオリンピック選手らしく姿勢を正し、二人はメモ用紙をめくりながら休みなく鉛筆を動かしていた。ミシンの音以外、窓の外からは何も聞こえてこなかった。

無意識に琥珀は光の方角へ目をやり、リュージュが滑る氷のコースを思い描いた。もちろん一目でさえリュージュ競技を観たことはなかったが、『オリンピックのすべてがわかる図鑑』に載っている、写真と図解があれば十分だった。森の中にあるコースは楕円を描き、不規則にうねり、氷は岩よりも硬く白い。選手たちは全身を覆うつなぎのユニフォームにヘルメットを被り、男か女かの区別もつかなくなっている。

どうしても逆らえない定めに従うように、リュージュは滑りだす。ぐんぐんスピードが増してくる。背中のすぐ下で、氷の削れる音が響いている。一緒に細かな氷の粉が舞い上がる。視界に映るのはただ氷だけだ。自分の行方をもっとよく確かめたいと思っても、頭を持ち上げてはいけない。抵抗が大きくなってタイムが落ちてしまう。どんなに怖くても顎を引き、つま先の間から覗く氷に焦点を合わせ続ける。

白い氷のおかげで左目のそれが一段と生き生き動いて見える。それはいつでも一番近い場所にある。アメンボも糸くずも卵も、擬態昆虫もひっつき虫も幼虫も、祈るように揺らめいている。冷たい一点に向かってソリはひたすら滑ってゆく。

「あなたは何位でしたか？」

瑪瑙記者が得意の質問を発した。

「失格です」

琥珀選手は答えた。二人の記者はしばらく黙っていた。一人は失格という言葉の意味がよく分からず、もう一人はどう質問をつなげれば選手が傷つかないか、考えを巡らせていた。

「それは、つまり……」

「国際リュージュ連盟に提出する参加申し込みの書類を、事務局の人がうっかり出し忘れました」

オパール記者がメモを取るのも忘れて鉛筆を頬に押し当てている間、瑪瑙記者はそれでもまだ、結局何位なのだろうと考えていた。

「封筒の口からはみ出した糊で、事務机の引き出しの奥に貼り付いたまま、誰にも気づいてもらえなかったんです。発見された時にはもう、参加申し込み期限を過ぎていました」

「間に合わなかったんですね」

「はい」

「では、氷の底には……」

「行き着けません。お父さんには会えませんでした」

ふと気づくと、ミシンの音が止んでいた。片手でハンドルを押さえ、もう片方の手で鬣を握ったママが、子どもたちに視線を送っていた。

「どうしたんです、琥珀」

ママが言った。

「なぜ左のおめめを、そんなにパチパチさせるんですか？」

ママはひざまずき、琥珀の頭を両手で抱え、左目を覗き込んだ。不意にソリから降ろされ、氷のコースから引き離され、琥珀は一瞬どうしていいか分からなくなった。

「痛いの？」

「ううん」

琥珀が否定するのを見てママの表情は幾分和らいだが、それでも不安の色は消えていなかった。オパールがそっとママの隣に寄り添った。

「何かが見えるだけだよ。左目のこのあたりに。気持悪くもないし、鬱陶しくもないよ」

目じりを指差し、できるだけ平気な調子で琥珀は言った。

「ママからは何も見えないわ」

「僕の目の内側にあるんだね。だから僕だけにしか見えない。ママは気にしなくてもいいんだよ」

「何が見えるの？　そこに……」

ママは琥珀の顔を引き寄せ、指先でまぶたを押し広げた。荒い息が睫毛にかかった。

「もやもやして、柔らかくて、優しいものだよ」

よく考えながら慎重に、彼は一つ一つ言葉を選んだ。

「どこから来たの？」

「どこから？　さあ……。気がついたらもうここにいたんだ」

「あなたの目の中にいるのね。私たちのすぐそばに」

琥珀はうなずいた。

「いつだっておりこう利口にしてる。ちょっと強く突いたら、すぐ潰れちゃうだろうね。大事にしてあげないと……」

ママの体が日差しを遮り、左目のそれは少しずつ後退してゆこうとしていた。なかなかまぶたから手を離してくれないせいで瞬きができず、涙が乾いてヒリヒリしてきた。瑪瑙はメモ帳と鉛筆を放り出し、オパールの腕にしがみついた。庭は枝を飛び交う小鳥の姿もなく、相変わらずしんとしたままだった。ミシンの上には縫いかけの鬣が、絨毯にはリュージュのページを開いた『オリンピックのすべてがわかる図鑑』が、取り残されていた。皆が琥珀の左目だけを見つめていた。

「あの子だわ」

ママは言った。子どもたちは三人、ベッドで眠る時抱える空洞をそこへよみがえらせようとするかのように、同時に互いの体を寄せ合った。その空洞の真ん中に琥珀の左目があった。

「あの子に違いないわ」

同じ一言をママは何度も繰り返した。自分に言い聞かせる口振りは次第に確信を深め、誰かに向かって高らかに宣言する色合いを帯びていった。

「あの子が戻ってきたんです。魔犬に噛まれて死んだ、可哀想なあの子が、ここに」

まるであの子をそこから引っ張り出そうとする勢いで、ママはまぶたを押さえつける指に力を込めた。

「ええ、そうね。きっとそうなのね」

オパールがママの手を握ってくれたおかげで、ようやく琥珀は目を閉じることができた。

本当にこれは妹なのだろうか。一人になると琥珀は自分に問いかけた。もしかしたらシグナル先生はこういうものだったのかもしれないと思い、瑪瑙に尋ねてみたが、要領を得なかった。以前、あれほど詳しく洋服の柄から食べ物の好みまで語ってくれたにもかかわらず、もはや先生の記憶は小舟とともに外の世界へ去り、瑪瑙は何の未練も感じていないようだった。

正直、ママが期待するほどの確信を、琥珀自身は持てなかった。薄情にも自分は妹の姿を忘れてしまったのではないだろうか、という気持にさいなまれた。時間があれば妹の顔を思い出し、同時に左目に集中して証拠となるサインを探した。もちろん、これが妹であるのを願った。否定するなどとても無理な話だった。琥珀の望みはたった一つ、ママを悲しませたくない、ただそれだけだった。

しかし正体が何であれ、琥珀は左目と一緒に戯れるのが嫌ではなかった。それは間違いなく琥珀の一部であるのに、彼自身が手出しできない自在さで思いがけない形に変化し、飽きるということがなかった。手を伸ばせばすぐ届きそうで、決して触れられない奥行きが、自分の目の中に隠れているのを実感させてくれた。見たくない時には奥へ引っ込み、焦点を合わせればいつでも登場してきた。親しげでありながら同時に、慎み深かった。オパールが踊り、瑪瑙が歌っている間、琥珀はただじっと目を見開いているだけで、いくらでも一人の時間を過ごすことができた。

「あの子は、どんな様子です？」

ママはしきりにそれについて知りたがった。

「もう、ほっぺたの紋様は消えているはずですよね」

どの質問に対しても、琥珀ははっきりと答えられなかった。

「私が産んだ時のままの、すべすべした真っ白いあの子ですよ」

琥珀が口ごもっていても、ママは気にしていなかった。

「背はどれくらい大きくなったかしら」

「えっと、そうだね……」

琥珀はこっそりオパールに視線を送り、助けを求めたが、彼女にもどうしようもできなかった。

「さぞかし言葉もたくさん覚えたでしょう」

「残念だけど、声は聞こえないんだ」

そのことだけははっきりしていた。左目の中は無音だった。

「あなたが羨ましい……」

二人は額と額をくっつけ合った。

「あなたの目と取り替えられたら、どんなにいいでしょう」

壊れたオルガンよりも小さな声で、ママは言った。


夏の朝、書斎の窓は開け放たれていた。学習の時間だった。黴の生えた壁紙を破いた以外、そこは父親が使っていた頃から何一つ変わっていなかった。机は二つ。東の隅のライティングデスクと、真ん中に置かれた楕円形の大きなテーブル。椅子はデザインの違う寄せ集めが四脚。窓のない三方の壁に作り付けの、彼らの背丈よりも高い本棚には、父親が作った図鑑。上段の本を取るための木製の踏み台。

三人は思い思いの場所で、各々自分で選んだ図鑑を広げていた。オパールは一番上の段の左端から順番に一冊ずつ制覇してゆく、というプログラムに着手していた。どんなに退屈そうな図鑑であっても、例えば『衛生用品の歴史大図鑑』『家紋の図鑑ポケット版』『世界工業規格螺子&発条図鑑』等々であっても飛ばしたりせず、全部のページを読み、レポートを作成した。瑪瑙はもちろんもっと自由だった。恐竜や音楽や乗り物が彼のテキストだった。

本棚は全く整頓されていなかった。分野も対象も発行年度も関係なく、ただ好き勝手に並んでいるだけで、いかにも売れ残りの、始末に困った残骸が詰め込まれているといった様相を呈していた。しかしだからこそ、世界の混沌を正しく伝えているとも言えた。三人にとって書斎の本棚には、世界のすべてが納められているも同然だった。すべて、と言うに相応しい圧倒的な分量で彼らを取り囲んでいた。彼らは図鑑が示してくれる以外の世界を知らなかった。

琥珀が好きなのは、かつて誰の手にも、もちろんオパールにも瑪瑙にも触れられたことのないページを開く瞬間だった。ページをめくる時の感触で、たいていそうだと見当がついた。書き込みがあったり、角が折られていたりするとがっかりした。それが父親の手による痕跡だとしても何の慰めにもならなかった。あまりにも長い時間閉じられていたために、紙と紙が密着し、隙間がなくなり、奥に記された事柄が秘密めいた化石のようになっている。そういうページを開く時、見捨てられ、朽ちてゆくばかりだったものにパッと光が射す。琥珀は化石の第一発見者として、未開の地に立っている。

オパールとは反対側、右端の一番下から自分は順番に読んでいくことにしたらどうだろう。ふと琥珀は考えた。そうすればいつかどこか途中でオパールと出会える。世界を制覇するトンネルを貫通させることができる。

琥珀は本棚を見上げた。オパールはさっきからずっと変わらない姿勢でライティングデスクに向かい、瑪瑙はそろそろ退屈してきたのか、楕円のテーブルの隅で足をぶらぶらさせていた。あたりには古びた紙の匂いが漂っていた。窓の向こうで木立がざわめき、風が吹き込んできた。相変わらず左目のそれは涙の溜まりを浮遊していた。背表紙本棚の上段左端から下段右端まで視線を移動させると、それも一緒に動いた。背表紙の膨らみや、棚板の隙間の暗がりや、はみ出した栞を乗り越え、トンネルを掘削するように琥珀の後をついてきた。化石の眠る地層が掘り返され、古びた匂いがいっそう濃く立ち上った。

その時、再び風が巻き起こり、レースのカーテンを舞い上げたあと琥珀の手元をすり抜けていった。と同時にテーブルに置かれた図鑑がパラパラとめくれた。押さえようとして身を乗り出す琥珀の手の先で、一枚一枚が、止めようもなく風にあおられていた。ページの角の余白と、左目が、一瞬重なって見えた。

「あっ」

琥珀は短い声を上げた。オパールと瑪瑙は風のことなど気にも留めていなかった。琥珀は図鑑を窓の方に寄せ、もう一度風が吹き込むのを待ったが、頼りなくカーテンが揺れるばかりだった。待ちきれずに彼は自分で図鑑の角を持ち、光にかざして一息にページを繰った。

するとそれまで涙の膜に遮られてぼんやりしていた左目のそれが、夏の光を浴びながら余白に映し出され、めくれるページに合わせて生き生きと動きだした。絡み合った糸くずがうたた寝から目覚めるように少しずつほぐれ、一本一本の糸に分かれたかと思うとすぐにまた寄り添い、膨張したり回転したり細長くなったり、めまぐるしく形を変化させた。琥珀はもう一度図鑑をめくった。糸くずは素晴らしいスピードでお馴染みのアメンボになり擬態昆虫になりひっつき虫になった。ひっつき虫は擬態昆虫の脚に棘を引っ掛けてぶら下がり、新たな地面を探して宙に飛び立った。ほどなくゆらゆらと着地し、芽吹き、双葉を出した。その動きが途切れないよう、琥珀は繰り返しページの角を親指で爪弾いた。茎が伸び、葉が茂って花が咲くと、余白に差し込む光が明るさを増した。その明るさの中でアーモンド形に膨らんだ花心は、見る見る棘に覆われていった。いちいち先が小さく曲がった、本物の棘だった。痛そうだけれど決して乱暴でない、素朴で愛くるしいひっつき虫だった。そよ風が吹いて茎を揺らした。ひっつき虫はまるで笑っているかのようだった。

　思わず琥珀も微笑を返し、角を押さえる指先にいっそう力を込めた。ノンブルも説明文も色鮮やかな写真も、図鑑の中身はすべて陰に沈み、片隅の余白だけが彼の手の中にあった。ついさっきレースのカーテンを舞い上げていたはずの風は、余白の中で吐息ほどの優しさとなり、ひっつき虫を揺らしつつ彼の指先を撫でていた。

そよぐ葉と茎がリズムを刻んでハミングし、手招きをした。いつの間にか棘は三つ編みとリボンになっていた。棘の奥にある目が彼を見つめ、瞬きをした。そこにいるのは、あの子だった。

5

朝から私は娘を待っている。最初のうちは自分の部屋で、それから一階に降りてきてサロンで、次にはテラスでお茶を飲みながら。本当はピアノが弾きたかったけれど、譲ってもらえなかったので仕方なくお茶を三杯もお代わりし、とうとう痺れを切らして今では玄関扉の真正面にある椅子に座っている。それは来訪者を一番に発見できるホールの特等席に置かれながら、現代アートの作家が寄付したらしい装飾用で、座り心地がいいとはとても言えない。実際、自分以外の誰かがここに腰掛けているのを、見たためしがない。

本当に今日で間違いなかっただろうか、と私は少しずつ心配になってくる。最近、うっかりした間違いが増えているので油断がならない。ひょっとして、来週の土曜日だったのか、あるいは今日はまだ金曜なのか……。そう思いかけて私は首を横に振る。いや、約束は必ず今日だ。カレンダーの丸印を何度も確かめたし、その赤い丸を描いたのは娘自身なのだ。アンバー氏だってちゃんと了解している。その証拠に彼は私たち親子の邪魔にならないよう、一人部屋に閉じこもっている。身内が水入らずで過ごすのを邪魔するのはマナー違反だと、彼は信じている。家族が一緒にいる時、そこに他人のための居場所は残されていない、家族とはそういうものなのだ、と。

毎回、娘は日にちだけを決めてはっきりした時間は約束しない。

「クリーニング屋と市役所の分室に寄って、用事を済ませてから行くわ」

お母さんは一日中そこにいるんだから、別に何時だって構わないでしょう？　というもっともな理由に従って、私はその日、待つための一日を過ごす。

冬物をクリーニング屋に預け、分室で証明書を発行してもらうとすれば、十二時前には到着するだろう。サンドイッチか何か、一緒に食べる昼食を買って来るつもりかもしれない。朝のうちはそう思い、せっかくのサンドイッチを無駄にしないよう、食堂にも行かずにいた。でも今はもう三時を過ぎ、食堂から漂ってくるお昼ご飯の匂いも消えてしまった。

きっと分室で手違いがあったに違いない。役所はいつでも融通が利かないから。娘が買って来るのはサンドイッチじゃなくおやつだ。スーパーの棚に並んでいる板チョコや袋に入ったクッキーの類。彼女が無駄遣いをしないのはよく知っている。ずれてゆく時間に従ってそのつど、私は計画を修正してゆく。昼食と裏庭の散歩は取り消してテラスでの日光浴に変更する。お菓子を食べながらお茶を飲む。それも無理なら部屋でお喋りするだけでもいい。先月、サロンコンサートの時録音してもらったテープを一緒に聴くのはどうだろう。彼女は退屈するかもしれないが、気まずい沈黙をやり過ごすことはできる。

そうやってあれこれ考えを巡らせていれば、退屈はしない。お尻が痛むのが難点だが、一分でも早く娘を見つけるためにはそこを動くわけにはいかない。娘を待つのに私はもう十分慣れている。面会時間が終わる十分前に駆け込んできて、スーパーのビニール袋だけを置いて帰って行ったことも、何度かあった。玄関扉の向こうはいつの間にかすっかり闇に閉ざされている。クリーニング屋と市役所の分室には、私になど想像もできないほど複雑な用事が詰まっている。

「たった今、娘さんからお電話がありましたよ」

どこからともなく近づいてくる、事務員さんの姿が目に入る。

「急な用事で、今日は来られなくなったそうです。残念でしたね」

椅子の前にひざまずき、手を撫でてくれる。私をがっかりさせないよう気を遣っているのが分かる。

「また近いうちに遊びにいらっしゃるでしょう。来週か、月末あたりか……」

「はい、どうもありがとうございます」

事務員さんが去り、娘が来ないことがはっきりしたあともしばらく、私はそこにじっとしている。座り心地の悪い椅子に体がすっぽりはまってしまい、身動きできないような気分になっている。開かれる気配のない玄関扉を眺めながら、娘の陥った急な用事が、彼女と孫にとって悲劇的なものでないことを祈る。

「今、ピアノの前には誰もいません」

ふと気づくと、アンバー氏が隣に立っている。足音は聞こえなかったのに、いつ階段を下りてきたのか不思議に思う。私は首元に手をやり、ペンダントを握る。アンバー氏のような特別な目を持っていない私は、そこに娘と孫の写真を入れている。

「ああ、よかった。瑪瑙さんの歌を弾きましょうね」

アンバー氏の手につかまり立ち上がると、私たちはサロンへ向かって歩く。痺れて上手く動かない足をもどかしく思い、ピアノをまた横取りされるのではと焦りつつ、つまずかないよう二人腕を取り合って、ホールを横切ってゆく。

どんなにママが望んでも、琥珀と目を取り替えるのは無理だということが、徐々にはっきりしてきた。彼の左目が、他の誰でもない彼自身の名前に相応しい変化を見せはじめたからだった。まず、目尻に近い方から黒目と白目の境がぼやけ、虹彩の焦げ茶色がにじみ出てマーブル模様になり、やがてそれが左目全体に広がった。模様は毛細血管の流れに沿って流動し、沈殿し、堆積していった。その地層に樹脂のように涙が染み込み、いつしか琥珀の結晶が出来上がっていた。琥珀という名前を証明するための目だった。

そうなるにつれだんだんと左目は見えにくくなってきたが、不安はなかった。外の世界がぼんやりするのと反比例して内側が密度を増し、そこに現れ出るものの姿をよりいっそう生き生きと浮かび上がらせるようになったからだった。琥珀にとって見えなくなってゆく何かより、地層の中に潜むものの方がずっと大切に思えた。外側を見るのは右目だけで十分だった。

左目に現れたものを図鑑のページに再現する方法を発見した琥珀が、妹をよみがえらせるために最初に選んだのは『こども理科図鑑』だった。きょうだいの名前を採掘したこの図鑑に、当然妹も加わるべきだと彼は考えた。

あの時見えたままを、最初のページから鉛筆で順番に描いていった。糸くずがもぞもぞ動きだすところから、少しずつ少しずつ、一ページ一ページ、前進していった。それは想像したよりずっと手間のかかる作業だった。学習の時間をすべて注ぎ込んでもほんのわずかなページしか進まず、それではとうてい満足できなかった。午後、オパールと瑪瑙が庭で遊んでいる間も、一人書斎に閉じこもってひたすらページの片隅に集中した。

二人は琥珀が何をしているのか知りたがったが、「うん、ちょっと」と口を濁した。ママにも内緒だった。もし自分の試みが上手くいかなかった時、皆をがっかりさせたくなかったからだった。

失敗を重ね、テーブルを消しゴムの滓だらけにしながら何度もページを繰っているうち、琥珀はコツを飲み込んでいった。最大の敵は焦りだった。早く先へ進もうとしてつい前のめりになり、描くべき場面を省略すると必ず、取り返しのつかない断絶が生じた。例えば糸くずの一本がアメンボの脚になったり、ひっつき虫の棘が三つ編みになったりする動きの途中に、どこからか目に見えない乱暴な一撃が加えられ、糸も脚も棘も三つ編みも、すべてが谷底へ落ちてゆくのだった。それはどれほど指先の加減で滑らかにページをめくったとしても飛び越し切れない、深い谷だった。そうなったらもう、前後数ページを消してやり直す以外、他に方法はなかった。

焦る必要はどこにもないと、琥珀は自分に言い聞かせた。左目はいつでも自分のすぐそばにあり、見失う心配も、誰かに横取りされる恐れもなかった。そのうえ図鑑はたっぷりと厚みがあった。ほとんど無数かと思われるほどの片隅の余白が地層を成し、彼の手によって発掘されるのを待っていた。

琥珀はひっつき虫が地面に落ちる時の、舞い上がる砂粒を一つ一つ描き加えていった。棘一本一本の、先端の曲がりを変化させ、一ミリずつ三つ編みに結い上げていった。けれど無理矢理変化を起こしているわけではなかった。どんな状態であれ、ずっと不変であり続ける方が難しく、図鑑を一枚めくればもう、前のページに逆戻りはできないのだった。

一ページが瞬き一回だと琥珀はすぐに理解した。瞬きの瞬間、暗闇がよぎる。ほんの短い時間でも、あたりはすべて真っ暗になる。それが、ページとページの間に訪れる空白だ。再び光が戻った時、直前に起こった小さな中断のことなど皆忘れてしまうが、間違いなくそこには空白が差し挟まれている。その証拠に、中断の前と後では何かが違っている。アメンボの脚先から滴る水は膨らみを増し、ひっつき虫の芽は太陽を求めて角度を広げている。自分がやろうとしているのは、まぶたが閉じられている間に誰かが施しているらしいこうした変化を、鉛筆でなぞることだ。自分のいるこの世界は、瞬きによって切り取られた一瞬一瞬の連なりで出来上がっているのだと、彼は気づく。

琥珀は熱中した。左目と余白以外、他には何も見ていなかった。図鑑の片隅は体温を吸って柔らかくなり、手垢とこすれた鉛筆の跡で親しみやすい色合いに染まっていった。そっと親指をあてがうだけで、忠実に琥珀の指示に従うようになった。

「落書きは駄目なんじゃないの？」

時々、瑪瑙がちょっかいを出しに来たが、オパールがすぐにたしなめた。

「さあ、あっちへ行きましょう。邪魔してはいけないのよ」

説明などされなくても、図鑑の余白で何が起こっているか、オパールは既に理解しているかのようだった。

まぶたのカーテンを一枚ずつくぐり抜け、だんだんに妹は近づいてきた。恥ずかしそうに、じらすように足踏みをし、スキップをした。思わず手を差し伸べそうになりながら琥珀は、一心に鉛筆を動かした。


「さあ、お口をつぐみましょう」

「黙っていないといけないの？」

「ええ、そうですよ。驚かせないようにね」

「びっくりすると泣いちゃう？」

「たぶん。まだ小さいから」

「電気スタンドを点けた方がよくないこと？」

「そうだね。光は大切だ」

「ママ、眼鏡は？」

「大丈夫。今掛けるところです」

「皆、もっと近くに寄って」

「これくらい？」

「ううん、もっと……」

琥珀の指示に従い、三人はテーブルに椅子を引き寄せ、首をすくめ、体を小さくした。ベッドで眠る時と同じように、瑪瑙の頬はオパールの右肩の窪みに納まり、彼女の髪は琥珀の耳たぶを撫でていた。琥珀の左隣からは、ママの吐息が聞こえていた。夜の書斎は窓が閉じられ、古い紙のにおいに満ち、なぜか昼間より天井が高く感じられた。その天井の果てまでびっしり詰まった図鑑たちが、彼らを見下ろしていた。

もう誰も口を開かなかった。四人の視線の先に『こども理科図鑑』が置かれていた。琥珀はそれを両手で持ち上げ、角に親指をあてがった。そうして何度も練習した適切なスピード、爪が引っ掛かって立ち往生したり、何枚かが重なり合ってぎくしゃくしたりせず、すべてのページが平等に立ち現れるスピードで、それをめくった。

はっ、と誰かが息を飲んだ。その余韻が消えないうちの出来事だった。にもかかわらず、少しも慌しい様子でないのを皆不思議に思った。それどころか逆に、一瞬一瞬が琥珀の手の中で抱き留められ、悠々と引き伸ばされているのを感じた。糸くずが次々と変身し、ひっつき虫に隠れていた妹が姿をあらわにしはじめるのは、丁度きょうだいたちが名前を引き当てた〈鉱物〉〈化石〉の項目のあたりだった。もう次の瞬きのあとには、琥珀の指の間に、見間違えようもなく妹がいた。一番小さくて可哀想なあの子が、世界のあらゆる事物を記した図鑑の片隅によみがえっていた。

妹はシロツメクサを摘む。オパールに教わったやり方で、器用に茎を結んでゆく。王冠それを輪にして首に飾る。うれしそうに飛び跳ねると、一緒に首飾りも揺れる。王冠や羽や尻尾や鬣《たてがみ》と同じように、それが妹の目印になる。口元がほころんでいる。歌を口ずさんでいるのだと分かる。合唱の時間、きょうだいで歌うのと同じ、瑪瑙が作った歌を。

靴下の柄も爪の形も絶えず動くきらきらした瞳も、どんなささいな部分も彼らは見逃さなかった。ぱらぱらと落ちてゆく一瞬に、琥珀が描き込んだすべてを読み取った。彼らの横顔と琥珀の指先を電気スタンドの明かりが照らしていた。ページが巻き起こす風に乗ってきっと歌声も聞こえてくるはずだと、皆、息を殺して耳を澄ませた。

「ここに、隠れていたんだね」

我慢できずに瑪瑙がささやいた。

これが、琥珀にとって初めての『一瞬の展覧会』になった。会場は夜の書斎、案内状もポスターも図録もなし。観客は三人だった。

もちろん彼自身は、自分が描いたものを作品だと思ったり、展示しようとしたりしたことは一度としてなかった。『一瞬の展覧会』という名称をつけたのも、琥珀の知らない誰かで、しかも彼が救出されたあと、何十年も経ってからの話だった。

最初、三人以外の他人にそれを見られるのを、彼は頑なに拒否した。ママの禁止事項を犯したくなかったからだった。

「図鑑じゃなく、もっと小さな……例えば、手帳に描いてみようか？」

と、ママに提案した時のことを琥珀はよく記憶していた。

「そうすればハンドバッグに入れて、仕事中でもいつでも、一緒にいられるよ」

いいえ、と言ってママは首を横に振った。

「パパの図鑑ほど安全な場所は、他にありませんよ。私たち以外、決して誰も開かないのですから」

以来、琥珀は言いつけを守り続けた。『こども理科図鑑』の次は、本棚の右下端から順番に一冊ずつ取り出し、妹を描いてゆくことにした。オパールが既に最上段左端からスタートさせている全図鑑読破のプログラムを、反対方向から迎えに行く計画だった。そうすれば恐らく本棚の中央付近でオパールと出会えるだろう。そこで二人は握手を交わし、世界を制覇するトンネルの貫通を祝うのだ。自分で立てたこの計画に、琥珀は心を躍らせた。

ボイラーにまたがり草原を駆け抜ける妹、ミモザの木に登り黄色い花をオパールの王冠に降らせる妹、ミシンのベルトをリュージュのコースにして滑る妹、瑪瑙の折った小舟に乗って泉を遊覧する妹。スコップで地層を掘り琥珀のベッドで眠る妹。いつでも彼女が主役だった。

左目の糸くずに神経を集中させれば、彼女を誘い出すのはさほど難しくなかった。小細工などしなくても彼女は自由自在に動き回り、たった一本の鉛筆から息を吹き返したとは思えないほどの元気さを発揮した。それを見つめているうち、もうすっかり忘れてしまったと信じ込んでいた外の世界の風景も思い出されてくるのだった。

問題はもっと単純なところにあった。すべての図鑑が琥珀のやり方に適しているとは限らないことだった。本の大きさ、重さ、紙の厚み、手触り、余白の色合い、テーマ、発行年月日……さまざまな条件の違いが琥珀に影響を与えた。バサバサとダイナミックにめくれてゆく図鑑もあれば、細やかな流れを生み出すものもあった。鉛筆の芯が滑って濃い線が引けない紙もあれば、紙魚《しみ》に食べられて穴の開いたページもあった。そういう違いを活かし、より妹に相応しい一瞬を描き出す工夫を、誰に教わるでもなくたった一人で琥珀は積み重ねていった。魔犬にかまれた妹をこれ以上危険にさらさないよう、下書きのノートも作らず、ただ図鑑の中にだけ彼女を匿った。琥珀たちよりももっと厳重な、壁と図鑑、二重の囲いだった。

一枚ずつ眺めれば、琥珀の絵は上手とは言い難かった。十一歳で初めて妹を描いた頃からほとんど上達しなかった。線はたどたどしく単純で、あちこちバランスを欠いていた。にもかかわらずママたちに、そこにいるのはあの子だと確信させる不思議な力を秘めていた。

彼の絵は連なって動いてこそ初めて完成した。大事なのは顔が似ているかどうかではなく、こういう時あの子のスカートはこんなふうにはためくだろう、三つ編みはこんなふうに跳ねるだろう、瞳はきっとこんなふうに輝くはずだ、と皆が信じるとおりに細部まですべてが動くことだった。もちろん映画のようにスムーズというわけにはいかず、どこかぎくしゃくしていたが、その不器用さがいっそう彼女を愛くるしくさせていた。スクリーンにペタンと貼り付いただけの影ではなく、両手ですくい上げられそうなほど確かな輪郭を、ページの空白に映し出していた。

かつてあの子が生きていた頃の時間を、琥珀は一枚ずつ丁寧に切り離し、風に当て、光に透かしてくもりを除き、掌で温めてからもう一度組み立て直した。彼がやったのはつまりそういうことだった。

ママもオパールも瑪瑙も、あの子に会いたくなったり様子が気になる時はいつでも書斎に足を運び、図鑑をめくった。一冊、一冊、あの子が歩を進めてゆくのを心待ちにした。オパールと握手するのはいつになるかと、わくわくしながら本棚に刻まれる足跡を目で追った。けれど図鑑の扱いにどんなに慣れようともやはり、琥珀にはかなわなかった。その指先ほど長く、一瞬を保てる人は他にいなかったので、皆、彼にページをめくってもらいたがった。琥珀の指先に現れるあの子を一番愛した。

後年、妹を知らない人々の前で幾度となく『一瞬の展覧会』は催されたが、そのたびに琥珀の心は壁の内側へと舞い戻った。夜の書斎の、あのテーブルだった。ママとオパールと瑪瑙と自分、四人が肩を寄せ合い、ばらばらにならないよう一つのかたまりになっている。やがてあの子が足音もなく、スキップしながらこちらに近づいてくる。四人が五人になる。正しい人数に戻る。その時一つのかたまりがいっそう小さくなり、まるで皆そろって図鑑の囲いの中にいるかのような気持になる。

図鑑の中はとても静かだ。世界中のありとあらゆる事物が詰め込まれているというのに、その余白は驚くほどしんとしている。どんな分類にも系統にも含まれず、すべての項目からはじき飛ばされ、ぽつんと取り残された余白が彼らを安堵させる。静けさはいつでも彼らにとって、一番馴染み深いものだ。

そこに邪魔者の姿はない。感じられるのはただ、めくれてゆくページが巻き起こす微かな風だけだ。無音の中、その風を指先に受けるのが琥珀は好きだった。きっとこれが妹の声なんだ、と思えるからだった。

「それは小さな入れ物です。雨に濡れても錆びない丈夫な小箱です。箱ですけれど持ち運びはできません。一つのところにじっと留まっていなければいけないのです。しかも家の外で、外側に向かって、一人ぼっちで。何と辛抱強いのでしょうか。

壁の向こうにいた頃、小箱の中身を取り出すのはわたしの役目でした。中身は、小さな紙切れに書かれた文字たちです。

小箱に手を差し入れる時は、慎重にやりました。暗がりの底にこっそり横たわっている彼らを、びっくりさせたくなかったからです。まだ幼すぎて読めない文字ばかりでしたが、それでも彼らが長い道のりを経て、ちょっぴりくたびれているのが分かりました。

中身が箱からあふれるくらいに一杯詰まっている時、与えられた役目の重大さを感じていっそう張り切りました。しかしだからといって量だけが大切なのではありません。たった一枚であっても、一つ一つの文字が、求める相手に向かって精一杯手を伸ばしているような、決しておろそかにできない紙切れもあるのです。それをママに手渡す時、わたしはできるだけ目をそらしていました。誰にも邪魔されずママがゆっくり文字を見つめられるようにです。たいてい、送り主はパパでした。

自分の役目を滞りなく果たすため、小箱に中身が届けられる時の合図にいつもわたしは神経を尖らせていました。パタパタという原付自転車の音は、鳥の羽ばたきに似ています。悠々と大空に舞い上がる立派な種類ではなく、小さな羽を懸命にばたつかせて飛ぶ鳥です。声はひとりでに耳へ届いてきます。けれど黙ったままの文字は、放っておけばいつまでもじっとして動けません。それを運んでくれるのが鳥です。鳥は羽の内側に、そういう文字を抱えているのです。

ほんのわずかな数ですが、わたしも受け取ったことがあります。お父さんの転勤で引っ越していった、バレエ教室のお友だちです。世界には何十億人もの人間がいるのに、たった一人わたしだけを目がけてそれが届けられたのかと思うと不思議でした。特別な籤に当たったかのような、得意な気分でした。でもここへ来る時全部捨ててしまいました。

この家の門にも、小箱が取り付けられているのを知っていますか？　今でも鳥の羽ばたきが聞こえると、つい以前の役目を思い出して箱を覗き込んでしまいます。門に近づくのは禁止事項ですから、ママには絶対内緒にしておいて下さい。たいがい小箱には何も入っていません。呆気ないくらいに空っぽです。時折、破れかけた広告が丸まっていたり、枯葉が一枚、貼り付いていたり、蜜蜂が死んでいたりするだけです。肝心の文字が届いた時、何か不都合があってはいけないので、中を綺麗にお掃除しておきます。

例えば、一人書斎にいる時、庭のどこかで姿を見せないまま不意に鳥が飛び立ったような時、たまらなく心配になることがあります。わたしを探して鳥が迷っていないだろうか、今頃疲れきって羽ばたくこともできず、林の茂みで息絶えようとしているのではないか、と。そうなればきっと、羽の内側に書かれた文字たちも地面にこぼれ落ち、ばらばらにはぐれ、もはや元に戻すのは難しくなっていることでしょう。

それでも小箱は待っています。サボりもせず、待ちくたびれもせず、いつ鳥が舞い降りてきてもいいよう、空っぽの中身を抱え続けています」

「僕も知ってる」

オパールのお話のあと最初に口を開くのは瑪瑙と決まっていた。

「虫の死骸を入れておくんだ」

「あら」

オパールは瑪瑙の方に寝返りを打ち、鬣を撫でつけながら言った。

「小箱はお墓じゃないのよ」

「あそこに入れておけば、生き返るよ」

「本当？」

「いつの間にか死骸がなくなってる」

「だって、それはオパールが……」

口を挟もうとした琥珀にオパールは目配せをした。

「とにかく、門に近づくのは危ないわ。特に、瑪瑙みたいに小さな子は」

「大丈夫。よく注意しているし、しょっちゅうじゃないよ。死骸を見つけた時だけだ。前、蟬の死骸を踏んづけて遊んでいたら、ひっつき虫で反撃されて痛い目にあったからね。今では死んだ虫を大事にしている」

「それはいいこと」

「うん」

鬣を撫でてもらうと瑪瑙は、本当にそれが背中の一部分であるかのようにうっとりした表情になり、やがてこらえきれずにうとうとしはじめた。瑪瑙の眠りを妨げないよう、琥珀も黙って布団に潜り込んだ。

自分の知らないうちに、オパールも瑪瑙もそれぞれの理由で門に近づいていたのを知り、琥珀は妙にがっかりした。ひっつき虫を一個ずつ門の外へ放り投げるという自分だけの儀式が、こっそり覗き見されていたような気分に陥った。明日からはもっと思い切り遠くへ投げよう。文字を運ぶ鳥の羽にくっつくくらいの勢いで投げ飛ばしてやろう。そう決心してまぶたを閉じようとした琥珀の左目で、鳥の背に乗る妹が空中を旋回していた。

オパールの言うとおり、頼りないくらいの小さな羽しか持っていない、掌におさまるくらいの鳥だ。それでもあの子は首元の毛をつかみ、上手にまたがっている。目は黒々として濁りがなく、嘴はきりりと尖っている。梢をかすめ、方向を見定め、晴れ渡った空を横切ってゆく。ページから巻き起こる風に思いがけずあおられそうになると、尾羽を震わせてバランスを取る。それに合わせてシロツメクサの首飾りも揺れる。

やがて妹は遠い地上に小箱を見つける。何十億個の中からたった一つ、目指す一点を見極めると、人差し指を真っ直ぐそちらに向ける。合図を受け、鳥は降下をはじめる。振り落とされないよう毛にしがみつく彼女の耳元に、風を切る羽ばたき以外、他には何の音も届いていない。

羽の内側は想像よりもずっと柔らかい毛に覆われている。羽毛ベッドに潜るようにして隠れている文字たちを、妹は両手ですくい上げ、小箱の中にそっと横たえる。厳重に閉ざされた門の脇の、そこだけ開いた細長い口に手を差し入れる。中は暗すぎてよく見えないが、文字たちを受け入れるのに相応しい静けさが満ちているのはよく分かる。瑪瑙がいつも死骸を入れておいてくれるおかげだ。

再びあの子は鳥にまたがる。オパールの耳に音が届くよう、翼を少し強く羽ばたかせながら飛び立ってゆく。

オパールはもう、ママの禁止事項に触れるのではないかとびくびくしながら、門に近づく必要はなくなる。蜂の死骸を見つけて淋しい気持になることもない。バレエ教室の友だちからの手紙を受け取りたくなった時は、図鑑を取り出す。小箱を開ける時と同じ手つきで、ページをめくる。そうすれば妹が運ぶ手紙を手にすることができる。

うんざりするほど雨が降り続き、何日も庭へ出られなかった。オパールの勉強と琥珀の作品制作ははかどったが、瑪瑙はエネルギーを持て余して家中のいろいろなものを壊した。食堂の電球の笠を割り、ママの寝室のドアノブを引っこ抜き、ベッドをトランポリン代わりにしてスプリングを駄目にした。修理の人を呼ぶわけにはいかず、皆で協力してどうにか誤魔化すよりほかなかった。笠はガムテープでつなぎ合わせ、ドアは穴をつかんで開閉する方法を編み出し、スプリングについては無視することに決めた。

しかし誰も瑪瑙を責めたりはしなかった。彼が走り回ろうと大人しくしていようと、そんなこととは無関係に、家のあちこちが少しずつ傷んでいるのは明らかだった。床は軋み、天井には原因のよく分からない染みが広がり、テラスの手すりは腐りつつあった。子ども部屋の壁を彩る天使や花は反り返って次々落下し、しょっちゅう貼り直す必要があったし、オルガンは正しい音の出る鍵盤がいよいよ残り少なくなっていた。ママがどんなに丁寧に床を磨き、漂白剤でカーテンを洗濯しても、落としきれないくすみが残った。すべての窓を開け放とうと、そのどんよりした気配は追い出せなかった。雨も風も、ただ壁の内側だけでぐるぐると渦を巻き、外側の空気は届いていないかのようだった。

相変わらずママはツルハシを担いで仕事に出掛けた。町までつながる道路が冠水してバスが運休になった時は、二時間かけて徒歩で出勤した。そんな日でさえ、

「油断はできません。雨が魔犬の足音を消してしまいます」

と言ってツルハシを置いて行こうとはしなかった。じめじめした天候が体調を狂わせるからだろうか、温泉療養施設は満室が続き、ママの仕事は大忙しだった。

「ねえ、アイルランド共和国がどこにあるか、知っている?」

書斎のテーブルに地図を広げてオパールは言った。

「さあ、どこかなあ……」

新たな一冊、『パノラマ天文図鑑』をめくり、余白の具合を確かめながら左目の糸くずが動き出すのを待っていた琥珀は、あいまいに答えた。瑪瑙は居間でオルガンを弾いているらしかった。時折、雨の隙間から、空気の漏れるか細い音が途切れ途切れに聞こえていた。

「ここ。地図の一番端っこ」

それは世界地理図鑑シリーズの付録の白地図で、瑪瑙がクレヨンで好きな色に塗り分けてあった。オパールが指差す先の国は濃紺に塗りつぶされていた。

「まるで落し物みたいな国だと思わない？　知らない間にポケットからこぼれ落ちた皺くちゃのハンカチ。落とし主からも忘れられて、ずっと待ちぼうけなの」

琥珀はその小さな国を見た。海に囲まれ、世界の片隅に閉じ込められていた。『オリンピックのすべてがわかる図鑑』の巻末に載っていた、国別メダル獲得数の表を思い浮かべてみたが、その国が何位だったか記憶になかった。

「沼地ばかりの国よ。だから作物はあまり実らないんですって。沼の底で植物が腐って、泥と炭になって積み重なっているらしいわ」

オパールは大学ノートを広げ、まとめたばかりのレポートを確認しながら喋った。

そこには彼女の几帳面な、よそよそしいほどに大人びた字が並んでいた。オパールはいつの間にこんなに字が上手になったのだろうと、琥珀ははっとしてノートに視線を落とした。誰に提出する当てもないそれには、オパールが自ら消しゴムを削って作った『合格』の判が押してあった。

雨は降り続いていた。窓の外に目をやっても見えるのはただ雨ばかりだった。庭の様子はすっかり変わってしまっていた。壁に沿って積み上げられた落葉の山は崩れ、泉からあふれた水は元々の水路とは別に勝手な流れを作っていた。

「きっとこんなふうに、雨ばかり降る国なんだろうね」

琥珀は言った。

「国全体が水溜りよ。そこの土を掘ると、何百年も昔に誰かが沼に落としたものが、腐らないでそのまま出てくるの。ボタンや、髪飾りや、木靴や、手鏡が。泥炭が防腐剤の役割を果たして、空気を遮断するからなのね」

「じゃあ本当の、落し物の国だ」

「そのとおり。一番大きな落し物は何だか分かる？」

琥珀は首を横に振った。

「人間」

「えっ」

「死体も腐らない。髪とか爪とか洋服とか、それからきっと、眼球も。何もかも全部が生きてたとおりなのに、でも、圧倒的に死んでいる」

オパールは琥珀の左目を指差した。

「ミイラみたいなもの？　それとも化石かな」

「いいえ。あんなには干からびていないはずよ。だって湿った沼の底だもの。たぶん、濡れた粘土みたいになっているんじゃないかと思うわ。頬っぺたに触ると指の先が、むにゅっ、と埋もれる感じ」

オパールは人差し指を更に左目に近づけてきた。糸くずはオパールの話に興味深く耳を澄ませるかのように、大人しく横たわっていた。

「いつまでもぐずぐず死にきれないでいるなんて、可哀想だ」

「真夜中、こっそり恋人に会いに行こうとして、誤って泥に足を取られたのかしら。きっと月の出ていない夜だったのね」

オパールはヘアピンをくわえて自分の髪に手をやり、ずれた王冠をまっすぐにして留め直した。恋人、という言葉がオパールには似つかわしくない気がして、琥珀は何も言えなかった。糸くずを動かそうと瞬きを繰り返したが、それは泥炭に埋まった死体のようにじっとしたままだった。

「気づいた時にはもう手遅れ。もがけばもがくほど体が埋まって、身動きが取れなくなって、鼻と口から泥が流れ込んでくる。あたりは真っ暗よ。あまりに暗すぎて青みがかって見えるほどなの。そう、瑪瑙が塗ったクレヨンの色と丁度一緒ね。爪の先から少しずつ死んでゆくのって、どんな気持かしら。せめて、苦しくないことを祈りましょう。誰かに発見してもらえるまで、泥に閉じ込められたまま、延々と待ち続けるのね。恋人が死んだあともずっと……」

二人はしばらく口をつぐみ、窓ガラスの向こうに目をやり、見ず知らずの国の沼地の底に思いを巡らせた。琥珀は自分の名前が、木の樹液が地中に埋まってできたものだということを改めて思い出した。左目が沼にポトンと落ち、ずんずん埋もれてゆき、泥炭に閉じ込められてゆくさまをまぶたに描いた。そして、忘れ去られた沼底の誰かが、安らかであるようにと祈った。

「おやつの時間だよ」

廊下を駆けてくる瑪瑙の足音が聞こえた。

「早く食べようよ。もう我慢できない」

「ええ、そうね」

オパールは大学ノートを閉じ、立ち上がった。

「ミルクを温めましょうね」

勢いよくドアを開け、走り込んできた瑪瑙を抱きとめながら、オパールは微笑んだ。

次の日、雨が止んだ。子ども部屋のカーテンの隙間から差し込む朝日のきらめきで、雨はもはや過ぎ去り、夏が来たのだと琥珀には分かった。琥珀は一番にベッドから抜け出し、我慢できずに窓を開けた。ひさしから雫がこぼれ落ち、風が吹き込んできた。庭中の濡れた木の葉が光を放っていた。

突然沼が出現しているのに気づいたのはオパールだった。

「ねえ、見て、琥珀。池がアイルランド共和国になってる」

それは元々、地形を生かした自然の池だったが、前の住人が水を涸らして以来放置され、単なる窪みになっていた。そこに大雨が降り込み、内側が崩れ、土砂が水分を含んでぬかるみに姿を変えていた。どろどろした感じといい、青みがかった黒い色合いといい、二人が想像していたアイルランドの沼そのものだった。

午後の自由時間を待ちかねて庭へ飛び出した子どもたちは、靴を脱ぎ、下着一枚になり、めいめいスコップを持って沼を掘り返した。泥に足の裏を沈めた瞬間、彼らは同時に歓声を上げた。それを合図に夏の日差しは輝きを増し、蟬と小鳥の鳴き声がいっそう大きく響き合った。三人は体が隅々まで自由に動くのを感じ、胸に一杯息を吸い込んだ。たちまち全身泥だらけになったが平気だった。泥が顔にはねてもパンツの中に入ってきても、お構いなしだった。

「さあ、落し物を探しましょう」

オパールが言った。

「何を落としたの？」

すかさず瑪瑙が尋ねた。

「落とし主はもう死んでしまったから、分からないのよ」

と、オパールは答えた。

「でもとにかく探せばいいんだね」

瑪瑙は沼の真ん中に座り込み、元気よくスコップを突き立てた。琥珀とオパールも負けずに掘った。泥は思ったよりずっと温かく、柔らかく、大きさの違う三人の手を平等に包んだ。スコップを動かすたび、かぐわしい匂いがした。地面の底から湧き出してくる、大地そのものの匂いだった。

実にさまざまなものが出てきた。皮のはげた小枝、親指の爪ほどの貝殻、コルク、芽を出せなかった木の実、根っこの瘤、ガラスの破片、ガーゼの切れ端、釘、万年筆のペン先……。

「これを見て」

何か少しでも珍しいものを掘り当てるたび、三人はそれを光にかざした。

「すごい」

残りの二人は泥だらけの手を叩いてその発見を称えた。

もちろんミミズやムカデやナメクジや、生きものもたくさん発見されたが、それらは落し物とは見なされず、賞賛の対象とはならなかった。三人の手から逃れた彼らは大慌てで泥の中に身を隠した。

拾得物はテラスの日溜りに並べられた。どれもみな長い時間泥の成分を吸い込んで、似通った日陰色に染まっていた。それでも輪郭だけは、本来の役目を果たしていた当時のままを保っていた。不意に眠りから呼び覚まされ、太陽にさらされ、まぶしくて目を細めるような、はにかむような様子だった。

木漏れ日が沼に揺れる模様を描いていた。どこかで小鳥が飛び立つと、さえずりと一緒に木の葉に残る水滴が舞い落ちた。雨の間濁っていた泉はもうすっかり透明になり、せせらぎも元の流れを取り戻していた。梢の間からのぞく空は澄んでいた。

もし死体が出てきたらどうしよう、と琥珀は頭の片隅で考えていた。けれどオパールと瑪瑙が一緒なら少しも怖くはなかった。一瞬死体の一部かと思わせるもの、例えば魚の骨や眼球に似たビー玉が出てきた時は、むしろ興奮して胸が高鳴った。〝最も大きな落し物〟の第一発見者になれるのなら、それは名誉なことだとさえ思い、オパールよりも瑪瑙よりも深く掘り進もうとした。地中の奥深くまで泥は流れ込んでいた。彼らはひたすら、三人一緒に沼を掘るだけのことに熱中した。

全身泥と汗にまみれてどうしようもなくなると、ホースを引っ張ってきて水を掛け合った。水は泥よりずっと冷たかった。足元は更にどろどろし、いっそうアイルランドらしくなってきた。瑪瑙は琥珀を追いかけ回し、ふざけてお尻にばかりホースを向け、琥珀は瑪瑙からホースを取り上げてオパールに水を掛けた。三人は壁の内側に来てから初めて、思い切り大きな声で笑った。三年以上にわたるひっそりとした生活のせいで声帯が萎縮してしまったからだろうか、自分では精一杯の声を出しているつもりでも、かすれた息が漏れているに過ぎなかったのだが、それでも心の底からの笑いであるのは間違いなかった。

もしママが見たら禁止事項に加えるに違いないこの遊びを、オパールがためらわず楽しんでいるのが琥珀には意外だった。それどころか三人のうちで一番はしゃいでいると言ってもいいほどだった。琥珀がホースの先を潰して水に勢いをつけると大げさに飛び跳ね、テラスを走り抜けてミモザを一周し、足元のぬかるみを蹴り上げて反撃してきた。

束ねた髪が背中でもつれていた。ずり落ちそうになった王冠はヘアピン一本でどうにか引っ掛かっていた。ママが縫った小さすぎる木綿の肌着はずぶ濡れになり、体にぴったりと張りつき、裾から滴り落ちる灰色の水滴が、むき出しの太ももに葉脈のような筋を描いていた。いくら泥がはねていようとも、肌は濁りなく白かった。オパールがくるくる動いて光の角度が変わるたび、肌着の下に隠れた体が透けて見えた。ページをめくらないでおこうとするかのように琥珀は目を細め、瞬きをこらえたが、光はそのきらめきで、一瞬一瞬、水の膜の向こうにオパールの体を映し出した。そこには膨らみがあり、柔らかさがあり、眩しさがあった。

「ねえ、見て」

オパールが地中から何かをつかみ出し、手に載せて宙に掲げた。掌の窪みにおさまるほどの小石だった。輪郭はいびつだが、表面は水に濡れてつやつやとし、内にまだ泥の温かみを残すような濃淡のある乳白色をしていた。

「オパールよ」

彼女は言った。

「これがオパールなのよ」

ようやく目指す落し物を見つけて安堵した様子の、すがすがしい口調だった。眩しさを我慢しながら、琥珀と瑪瑙は小石を黙って見つめた。ホースから流れ続ける水が琥珀のふくらはぎを伝っていた。それくらいのオパールができるまでには、だいたい五十万年くらいかかっているはずだ、と琥珀は胸の中でつぶやいた。同時に、〝オパールが最も美しく見えるのは、水に濡れている時です〟という図鑑の一行がよみがえってきた。

オパールはぬかるみに素足を沈め、息を弾ませ、小石を握り締めていた。体中が水滴に包まれていた。その一滴一滴に日差しが反射し、光が彼女を照らしているのか、彼女が光を放っているのか区別がつかないほどだった。本当の宝石のようだった。

「僕も見つけた」

瑪瑙が声を上げた。オパールの真似をして瑪瑙が拾ったのは、うっすらと縞模様のある焦げ茶の石だった。

「僕のはこれだ」

負けずに琥珀も続いた。よく確かめもせず、泥の中から手探りで一個拾い上げたにもかかわらず、それは彼の名前と左目に相応しい琥珀色をしていた。掌に一個ずつ小石を載せた三人の真上で、太陽はずっときらめき続けていた。


日が傾きだしてから三人は、拾得物を死体の形にして沼に戻した。木の根と蔓を結んで丸い顔にし、ガーゼを広げた胴体に小枝をつなげて手足を作った。釘が指、木の実と貝殻とペン先が爪、ビー玉がおへそ、コルクは鼻でニクロム線が髪の毛だった。

最後、瑪瑙は自分の小石を左耳に、琥珀は左目に、オパールは口に置いた。相談したわけでもないのに、気がつくと自然にそうなっていた。言葉の先生を住まわせ歌を生み出すための耳、一瞬一瞬の地層に妹を匿うための目、そして外の世界をよみがえらせるお話を語るための口だった。

それはおっとりとして愛嬌のある表情をした死体だった。自分がどうして死んだのか、いくら考えても分からないままにいつしかこうなってしまった、という風情で横たわっていた。蟬の鳴き声も木漏れ日も消え、樹木の影が沼の底にのびていた。

「さあ」

オパールに促され、死体の上に泥を掛けようとした時、不意に琥珀が言った。

「ちょっと待って。やっぱりこれだけは取っておこう」

琥珀は沼の縁から身を乗り出し、死体から三個の小石を拾い上げた。

「そうね。これの落とし主はわたしたちだものね」

オパールが言った。琥珀は口をオパールに、耳を瑪瑙に手渡し、自分は目を握り締めた。

「代わりにこれを被せてあげましょう」

オパールはヘアピンを外し、王冠を脱ぐと、ひざまずいて死体の頭に載せた。ニクロム線の髪の毛がすっぽり隠れた。

三人は両手で泥をすくい、死体を沼に埋葬した。小枝の手足もたちまちばらばらになり、ガーゼの胴体は縒れ、耳と目と口の空洞は泥の色と見分けがつかなくなった。ついさっきまでオパールの頭を飾っていた王冠はぐったりとし、どこまでも深く泥に沈み込んでいった。やがてそこは再び、あらゆるものを長い眠りに閉じ込める沼に戻っていた。もうほとんど日は暮れようとしていた。

その夜、オパールはママの裁縫箱から端切れを持ち出し、三人それぞれの石を仕舞っておくための小さな袋を縫った。

「失くしたら大変だもの。大事にしなければ」

ほつれないよう、時間をかけて一目一目針を動かす彼女の横顔を琥珀は見守った。そこには弟たちを、どんなわずかな隙間からも転がり落としてはならないという真剣さと優しさがあふれていた。彼女の手は白く、傷一つなく、昼間浴びた日差しを吸い込んでまだほんのり光っているように見えた。瑪瑙、琥珀、オパールの順に小石が袋に収められ、細い革紐が通された。

「さあ、できた」

オパールは弟たちの首にそれを掛けた。目を伏せ、頭を垂れた時、彼女の手が首筋に触れるのを琥珀は感じた。

「いつも首に提げておくのよ。約束しましょうね」

三人は顔を寄せ合い、三本の小指を絡ませて指切りをした。

「シロツメクサの首飾りと一緒だね」

弾んだ声で瑪瑙が言った。確かにそれは四人きょうだいをつなぐ印のように胸元を飾っていた。


これが、オパールが子どもだった最後の日になった。オパールはもう琥珀や瑪瑙と同じベッドでは眠らず、折り畳み式簡易ベッドを納戸の片隅に広げ、そこで休むようになった。

「ねえ、なぜ。どうしてオパールは抱っこしてくれないの」

眠れない夜、瑪瑙は繰り返しそう尋ねた。

「さあ、今晩は何のお話にしましょうか」

オパールはベッドの角に腰掛け、一つだけお話をしてくれた。

「ねえ、どうして」

瑪瑙は涙を浮かべた。

「スプリングが壊れたからよ」

それを壊したのは自分だと気づいて瑪瑙はいっそう泣いた。

「いい子にして目をつぶりましょうね」

明かりを消し、二人を置いてオパールは子ども部屋を出て行った。取り残された二人は眠れないまま、ベッドにぽっかりと浮かんだ空洞、三つ並んだシグナルの真ん中の暗闇を見つめた。体を少しでも動かすたび、スプリングが苦しげに軋んだ。

「小石を握るんだ」

琥珀は言った。

「そうしていれば、オパールがすぐ近くにいるのと同じだ」

瑪瑙はうなずき、胸元に手をやり、目を閉じた。

王冠はあの日沼に沈んだきりだった。ママがどんなに可愛らしい王冠を新しく縫い直そうとも、オパールは決してそれを被ろうとはしなかった。五十万年後、誰かが掘り返すまで、王冠は沼で眠り続けるのだと琥珀には分かった。

6

アンバー氏の部屋に入ったことのある人なら皆、窓辺に小石が三つ並んでいるのを知っている。それが何の変哲もないただの石だということにも気づいているが、ぞんざいに扱う者はいない。清掃係は一個ずつ手に持って拭き掃除をし、看護師は窓を開け閉めする時、うっかり転がり落としてしまわないよう注意を払う。もし何かの拍子に位置がずれていれば、私が必ず元に戻す。ガラスのすぐ縁、お互い手を伸ばせば届くほどの間隔で、順番は左からオパール、琥珀、瑪瑙と決まっている。三つの小石はいつも並んで窓の外を見ている。

これらが壁の内側で、どれほどはるかな旅をしてきたか、アンバー氏は語って聞かせてくれる。本棚のトンネルからアイルランド共和国の沼地まで、暗黒星雲の渦から琥珀の地層まで、移動距離は果てしもない。勇気あふれる探検、心躍るスリル、絶体絶命の危機、歓喜の勝利……。しかし、壁の外に出てからこの窓辺にたどり着くまでの旅については、何も話そうとはしない。図鑑の一ページがめくれるほどの間さえなかったかのように、口をつぐむ。

日差しを受ける彼の左目が私のすぐそばにある。相変わらず声はとても小さいのに、小石たちが見つめる窓の外の遠いところまで、なぜか届いているような気がする。

私の一番のお気に入りは、小石がロバのボイラーを旅した話だ。ある日子どもたちは、ミモザの根元、下草の茂る中に、葉っぱや木の皮やドングリや蔓を使って遊園地を建造する。下の二人は実物の遊園地へ行った思い出をほとんど忘れていたので、オパールのお話だけを頼りにする。そこでは観覧車が回転し、メリーゴーラウンドが音楽を奏で、ジェットコースターが走り抜けている。切符売り場もお化け屋敷もアイスクリームスタンドもそろっている。遊園地にある乗り物がどれも、遠くへ行くためのものではなく、必ず乗った場所へ戻ってくることに彼らは安心する。心置きなく何度でも行列に並ぶ。胸元の袋から小石を取り出し、遊具に載せる。

あまりに楽しすぎて帰りたくなかったのだろう。小石たちは袋に戻らず、夜の間中ずっと遊園地で遊ぶ。翌朝、夜勤明けのママがボイラーを連れて帰っているのに子どもたちが気づいた時には、もう手遅れだった。柔らかいミモザの下草はボイラーの一番のお気に入りで、いつも最初に食べてしまうのだ。三人が駆けつけてみるとボイラーは遊園地を丸ごと、小石も全部、飲み込んだあとだった。思わず瑪瑙が「あーっ」と声を上げ、空き地になってしまったところを指差すと、ボイラーは口をもごもごさせながら眠たげな目を向け、よだれを一筋垂らした。

アンバー氏はこの時の瑪瑙の口真似がとても上手い。ボイラーを責めるわけにもいかず、しかし大事な小石が消えた事実に納得もできず、どうしていいか分からず半分泣きそうになった顔を、口をすぼめて再現する。

「迷子届けを出しましょうね」

オパールの口調はどこまでも落ち着いている。

迷子が見つかるまで五日ほどかかる。ボイラーを返す約束の日が近づいてひやひやするが、どうにか間に合う。三人は竹べらを手に、庭のあちこちに落ちるフンを解体し、小石を探す。まず琥珀が見つかり、それからオパール、最後に瑪瑙が戻ってくる。三人とも小石の特徴について熟知しているおかげで、ちゃんと自分のを見分けることができる。

「もしずっとお腹の中にいたら、壁の外へ出てしまうところだったね」

恐ろしい想像をするというより、夢を巡らせるような調子で瑪瑙が言う。

「無理に背中にまたがらなくても、お腹の中に入れれば、やっぱりボイラーは乗り物になるよ」

「小石を飲み込むなんて、可哀想。きっと苦しかったに違いないわ」

オパールはボイラーの首に両腕を回して頬をすり寄せる。

「そうだよ」

藁に押し潰されそうになったり、延々石臼を回したりしているロバの姿を思い浮かべながら、琥珀もすぐさまオパールに賛成する。ボイラーは鼻先をオパールの額にこすりつけたあと、相変わらず自分の体の中で何が起こったのか頓着もせず、草を食べ続ける。

三人は小石を水で洗い、テラスの日溜りでよく乾かしてから袋に仕舞う。心なしか前より表面が滑らかになり、いっそう指先に馴染むようになっている。

「手に持ってもいいかしら」

「どうぞ」

アンバー氏の話が一段落すると、許しを得て私は三つの小石を掌に載せてみる。重さなどないものであるかのように感じる。色も形もばらばらなのに、三つが寄り添うと一続きの形になるそれを見つめ、私は彼らがたどった長い旅について考える。ボイラーの内側を巡る、暗く曲がりくねった道筋を思い描く。それでも小石はただ黙ってそこにある。

　ふと顔を上げると、アンバー氏がうつらうつらしているのに気づく。窓辺は日がかげりはじめている。風邪をひきますよと声を掛けようか、このまましばらくそっとしておいてあげようか迷いながら、私は三つの小石を元の場所に戻す。


　最初にそれを発見したのは琥珀だった。『家庭科図鑑2キッチン篇』という中学生向けの副読本らしかった。紙は粗末で、さほど厚みはなく、2と番号が振ってあるにもかかわらず1や3の姿は見当たらなかった。ボリュームのある図鑑に挟まれ、ほとんど押し潰されるようにして奥に引っ込んでいるのを取り出してみると、表紙は歪み、扉は破れ、ページにはあちこち茶色い汚れが広がっていた。

　そこでは台所の歴史と用具類の変遷、およびその使い方について解説されていた。〝十六世紀の竈〟〝薪ストーブ〟〝冷蔵庫試作品第一号〟〝食器の収納〟〝システムキッチンの登場〟〝包丁の持ち方〟〝材質別消毒方法〟〝カロリー早見表〟……。さまざまな写真と図があった。

　いつものごとく紙の感触と余白の具合を確かめていた琥珀は、ふと、一枚の写真に目を留めた。女性が一人流し台の前に立ち、両手を真横にのばしている。ガスレンジから冷蔵庫まで一歩も動かずに手が届く合理的な設計について、説明する写真のようだった。女性は模様もフリルもない白いエプロンをしている。膝下のスカートと首元までボタンを留めたブラウス。ベージュのストッキングとくるぶし丈のソックス。化粧気はなく、ネックレスも指輪も見当たらず、ウエーブのかかった真ん中分けの髪の毛は、ヘアスプレーできちんとセットされている。

「ママだ」

琥珀はつぶやいた。

「ママがいる」

琥珀の知らない若いママだった。

ママは無表情だった。真っ直ぐに立ち、正面を向き、指先も肘もピンとのばしていた。必要以上に目立たないよう、正確さを損なわないよう、一切の感情が排除されていた。まるで台所に設置された一つの計器のようだった。

注意してページをめくれば、写真に登場するモデルの全部がママだと判明した。フライパンの錆を落とすママ。ナプキンを畳むママ。発火した天ぷら油を消火するママ。ジャガイモの芽を取るママ。手元だけしか写っていないものもあったが、それもママに間違いないと確信できた。

ママは忠実に役目を果たしていた。ジャガイモを握る力加減から、炎上する鍋との距離の取り方まで、すべてが正確だった。その場の状況に最も相応しい体勢を取り、読む人の神経をいささかも乱さない平常心を保っていた。手はただの手であり、目はただの目であり、それ以外の何ものでもなかった。

なぜかこの発見は琥珀を愉快な気分にはしてくれなかった。たとえ計器のように無表情でも、ママは若々しく、綺麗だった。なのにこの図鑑を開いたことが申し訳ないような、後ろめたいような気がして、オパールにも瑪瑙にも黙っておこうと心に決めた。ママの顔が今よりずっと、死んだあの子に似ていたからかもしれない。

『家庭科図鑑2キッチン篇』はページ数も少なく、余白も狭かったが、そのためにかえって琥珀の意欲を高めた。区切られた左目にしか居場所のない妹は、だからこそ狭い余白であればあるほど本領を発揮すると、それまでの経験から学んでいた。写真を発見してしまったことを誰かに謝罪するような気持で、琥珀は創作に励んだ。粗末な紙質は鉛筆の馴染みがよく、くすんだ白色は味わい深い背景を生み、散らばる染みはさまざまな思いがけない形になって妹を誘い出そうとしていた。普段にも増して彼女は自在に振る舞った。ページの角から飛び跳ね、縁を上辺まで駆け上がったかと思うとすぐさま底辺へ降りてきて、再び角を脱出するタイミングを計っていた。

そうだ、余白は別に角っこばかりではない、ページの三方にも改行した文章の後ろにもどこにでもあるじゃないか、と琥珀は改めて気づいた。そんな当たり前のことに今まで気づかなかった自分のうかつさを恥じた。

一つ、バスケットが置かれている。ピクニックに持って行く、女の子なら誰でも腕に提げてみたいと思うバスケットだ。蓋の留め金にリボンが結んである。手紙を小箱に届けるのと同じ茶色い小鳥が飛んできて、嘴でリボンを解くと、まるでびっくり箱のバネ人形のように妹が飛び出してくる。「どう？　驚いた？」という得意げな笑みを浮かべる。妹は台所を遊園地にして遊ぶ。竈の灰を探検し、セットされたナプキンの斜面を滑り降り、漏斗《じょうご》の渦に身を任せてぶどう酒の瓶底を漂う。火を噴く天ぷら油の猛獣にフォークで挑み、魔法瓶に魔法をかけ、フライパンの錆を空中に撒き散らして星座を作る。疲れたら、ジャガイモの芽をくり貫いた窪地に体を丸めて昼寝をする。

琥珀は集中した。一旦そうなったら邪魔をすべきではないと知っているオパールと瑪瑙は、余計な口出しをしなかった。ページを重ねるうちにだんだん、今自分は左目にいる妹を見ているのか、図鑑のページを見ているのか分からなくなった。自分は鉛筆で妹を描いているのではない、瞬きの断面に映し出されるシルエットをなぞっているだけなのだ、という気がしてきた。疲れてくると窓の向こうに目をやり、ことさらゆっくり瞬きをして光を補給した。

何度も妹と目が合った。彼女は小首を傾げ、シロツメクサの首飾りに手をやり、ウインクをした。

「僕たちの遊園地はボイラーに食べられたんだ」

琥珀はつい話し掛けそうになったが、そこは音のない世界だったと気づき、代わりに小石の首飾りを揺すって合図を送った。

やがて彼女は昼寝から目覚める。欠伸をし、お尻についたジャガイモのでんぷんを払ってから立ち上がる。そして静かに歩いてゆく。もうさっきまでのはしゃいだ様子はない。心は平穏で、澄みきっている。誰に教えられたわけでもないのに、自分がどこへ向かおうとしているのか、ちゃんと分かっている。小さな靴が余白を踏みしめる。

あの子はママのところへやって来る。パパの命令どおり、流し台の前に立ち、あらゆる関節を真っ直ぐにのばしながら両腕を広げ、ガスレンジと冷蔵庫の適切な距離を示しているママだ。あの子はママの肩に腰を下ろし、髪のウエーブを掌で撫でたあと、頬にキスをする。

「今までは角に親指を当ててめくっていたでしょう？　でも今度はちょっと違う。ページの真ん中を持って、もっと広い範囲を見るようにしてほしいんだ。ここではあの子は、角っこにばかりじっとしているとは限らないからね。うずうずしているよ、うれしくて。だってすぐそばにママがいるんだもの。でも、危うく見逃すところだった。大きな図鑑の間に隠れて、背表紙が見えなくなっていたんだ。まるで恥ずかしがっているみたいだった。これはママへのプレゼントだよ。その証拠にほら、最初のページにリボンのついたバスケットがある。まず、リボンを解いてね。あっ、ちょっと待って。その前に僕はもうベッドに行くよ。きっと瑪瑙が待ちくたびれている。どうしてだかこの頃、夜は泣き虫で困るんだ。ママが一人でゆっくり見た方がいいと思う。理由は上手く説明できないけど、僕もオパールも瑪瑙もいない時の方が、気が散らないし、遠慮もいらないし、何て言うか、親しい気持になれると思うんだ。誰もママを邪魔しない。じゃあね、おやすみ、ママ」

彼女が『家庭科図鑑2キッチン篇』を目にするのは、刷り上った見本を手にした時以来だった。その図鑑こそ、彼女が子どもたちのパパと出会うきっかけになったにもかかわらず、そんなものを作ったこと自体、大方忘れてしまっていた。

女性、年齢二十三歳から二十八歳まで、中肉中背、眼鏡不可、学歴不問、というモデル募集の広告を見て集まった三十人ほどの中からママが選ばれたのは、美人だからでもスタイルがいいからでもなく、あらゆる面において平凡であったからだ。

「図鑑にモデルを登場させるのはとても難しいのです」

と、自ら面接官を務めた社長のパパは言った。

「普通、人間はそこにいるだけで何かしら不必要な主張をしてしまうものです。主役の事物を邪魔せず、それを際立たせ、読者が図鑑を閉じた途端、事物の記憶だけを残して自らの気配は完全に消し去る。そんなふうにできる人は、滅多にいません。あなたには図鑑モデルとしての才能がある」

特にパパが気に入ったのはママの手だった。そこには一つの胼胝《たこ》も痣も黒子もなく、血管は目立たず、爪は清潔だった。それでいて美しさよりも変哲のなさの方がずっと勝っていた。どんな種類の対象物でも平等に受け止めるだけの、懐の深い平凡さだった。

「ちょっとこのパン生地を麺棒でのばしてみて下さい」

それがカメラテストだった。抜群の点数でママは合格した。

パパの物腰は洗練されていて、堂々として、威厳があった。図鑑について自分ほど深く理解している人間は他にいない、とでも言いたげな自信にあふれていた。その人の口から、どんな種類であれとにかく才能があると認められ、三十人の中からたった一人選出されたというだけで、ママはのぼせ上がった。

もしパパが、自らの気配を消すママの才能を引き出したのだとしたら、この面接は既に、壁の内側での生活を暗示していたのかもしれない。しかしもちろんママは、まだ何も知らない若すぎる娘だった。自分の才能が子どもたちを隠すために発揮される時が来るなどとは、思ってもいなかった。

撮影の間は私語が禁止された。現場で交流が生まれると、写真に余分な雰囲気が写ってしまうからだった。スタジオのキッチンで、黙々と撮影は行われた。パパは先頭に立って指示を出したが、始終無表情で、ママと目も合わせようとしなかった。あくまでもママを図鑑に載せるべき主役たちの影と見なした。パパの理想とする図鑑に少しでも貢献しようと、ママは努力した。もしかして自分は社長を怒らせたのではないだろうか、という不安を払いのけつつ、これもすべて良い写真を撮るためなのだと自分に言い聞かせ、またそうした気持の揺れが写真に悪影響を与えると考えて懸命に心を空っぽにした。

初めてパパに手を握られた時、自分のそれがもはやキッチンの設備の一部と化し、流し台のステンレスやフライパンの鉄のような、よそよそしいものになり果てているのではないかと、ママは心配した。けれどパパの手は大きくたくましかった。すぐに指先から体温が戻ってくるのを感じた。自分の手が何の特徴もない平凡な代物ではなく、パパから求められる特別な手でありますようにと、ママは祈った。

引き続き『家庭科図鑑3被服篇』の製作がスタートした。キッチン篇よりさらにモデルの登場回数が増えると思われ、ママは張り切った。顔ににきびを作ったり爪を割ったりしないよう、細心の注意を払った。しかし結局、ちょっとした手違いから、被服篇の製作は計画の段階で頓挫してしまった。キッチン篇の内容に教科書と食い違う点が発見され、すべてが返品されるという事態に陥ったのだった。図鑑モデルとしてのママの活躍は、『家庭科図鑑2キッチン篇』の中にのみ残されることとなった。

琥珀が出ていったあとの書斎で、ママは一人それを手に取った。刷り上ったばかりの見本とアルバイト料を手渡してくれた時の、パパの姿を久しぶりによみがえらせた。それが山積みにされた倉庫の前に立ち尽くし、打ち捨てられたのは図鑑ではなく、自分自身であるかのような気分に陥ったのを思い出した。

子どもたちはもう眠っただろうか。瑪瑙の泣き声がしていないかどうかママは耳を澄ませたが、電気スタンドのジリジリという音以外、何も聞こえてこなかった。琥珀に教わったとおりのやり方で、ママは『家庭科図鑑2キッチン篇』をめくった。ページのこすれる音を指先が発するのと、リボンが解けるのが同時だった。あの子は元気一杯だ。何の心配もいらない。手足はのびやかに動き、頬はすべすべとし、靴音は高らかに鳴り響く。首飾りが胸元でリズムを刻んでいる。目には光があふれている。

あの子の掌が髪に触れる。大事な人に触れる時はこんなふうにすればいいと、一体あの子は誰に教わったのだろう。生まれながらにもう知っていたのだろうか。そういうやり方で頬を寄せ、掌を広げる。その感触をできるだけ長く味わおうとして思わずママは手を止め、ああ、静止したページの中ではあの子は息ができないのだと気づいて再び図鑑をめくり直す。

ほんの少し顔を傾ければ息がかかるほど近くに、あの子はいる。ママを見ている。一枚一枚めくれてゆく時に残される影の尾が、あの子の横顔に射し、表情をいっそういとおしくしている。目を閉じたり唇をすぼめたりお尻をもぞもぞさせたりする仕草の何もかもが、慎重で思慮深く、心がこもっている。

子どもの唇とはこんなにも温かいものなのかと、今初めて知ったかのようにママはつぶやく。自分の頬に手をやり、そこに残る温かみを確かめ、繰り返し図鑑をめくる。その都度あの子は髪に触れ、頬にキスをする。いいのよ、もういいのよ、と言いながらママは、なかなか図鑑を閉じてしまう決心がつかないでいる。あの子は平気な顔をして、疲れた素振りなど少しも見せない。何の心配もいらないわ、という表情を浮かべる。ページが巻き起こす風が二人を包んでいる。ママは泣いている。涙で濡れた頬に、あの子はまた何度でもキスをする。

壁の内側に来てから何年過ぎたのか、彼らはいつしか計算するのをやめていた。ママは決して誕生日のお祝いをしてくれなかったので、自分たちが何歳なのかもあやふやになっていった。相変わらず三人は独自のやり方で一日を区切ってはいたが、勤務表に×印をつけるのも城砦を築くのもひっつき虫を外へ放り投げるのも、日にちを数えるというより単なる習慣の一部になっていた。と同時になぜ自分たちがここにいるのか、その理由も遠ざかっていった。壁の内側にいることは、理由を思い出す必要もないくらい圧倒的な状態だった。

しかしだからと言って油断が生じるわけではなかった。年々彼らの用心深さは熟成され、研ぎ澄まされていった。いちいちこれは禁止事項かどうか考える間もなく、体が勝手に反応し、三人ともがその状況に相応しい振る舞いをすることができた。声帯はさらに萎縮し、音が出なくなってしまったオルガンとさえ、調和して合唱が楽しめるほどだった。

たとえ誕生日のお祝いはなくとも、子どもたちは大きくなっていった。オパールは十六、琥珀は十三、瑪瑙は九つになった。けれどママの与えてくれる洋服は小さなままだった。琥珀はいまだ半ズボンを卒業できずにいたし、瑪瑙のシャツはどれもこれも丈が足りず、オパールのスカートは短すぎて太ももがむき出しになっていた。尻尾と鬣《たてがみ》と羽は、相変わらず所定の位置にあった。ママの関心はいつも洋服本体ではなく、付属品の方に向けられていた。ボタンを付け替えたり丈をのばしたり脇を広げたりすることより、尻尾と鬣と羽を手入れし、あるべき姿を保つことの方がママにとってはずっと大事なのだった。

窮屈になりすぎてどうにも我慢ができなくなると、オパールが手直しした。限られた材料しかない中、彼女なりの工夫を施してウエストを緩め、裾を付け足した。そのあとはミシンを使ったとママに悟られないため、余計な糸くずが落ちていないか、裁縫箱からハサミを出したままにしていないか、三人で注意深く確かめた。

壁の外側から邪悪な空気を入れないよう、どんなに用心深く暮らしていても、思いがけない形で何かが紛れ込んでくることが時にあった。例えば三人にとって一番恐怖なのは、一ヵ月に一度か二度押される、門の呼び鈴だった。その音は、壁の向こう側が手の届かないずっと遠くにではなく、自分たちのすぐ近くにあるのだということを否応なく思い起こさせた。オパールは線を切断したらどうかとママに提案したが、呼び鈴は重大な危険を知らせる合図であり、鳴らないでその危険と鉢合わせする方がもっと恐ろしい、という理由からそのままにしておくことになった。

呼び鈴はいかにも耳障りな、不穏な響きで家中の空気を切り裂いた。まさに魔犬の叫びだった。家の中のどこにいようと何をしていようと、それが鳴ると三人は一斉に手を止め、足音を忍ばせて書斎のテーブルの下へ集まり、体を寄せ合って一かたまりになった。お互い申し合わせたわけでもないのに、いつの間にか避難場所は書斎と決められていた。玄関から一番遠く、窓の正面に一段と深く木々が生い茂って視界を遮っているから、という現実的な理由とは別に、何かしら安心できる雰囲気がそこにはあった。テーブルの下に潜る時、琥珀は図鑑を閉じ、妹を隠すことを決して忘れなかった。

呼び鈴はその意地悪さで子どもたちの心をもてあそび、勇気を試した。苛立たしげに続けざまに鳴ることもあれば、規則正しく間隔を開ける場合もあった。一度きりであとは延々沈黙が続いたかと思うと、油断した頃を見計らい、心臓を摑むようにジリッと一瞬だけ鳴ったりもした。

三人はテーブルの下に座り込み、息をすべて吐き出して体を縮め、できるだけ小さなかたまりになるよう絡み合った。彼らは三人で一つ、正確には四人で一つだった。首をどういう角度に傾けたらいいか、腕をどう折り曲げたらいいか、体が知っていた。いくら体が成長しようと、彼らが作り出すかたまりのサイズに変化はなかった。一人一人でいる時よりむしろ、小さな存在になったかのようでさえあった。小さなものであればあるほど安全なのだと信じ合っていた。

顔は見えなくても、頰に触れる息遣いから、互いの表情は感じ取ることができた。オパールは弟たちを安心させるようゆったりと呼吸し、瑪瑙は唇だけを動かして歌をうたっている。音の出ないオルガンの伴奏で培った無音の歌だ。琥珀は目を閉じ、呼び鈴を押す誰かの靴に引っ掛かったひっつき虫が、どこか遠いところへ旅立てますようにと祈っている。呼び鈴の残響が消え、十分な沈黙が続き、門の外に立つ何ものかがあきらめたとはっきり確信できるまで、彼らは息を殺している。地中深くに取り残された小石のように、じっと動かないでいる。

呼び鈴をはるかに上回る襲撃に見舞われたのは、冬がもうすぐそこまで迫った秋晴れの日の午後、テラスでおやつのカステラを食べている時だった。どこからともなく耳慣れない音が聞こえてきたと思った次の瞬間、乱暴で重苦しいバタバタという爆音が頭上で破裂した。

「何？」

瑪瑙がカステラを手に持ったまま立ち上がった。呼び鈴とはあまりにスケールが違いすぎ、書斎に逃げ込むのも忘れて三人はただ呆然と空を見上げるばかりだった。そうしている間にもそれはどんどん近づいてきた。

「ヘリコプターよ」

オパールの声は音にかき消された。

鬱蒼とした木々の梢から姿を現したのは、厳めしい金属のかたまりだった。胴体は反射する日差しできらめき、尾翼は空をくっきりと切り取っていた。琥珀は図鑑に載っていたヘリコプターの説明を思い出そうとしたが、恐ろしいものか美しいものか区別のつかないこの物体の不意打ちに戸惑い、一行の文章も浮かんでこなかった。特に目を奪われたのはプロペラだった。瞬きのスピードも追いつかない高速で回転しているそれは、もはや残像だけとなり、輪郭をなくし、流れる雲に半分紛れていた。にもかかわらず琥珀の左目の糸くずを粉々にしてまき散らすほどの威力を放っていた。あれは図鑑のページとページの間に潜む空洞を飛んでいるのだ、と琥珀は思った。

「ここに着陸する？」

瑪瑙が尋ねた。

「ここはちょっと狭すぎるわね」

オパールが答えた。

「僕らを探してるの？」

「違うわ、きっと」

「手を振ったら見つかっちゃう？」

「いいえ。あそこからは見えないでしょうね」

「空は高いから？」

「私たちが小さすぎるからよ」

瑪瑙はカステラの最後の一欠片を口に押し込めると、その場で飛び跳ねながらヘリコプターに向かって両手を振った。オパールと琥珀は手すりから身を乗り出し、思い切り首を真上にのばした。大きな音を立てるわりに案外スピードはなく、なかなか視界から消えなかった。二機、三機と続けて姿を現し、彼らの頭上に浮かぶ、壁に囲まれた小さな空を悠然と横切っていった。もうすっかりヘリコプターの影が遠ざかり、雲だけが取り残されたあともまだ、瑪瑙は手を振り続けていた。

ヘリコプターが彼らに気づきもせず、ただ上空を通り過ぎただけではなかったとはっきりしたのは、翌朝のことだった。目覚めてみると、庭中に茸が生えていた。オレンジ色をした五センチほどの茸が、欅の木陰にも泉のほとりにもテラスの床下にも、とにかくあらゆる地面から顔をのぞかせていた。あるものは数本で群生し、あるものは一本だけで斜面にしがみつき、またあるものは落ち葉の下に身を潜ませていた。たった一晩の間にこれだけのことが起こったとはとても信じられないという思いで、三人は庭を見渡した。

「ヘリコプターだ」

琥珀はつぶやいた。

「何か、悪い印？　僕が手を振ったせい？」

不安そうに瑪瑙が言った。

「いいえ、瑪瑙のせいじゃない」

オパールはすぐに打ち消した。

「でもたぶん、ヘリコプターとは関係があるわね」

「うん、そうだよ。間違いない」

琥珀は賛成した。

「ヘリコプターの羽が空気をかき回して、壁の外から何かをここに落としていったのか。あるいは振動のせいで、土の中に隠れていたものが目を覚ましたのかもしれない」

「それは、よくないもの？」

「さあ、どうかしら。ただ一つ、毒があることだけは確かね」

「食べられないの？」

「ええ。食べたら死ぬわ」

きっぱりとオパールは言った。

朝露に濡れてオレンジ色の笠はヌルヌルとし、表面には白い斑点模様があった。伏せたお椀のように丸々とした笠もあれば、すっかり開いて内側の襞がのぞいているのもあった。軸は白く、ささくれ、根元は瘤状にふくらんでいた。昇ったばかりの頼りない朝日の中、その鮮やかすぎるオレンジ色だけが、警告を発するシグナルのように光を放っていた。

「ママに見つかる前に、全部抜いてしまうのよ」

夜勤明けでママが帰ってくるまで、あと一時間ほどしかなかった。

「余計な心配をするといけないから……」

普段と違うささいな変化がどれほどママを惑わせ、事態をややこしくするか、彼らはよく心得ていた。

三人は各々バケツを持ち、ヘリコプターがまき散らした痕跡を手当たり次第摘み取っていった。最初怖がっていた瑪瑙はすぐにこの一風変わった作業に熱中し、むしろ楽しんでいる様子を見せた。根元を摘まむと案外呆気なく茸は抜けた。どれもみな瑞々しく、いかにも夜明け前、土の中からのびてきたばかりといった雰囲気をまとっていた。近くで見ると不思議に可愛らしかった。抜けた穴からミミズや蟻やナメクジが何匹も慌てて逃げ出してきた。

たまに三本の茸が、しかも大中小、笠がくっつくほど寄り添って生えているのを見つけると、琥珀は思わず手を止めないではいられなかった。ましてその群れの足元に隠れるようにして、まだ笠と軸が分かれきっていない、オレンジ色にも染まっていない幼なすぎる茸が、頭だけをのぞかせていたりすると尚更だった。危険が迫った時琥珀たちがいつもそうするように、彼らは一つになり、自分たちだけに通じる声で内緒の話をしていた。そういう茸を取る時は、驚かさないようそっと引き抜いた。

だんだんに指先がねっとりし、変なにおいがしてきた。一晩の間に地中奥深くで起こった出来事の、神秘と目まぐるしさを証明するようなにおいだった。欅の間に漂っていた靄が消え、朝日が昇るにつれてそれは濃くなり、指先だけでなく髪の毛や洋服にもまとわりついてきた。いつの間にか三つのバケツは茸で一杯になっていた。療養施設からのバスが林道の下の停留所に到着するまで、あとほんのわずかだった。

「とりあえず、落ち葉の中に隠すのよ。土に埋めるとまた生えてくるかもしれないから。明日ゆっくり焼却炉で燃やしましょう」

オパールの指示に従い、壁際に積み上げられた落ち葉の山に次々バケツの中身を捨てると、三人は急いで食堂へ駆け戻った。手を洗う間もなくオパールが食卓にパンを並べ、牛乳を注ぎ終わったところにちょうどママが帰ってきた。徹夜の勤務で頭がぼんやりしていたからだろうか。ママは三人の体に染み込んだ変なにおいに気づく素振りは見せなかった。

結局、茸を焼却炉で処分するには及ばなかった。次の日、落ち葉の山まで行ってみると、茸たちはすっかり干からび、派手なオレンジ色は跡形もなく、腐りかけた落ち葉とほとんど見分けがつかなくなっていたからだった。適当にかき混ぜておくだけで十分だった。

ところがその日の午後から、三人は思わぬ形で茸の逆襲を受けることになった。全身に蕁麻疹が出たのだ。それはまず首元から出現しはじめ、次に胸、腹、背中へと触手をのばし、手足の指を一本一本征服したあと、最終的には顔にまで行き着いた。ママは悲鳴を上げ、家中の雨戸を閉めて回り、彼らを水風呂に入れたり、万能薬と信じるアロエの汁を塗ったりした。その間中ずっと、魔犬が、魔犬が、と繰り返していた。

「平気よ、ママ。あの子とは違うわ」

ママを落ち着かせるため、ことさら平静を装ってオパールは言った。

「水疱瘡の時みたいに熱も出てないよ」

瑪瑙が続けた。

「お昼に食べた海老が悪かっただけだ」

そう、琥珀が言い添えた。

「消化されたら、すぐにおさまるわ」

しかしオパールも琥珀も瑪瑙も、それが海老のせいなどではないと察知していた。皮膚に表れ出た赤味は、海老のように生やさしい色ではなく、あの茸のオレンジそのものだった。三人は目配せを交わし、自分たちの皮膚に起こっている事態を互いに理解しながら、ヘリコプターのことも茸のこともやはりママには内緒にしておこうと、暗黙のうちに了解し合った。

ママが悲鳴を上げるほどの見た目に比べ、他に症状はほとんどなかったが、三人は命じられるままベッドで大人しく横になった。琥珀と瑪瑙は二人、パジャマをめくって蕁麻疹を見せ合った。毛布の中で温まるとその色は少しずつ濃くなり、斑点が盛り上がり、汗ばんだところは朝露に濡れたようになっていっそう茸に似てきた。それらは庭に生えていた時と同じく、ひそひそ話を楽しんだり、並んで手をつないだり、一人瞑想にふけったりしていた。

「本当はまだ、抜かれたくなかったんだね」

瑪瑙は言った。

「だからこうして僕らの体に生えてきたんだ」

「うん、そうだ」

琥珀はうなずいた。瑪瑙は琥珀のパンツをずらし、お尻に一段と大きな茸があるのを発見しては羨ましがり、それに対抗できるのはないかと首をひねって自分の体を隅々まで眺め回した。

「ほら、見てご覧」

琥珀は掌を電球にかざした。光を受けてオレンジ色が透き通り、指先を染めているのが見えた。

「わあ、綺麗」

瑪瑙は歓声を上げ、手をいろいろな角度に向けてオレンジ色が変化するのを観察した。

琥珀は目を閉じた。左目にも蕁麻疹ができているのが分かった。琥珀色の地層にオレンジ色の斑点が散らばっていた。二つの色はとてもしっくりと馴染んでいた。瞬きをするたび、斑点は広がっていった。いつの間にかあの子がオレンジ色の隙間からこちらを見ていた。ヘリコプターがどこか遠い世界から運んできた糸くずが、地層の中に舞い落ち、絡み合いつつムクムクと膨らんで地上に頭を出していた。

妹は茸の笠に腰掛け、肘にバスケットを提げ、足をぶらぶらさせている。必要な時はいつでも自分が入れる、留め金がリボンで結ばれたバスケットだ。笠のへこみに妹のお尻が丁度納まっている。次に瞬きした瞬間、彼女は茸から軽々飛び降り、琥珀の傍らにひざまずく。

妹は兄の体に生えた茸を引き抜いてはバスケットに入れてゆく。根元に左手を添え、右手で軸を摘まみ、ピクニックを楽しむように、あるいは万が一にも兄に痛い思いをさせてはならないというように、一本一本丁寧に扱う。妹の手が自分に触れるのを琥珀は感じる。彼女が心配するほどの痛みはない。ただお臍や唇やまぶたや、柔らかいところの時、少しくすぐったくなるだけだ。

あの子の手にすくい上げられたオレンジ色が、バスケットの中へ消えてゆくのを琥珀は目で追い掛ける。髪の毛の中、鎖骨の窪み、指の間、脇の下、耳の裏側、見落としがないかどうか彼女はくまなく手探りする。

「さてと。これでよし」

とでも言うようにバスケットの留め金が気持よく締まる。

「オパールと瑪瑙のことも忘れないで……」

琥珀がささやくと、あの子は振り向き、首飾りを振って合図する。シロツメクサの葉がカサカサ鳴って、

「了解。お任せあれ」

と言っているのが聞こえる。

翌朝、蕁麻疹は跡形もなく消えていた。三人とも元に戻っていた。どんなに目を凝らしてもオレンジ色の欠片さえ見当たらず、空はどこまでも静かで、あの爆音が引き返してくる気配はなかった。


その人は呼び鈴やヘリコプターのような騒がしさも図々しさもなく、ごく自然に、

機嫌よくやって来た。親しげと言ってもいいほどだった。

「可愛い羽だね」

というのが、その人が発した最初の言葉だった。台所の勝手口で不意にそう話し掛けられたオパールは、助けを呼ぶことも、逃げ出すこともできずに立ちすくんでいた。彼の声は大きすぎた。いくら口調は優しくても、その声量は、オパールの耳にほとんど暴力的な不意打ちを与えた。

昼食の後片付けをしていた琥珀はすぐ瑪瑙の手を引っ張り、オパールのそばに駆け寄った。オパールの横顔は青ざめていた。見てはならないものを目にし、本当は顔を背けたいのにどうしても体が言うことをきかず、逆に魅惑的な何かに心を奪われているかのような表情を浮かべていた。ブラウスに縫い付けられた背中の羽が、小刻みに震えていた。

「やあ。君たち、親戚の子かい?」

三人は誰一人答えられなかった。人はこんなふうに声を出すものなのかと今初めて思い知り、ただ呆然としていた。

「ごめんよ。驚かせて」

その人は勝手口のドアノブを握り、庇の下のステップに立っていた。背は高くて肩はがっちりとし、髪を短く刈り上げ、日に焼けて健康そうだった。何より目立つのは、真っ黒なコートと、両肩から斜め掛けにされた二つの鞄だった。コートは厚手でだぶだぶとし、くるぶしに届くほど長く、あちこちに縫い付けられたポケットがどれも大きく膨らんでいた。鞄はそれよりも更に満杯で、両方の腰骨の上でどうにかバランスを保っていた。

何歳くらいなのだろう、と咄嗟に琥珀は考えたが適切な数字は浮かんでこなかった。壁の内側に来て以来、外の世界の誰かを目の前にするのも、きょうだいとママ以外の声を聞くのも初めてで、どこからどう見当をつけたらいいのか分からなかった。コートの上からでも分かる胸板の筋肉も、剃り残した顎の髭も、喋るたび上下する喉仏も、目新しく、奇異だった。ボイラーの方がずっと見慣れていて馴染み深かった。

「奥様はいる？　すっかりご無沙汰してしまって……。もう、どれくらいになるかなあ。以前は親父がご贔屓にしてもらっていたんだけど、体を悪くして、しばらく下の村だけを回っていたんだ。少し前にとうとう亡くなってね。僕が商売を引き継ぐことになったんで、とりあえずご挨拶に」

子どもたちの戸惑いをよそに、その人は喋り続けた。

「またこのあたり、回らせていただきますので、どうぞ、何なりとご用命下さい」

「あの……お願いですから」

ようやくオパールが勇気を振り絞って言った。

「もう少し小さな声で話して下さい」

どういう意味かよく分からないというふうに、その人は「えっ？」と言った。

「小さな、声です」

琥珀が繰り返した。

「ああ、ごめん。うるさくするつもりはなかったんだ。これくらいで、大丈夫かな」

「どこから入って来たの？」

瑪瑙が一番重要な質問をした。

「裏の扉からだよ」

瑪瑙の音量に合わせるように、喉をすぼめながらその人は答えた。

「裏の扉……」

オパールと琥珀は同時につぶやいた。

「時計草の蔓ががんじがらめに絡まっているうえに、落ち葉の山に塞がれていたけど、どうにかかき分けて入ってこられた」

そんな扉が落ち葉の山の後ろに隠れているとは、子どもたちは誰も気づいてさえいなかった。

「親父の頃からいつも、奥様にそう言われていたんだ。裏の扉に鍵が掛かっていない時は、中まで入って勝手口をノックしてほしいって。あっ、いけない。小さな声だったね」

慌ててその人は声のトーンを落とした。

「もう、奥様はいません」

オパールが言った。耳を澄ますことに慣れていないその人は、オパールの方に顔を寄せ、また「えっ？」と聞き直した。

「ここの持ち主は変わりました」

そう言ってオパールは一歩後ずさりした。三人はさらに近づき合った。

「ああ、そうか。知らなかった」

けれどその人は子どもたちの様子を気に留める気配もなく、愛想のいい笑みを浮かべた。

「でも、別に奥様がいなくても構わないんだ。僕の役目に変わりはないから。品物を持って、一軒一軒、お客様のお宅を回る。ただそれだけの仕事だよ。さて、今日、お入用の品は何かな。いろいろ取り揃えてありますよ。ご覧になりますか？」

その人は胸の前で交差する鞄の肩紐に手をやった。

「うん、見たい」

オパールと琥珀が断るより先に、瑪瑙が手を上げた。

「はい、かしこまりました」

勝手口の前に、自転車が停められていた。前後に大きな籠が載せてあり、車軸、泥除け、チェーンカバー、ハンドル、考え得るあらゆる部分に袋がぶら下げられ、ハンドルには三角形の旗がくくり付けてあった。本体はそうした奇妙な飾りに大方覆われ、垂れ下がる袋の間からのぞくペダルだけが、ようやくそれが乗り物であることを証明していた。

「お望みのものは何なりと。お安いご用でございます」

前の籠は野菜類だった。玉ねぎ、キャベツ、南瓜、ホウレン草、栗、カリフラワー。その人はそれらを一つ一つ手に取って子どもたちに見せた。後ろの籠には氷の上にさまざまな種類の魚が横たわっていた。

「下ごしらえはサービスしますよ」

尾びれをつかんでカサゴを一匹持ち上げ、その人は言った。

「わー」

思わず瑪瑙が近寄っていった。それにつられ、オパールと琥珀も恐る恐る籠の中を覗き込んだ。

商品の披露はまだまだ続いた。袋の口が開かれるたび、思いも寄らないものが次々と姿を現した。サラダ油、ピクルス、インスタントコーヒー、サラミソーセージ、粉ミルク、ゼラチン、バター、乾燥豆、蜂蜜……。もちろん食べ物ばかりではなかった。洗濯糊もあればインク壺もあった。靴紐もあれば綿棒もあった。工具類が続いたかと思うとやがて園芸用品、次に薬品と移り変わり、油断したところに突然お菓子が登場して子どもたちをはっとさせたりした。それはママやオパールが作る、小麦粉と卵を混ぜて焼いただけのおやつとは違う、もっとカラフルで甘そうなお菓子だった。これだけの品々をどうやったら一台の自転車に納められるのか、その自転車をどうやって漕いでここまでたどり着いたのか、子どもたちは信じられない思いでただ圧倒されていた。

彼らをもっと驚かせたのは、その人のポケットからも商品が取り出された時だった。型崩れするのも構わず、ポケットはコートのいたるところに縫い付けられ、各々サイズに相応しい品が納められていた。胸ポケットからは紙ナプキン、脇の下からはシェービングクリーム、裾の方からはゴルフボール、という具合だった。いつしか瑪瑙は握っていたオパールの腕から離れ、自転車のすぐそばに立ち、見たこともないおもちゃ、例えば水鉄砲や真鍮の兵隊や線香花火が出てくるたび、ため息を漏らした。ほとんど手品と一緒だった。

「立派な鬣だな」

背中の鬣を撫でられても気づかず、その人の顔をうっとり見上げていた。

琥珀が心動かされたのは色とりどりの消しゴムだった。それはどれも動物の形をしていた。思わず手に取りたくなる可愛らしい動物ばかりだった。図鑑に妹を描く時、もし象の鼻を、あるいはサイの角を使うことができれば、どんな間違った線でも跡形もなく消せる気がしたが、もっとよく見せてほしいと口に出して頼む勇気はなかった。

「さあここには、一番綺麗な品物がしまってある」

最後にその人は両肩に掛けた鞄の、黒光りする留め金を外した。自転車のどんな袋より頑丈な革製で、長く使い込まれたらしい風合いがあり、腰骨の形に合わせてゆるやかに変形していた。

「ロバの革だよ」

その一言に三人は一斉に反応した。

「子どもの頃から飼っていたロバが死んだ時、形見に作ったんだ」

ロバを大事にする人ならば安心できるのではないだろうか、という思いが三人の胸をよぎった。

右側の鞄からは髪留め、スノードーム、ミラー付きパフ、組み紐、螺鈿の宝石箱、万華鏡……左側の鞄からは刺繍入りのハンカチ、ペーパーナイフ、レースの付け襟、香水壜、七宝焼きのボタン、造花のコサージュ……。まるで図鑑がめくれてゆくように、綺麗なものたちは鞄から姿を現しては消え、現しては消え、を繰り返した。そこではロバの革がまぶただった。その時ため息をついたのは、瑪瑙ではなくオパールだった。

「よ、ろ、ず、や……」

瑪瑙はハンドルにくくり付けられた三角形の旗を広げ、染め抜かれた文字を読もうとしていた。

これが、子どもたちとよろず屋ジョーとの出会いだった。

7

月末の日曜日、芸術の館恒例の誕生日会が開かれる。皆でプレゼントを贈り、ケーキを食べ、その月に生まれた入居者たちをお祝いする。

サロンの特設ステージに誕生日を迎えた人たちが一列になって座っている。その一番端にアンバー氏の姿が見える。どんな顔をしたらいいのか分からないのだろう、居心地が悪そうだ。お祝いではなく、お小言をもらう子どものようにもじもじしている。

救出された時、彼は自分の生まれた日を言えなかった。壁の内側では一度も誕生日のお祝いをしてもらえず、本当の名前と一緒に、その日付も忘れてしまっていた。だからそれがどうして特別な一日になるのか、上手く自分に説明できない。

「でも、壁の外に出てから、こういう機会はいくらでもあったでしょう?」

一度私がそう尋ねた時、アンバー氏はあいまいな表情を浮かべるだけで何も答えなかった。聞いてはいけないことを聞いたのだと気づき、私は慌てて話題をそらした。

彼は外の世界に出たあとの自分については何も語らない。彼が言葉にできるのは、壁の内側の時間についてだけだ。救出されて以降の人生の方が何倍も長いはずなのに、まるで壁の中にしか自分の人生はないかのように振る舞う。

サロンではプログラムのとおりに会が進行してゆく。バイオリンとチェロの二重奏、オペラのアリア独唱、フルート演奏、詩の朗読。皆、貴重な発表の場に張り切っている。何しろここは芸術家の集まる家なのだから、出し物に不自由はしない。毎月、希望者が多すぎて、出演者は抽選で決められている。

しかし残念ながら、アンバー氏にとってはバイオリンもアリアも朗読も、すべての音量が大きすぎる。彼は出し物を楽しむより先に、体を硬くし、肩をすくめ、少しでも鼓膜を麻痺させることの方にばかり気を取られている。と同時にそういう自分の不都合を他の人に悟られないよう、注意を払ってもいる。

次に、一人一人、館長さんからプレゼントが手渡される。大きな拍手が沸き起こる。皆がリボンを解き、中身を手に取って喜びと感謝の声を上げる中、アンバー氏はおぼつかない手つきで最後まで手間取っている。あれほど繊細な絵を描ける手の持ち主であるにもかかわらず、プレゼントの包装を解くのには難渋する。思わず私は手伝ってあげたくなって腰を浮かす。拍手も止んだ頃ようやく、中身が姿を現す。今年はカシミアの靴下だ。

出し物の音量が大きすぎるのと同じように、その靴下もまた彼には大きすぎる。ママに着せられていた洋服の感触が体に染み付いているせいで、どんなに窮屈でも不恰好でも、いまだに彼は小さすぎるサイズを好む。体の大きさに相応しいものを身につけると、妙に頼りなく、落ち着かない気分に陥ってしまう。だからせっかくの去年のプレゼント、毛糸のベストもクローゼットの引き出しに仕舞ったままになっているのを、私は知っている。壁の内側に大事に閉じ込めてある記憶の中に、彼は今でも生きている。

サロンの照明が落ち、いよいよクライマックスのケーキが登場する。私はハッピー・バースデーの伴奏をするため、ピアノの前に座る。私がアンバー氏に買う高級なお店のではない、もっと安物の、甘すぎて胸焼けがするバタークリームのケーキだ。大勢で切り分けるので、一人分はほんの一口にしかならず、スポンジとクリームがぐちゃぐちゃになってしまうのに、誕生日の人もそうでない人も、毎月それを食べるのを楽しみにしている。どんなおやつと比べても、誕生日ケーキだけは特別だと信じている。

ろうそくの炎が揺れている。火を吹き消すため、主役たちがケーキの周りに集まってくる。相変わらずアンバー氏は、どこに立つのが正しいのか判断しかねている。ただその場の和を乱したくないためだけにそうしている、といった風情で、誰かの後ろに半分隠れている。炎に照らされ、左目がいっそう深みを帯びて見える。

合唱がはじまる。サロン中に歌声が響き渡る。炎の揺らめきと一緒に甘い匂いが立ち込める。ピアノを弾きつつ私は、ずっとアンバー氏の方をうかがっている。私も音の出ないピアノが弾けたらいいのに、と思う。

アンバー氏の唇も微かに動いている。皆の歌にかき消されてはいても、私はちゃんと彼の声を聞き取ることができる。長年、音の隙間を用心深くたどるようにして鍵盤を叩いてきたおかげなのだろう。左目に潜む者たちにささやき掛けるその声をそっとすくい上げ、ピアノの音が彼らの邪魔をしていないか気にかけながら、私は鍵盤に指を載せる。

「ママがいる時は、絶対に来ないで下さい」

とオパールは、よろず屋ジョーに向かって言った。

「どうか約束を守って下さい」

ジョーはいつも奇数週の水曜日、午後二時頃に姿を見せた。オパールはママの勤務表を確認し、その日時とママの休みが重なっている時は、表を指差してしつこいくらいに念を押した。

「オッケイ」

あっさりとジョーは承知した。理由を尋ねようともしなければ、疑いの目を向けることもなかった。それがお客様のお望みならば、という態度だった。

よろず屋ジョーのことは三人にとって一番大きな秘密になった。ヘリコプターの襲来やオレンジの茸の発生など問題にならないほどの慎重さをもって、内緒にしておくべき事実だった。壁の外側からの訪問者にこっそり会っていると、もしママに知れたら……。それは何より避けたい想像だった。ただ想像するだけでも、取り返しのつかない過ちを犯すのと同等だと思われた。

ならば、二度と来ないでほしいと頼むべきではないのだろうかと、心のどこかで琥珀はずっと考えていた。本当の過ちはママに知られることではなく、ジョーを招き入れることのはずだった。オパールが勤務表を持ち出してジョーと交わす約束の矛盾に、琥珀は最初から気づいていた。ママの禁止事項に最も従順で、ママを混乱させないために常に賢い行動を取ってきたはずのオパールが、なぜか危険な選択をしようとしていた。

ママがいる時には来ないで下さいと頼むのは、ママを惑わせないためではなく、ジョーと会う時間を守りたいからかもしれない。そう思い至った時琥珀の耳に、ロバの鞄から品物が取り出された時の、オパールのため息がよみがえってきた。それはかつて一度も聞いたことがない、疼きを含んだ吐息だった。

子どもたちがお金を持っていないのは明らかだった。そのうえ母親には会えないのだから、何一つ商品が売れる見込みはなかった。それでもよろず屋ジョーは、奇数週水曜日の午後二時にやって来た。ジョーは世界のすべてを運んで来る人だった。あらゆる事柄事象を網羅する図鑑のように、自転車と自分の体に世界を詰め込んでいた。やはり壁の外側にも世界はあるのだ、いくらオパールの人形を生贄にして封じたとしてもそれは間違いのないことなのだ、と琥珀は、ジョーの押す自転車の音を聞くたび思った。

三人はジョーが出入りしているらしい裏の扉を点検した。壁の西角、欅の木立の奥まったところに、確かにそれはあった。いくつも連なって壁を覆い隠している落ち葉の山の一つ、丁度オレンジの茸を捨てた山が不自然に崩れ、その隙間からアーチ型の木製扉がのぞいていた。大人ならば腰をかがめないと通れない小さな扉だった。黒ずんだ黴に覆われ、じっとりと湿り気を帯び、煉瓦の間に食い込んでしまっていた。もし腐葉土に蝶番はネジが潰れ、鍵穴には土が詰まって中から雑草が芽を出していた。

残る車輪の跡がなければ、そこがジョーの出入りしている扉だとはとても思えないくらいだった。

琥珀が山に踏み込み、ノブに手を掛けようとするとオパールが、

「開けては駄目」

と言って止めた。

「なぜ？」

咄嗟に瑪瑙が尋ねた。

「これは、ジョーだけのための扉だからよ」

鬣《たてがみ》を撫でながら、優しく言い聞かせるようにオパールが言った。

言われたとおり琥珀はノブから手を放し、万が一にもママに疑いを持たれないよう、しかしジョーが開け閉めするのに困らない程度に、落ち葉を集め直して扉を隠した。

年に一回のボイラー以外、誰かを待つということに慣れていない子どもたちは、よろず屋ジョーのやって来る日が近づくと、どぎまぎして落ち着きをなくした。待ち遠しいのか怖いのか自分でも区別がつかなかった。当日は昼食を済ませると普段より念入りに三人で後片付けをし、庭には遊びに出ず、書斎にも行かず、食卓で二時になるのを待った。そして、自転車の車輪の音に誰が一番に気づくか、まるで競い合うかの

ように三人で一緒に耳を澄ませた。

「やあ」

毎回、ジョーは快活な笑顔を見せた。

「皆、元気かい？　今日はちょっと風が冷たいね」

しかしどうしても小さな声を出し続けるのには慣れず、オパールがしばしば人差し指を唇に当てて合図しなければならなかった。

「あっ、いけない」

するとジョーは、いかにも自分のうっかりさ加減に呆れる、といった表情を浮かべ、喉仏を押さえた。時計草の蔓に覆われ、落ち葉の山に塞がれたあの扉を通り抜ける資格を持つのは、小さな声の持ち主だけであると、彼はよく承知していた。

「お望みのものは何なりと。お安いご用でございます」

これがよろず屋ジョーのモットーだった。客が何を必要とするか、別に理由はいらなかった。お望みの野菜や缶詰や雑貨を袋から取り出すのと同じように、小さな声を喉から差し出せばいいだけのことだった。

しかしいくら声は小さくできても、体を小さくするのは無理だった。生い茂る樹木の間からジョーの姿が近づいてくるのを目にするたび琥珀は、その大きすぎる輪郭に畏れを抱いた。魔犬の気配を含んだ外の空気が入り込んでくる危険よりも、ママの掟を破っている罪悪感よりも、何より、あらゆる品々を内に隠した漆黒のコートが風をはらみ、自転車を飲み込み、木々の緑をなぎ倒すようにしてなびいているのが怖かった。

そのうえ、仕入れの都合なのだろうか、ジョーの姿は毎回微妙に違っていた。黒いコートとロバの鞄は同じだったが、全身のポケットのふくらみ方が変わったり、自転車から垂れ下がる袋の数が増えたり減ったりした。あるいは乾燥大蒜を数珠繋ぎにしてたすき掛けにしている時もあれば、毛糸の帽子に棒つきキャンディーをびっしり突き刺している時もあった。近くでよく見ると、洋服や自転車ばかりでなく、自身の体もまた商品を運ぶために隈なく利用しているのが分かった。手首には輪ゴム、耳たぶの穴に通された輪っかには安全ピン、首からぶら下げたロケットには野菜の種、という具合だった。

そういうもろもろが彼の輪郭をいっそう複雑に、無敵にしていた。彼の運ぶ品々の総量がどれくらいになるのか、考えるだけで途方もない気分に陥った。もしかしたらジョーはその大きさと重量で、左目の妹を押し潰してしまうのではないだろうかと心配になった。妹とジョーが自分のこのちっぽけな眼球の中で共存できるとは、とても信じられなかった。ジョーが自転車を止め、勝手口に立って片手を上げる時、彼の輪郭が琥珀色の地層を崩壊させることなく、まぶたの内側にちゃんと納まっているのを、琥珀は何度も瞬きしながら確かめないではいられなかった。

琥珀の心配をよそに、ジョーは平然としていた。いびつな格好でアンバランスな自転車を漕ぎ、坂道を登り、壁の内側まで世界のすべてをそっくりそのまま運び込んできたというのに、少しも疲れていなかった。息さえ弾んでいなかった。その姿は琥珀に、体を覆い隠して余りある藁を背負って歩くロバの写真を思い起こさせた。まさに、お安いご用、といった様子だった。

ジョーは日当たりのいいテラスで店開きをした。ポケットから袋から鞄から、もしくは自らの肉体から、あれこれ商品を取り出しては気前よく見せてくれた。品物によっては実際に触らせてくれたり、試食させてくれたりもした。

「わたしたち、お金を持っていないんです」

幾度となくオパールは申し訳なさそうに言ったが、ジョーはそんなことにこだわってはいなかった。

「別に気にしなくていいんだよ。今、目の前で売れなくたって、商売はぐるぐるつながり合っているからね。いつか思いも寄らない形でお返しが来るものなんだ」

オパールは、いいえ、わたしたちはどこともつながり合ってはいないのです、とでも言いたげな戸惑いの表情を浮かべたが、結局は口をつぐみ、せめてもの罪滅ぼしに温かいココアと、自分たちのおやつの残りを差し出した。

ジョーを真ん中にして三人はテラスに座り、何が姿を現しても決して見逃すまいと、彼の手元に神経を集中させた。たとえただの苺ジャム一瓶でも、彼が取り出すだけで特別な品物に見えた。

「これは何？」

一番遠慮がないのは瑪瑙だった。計算尺についてベーキングパウダーについて乳棒について。分銅について肉桂玉について封緘紙について。尋ねられればジョーは面倒がらず、使用方法から材質、値段に至るまで説明してくれた。しかも図鑑の文章のように簡潔で的確で、淀みのない説明だった。テラスでよろず屋ジョーと一緒に過ごすのは、書斎で図鑑を読むのと同じだった。

「ここにあるものについて全部、頭に入っているの？」

手で描いた大きな丸で、ジョーと自転車を囲みながら瑪瑙は言った。

「もちろん」

クッキーをつまみ、ココアを一口飲んでからジョーは答えた。

「よろず屋の仕事とはつまり、そういうものだ」

三人はうなずいた。

「これ、やってみたい」

瑪瑙が指差したのは、細長い胴体に主翼と尾翼を挟んだだけの真っ白い紙ヒコーキだった。

「よし」

ジョーは立ち上がり、ヒコーキの胴体を持って構えた。「でも」とためらうオパールの耳元で、「これは見本だから構わないんだよ」と、一段と小さな声でささやくのを琥珀は聞き逃さなかった。

「それっ」

宙に向かって紙ヒコーキが放たれると、瑪瑙は大きな口を開けて空を見上げた。風などないと思われるのに、ジョーの手を離れると、それはゆるやかに浮かび、晩秋の日差しの中で白い弧を描き、やがて翼を震わせてヤマモモの枝にぶつかって落下した。瑪瑙はテラスから飛び降り、落ち葉を踏んで紙ヒコーキを拾い上げると、すぐに舞い戻ってきてジョーの顔を見た。

「好きなだけ飛ばしてごらん」

ジョーは目だけでそう合図した。

最初のうちは力加減がよく分からず、ストンと落下させていたが、すぐに要領をつかみ、上手に風に乗せることができるようになった。瑪瑙は慎重に角度を定め、小さくジャンプしながら何度も紙ヒコーキを飛ばし、その都度走って拾いに行ってはまた同じ動作を繰り返した。瑪瑙がジャンプするたび、テラスの床が軋み、胸元の小石が揺れた。翼は空に何重もの軌跡を描き、四人は一緒にそれを目でなぞった。楽しい時いつもそうするように、瑪瑙はずっと歌を口ずさんでいた。声のないその歌を聞き取れるのはオパールと自分だけだ、ジョーにはきっと無理なはずだ、と琥珀は独り言をつぶやいた。傍らで自転車がじっと彼らを見守っていた。

空は澄んで明るく、日差しは温かかった。ついこの前まで色づいていた落葉樹は葉を落とし、むき出しになった枝が光を受けて銀色に映えていた。その隙間を紙ヒコーキはすり抜けていった。小さなジャンプ、揺れる小石、浮き上がる白、空を曲線に切り取る翼、落ち葉を蹴散らす靴、弾む息。そうした一場面一場面が琥珀の左目に映し出されていた。まるで瑪瑙が図鑑の片隅を駆けているかのようだった。微かに震える翼の音がページのめくれる音だった。

「あっ」

不意に、オパールとジョーが声を上げた。高く上がりすぎた紙ヒコーキがミモザの中に突っ込み、枝に引っ掛かっていた。瑪瑙は飛び上がったり、幹を揺らしたりしてどうにか取ろうとしていたが、落ちてくる気配はなかった。

その時ジョーが黙ってミモザに近寄り、足元に落ちていた枝を拾い、ほんの少し背伸びをしたかと思うとあっという間に紙ヒコーキを突いて落とした。高い空に手をのばし、決して誰にも届かないはずの一点をいともたやすく払いのけた。

琥珀は紙ヒコーキが引っ掛かっていたミモザの枝を見つめた。めくれるページが止まり、ジョーの手が一点をつかむその瞬間だけが繰り返し何度も点滅した。琥珀は思わず目を閉じた。琥珀の地層が大きな黒色にすっぽり覆われた。

「どうもありがとう」

無邪気な瑪瑙の声が聞こえた。

「あんまり高く飛ばさないで。壁の外へ飛んでいってしまったら大変」

オパールが言った。

「大丈夫だよ」

なぜそんな心配をするんだい、とでもいうようにジョーは言った。

「壁の外まで取りに行けばいい」

オパールは振り向き、ヒコーキがどこへ飛んでゆこうと、たとえ壁の向こう側であろうと、取り戻すことができるというその手の不思議に圧倒されたような目で、ジョーを見上げた。彼は微笑んでいた。

「ねえ、ほら見て」

もっと遠くまで飛ばそうと、瑪瑙が更に高く紙ヒコーキを掲げていた。白かった翼はいつの間にか土で汚れていた。

子どもたちの秘密も知らずにママは、仕事から帰ると一人書斎にこもり、図鑑をめくって過ごした。病室のシーツを糊付けしたり、売店の店番をしたり、浴槽の掃除をしたり、一日中雑用をこなしてぐったり疲れた夜、眠りにつくためにはどうしても書斎でのひとときが必要だった。

本棚を見渡せば、下段右端からスタートした琥珀の作業がどれくらいまで歩みを進めているか、一目で分かった。あの子が潜んでいる図鑑とそうでない図鑑は明らかに違っていた。しかもそれはママだけに分かる違いだった。ページの角に染み込んだ温もり、背表紙を通しても伝わるほんの微かなふくらみ、棚の埃に残るこすれた跡、はみ出す糸栞のほつれ……それら何もかもがあの子からの、秘密の合図だった。その合図のあまりにもひっそりとした様子が、あの子のはかなさを表していた。

ママは目をつぶり、一冊を選んだ。タイトルを見るだけであの子がそこで何をしているか、リュージュをしているのか小鳥に乗って手紙を配達しているのか蝶に変身しているのか、ママの頭には全部記憶されていた。そのことがなぜかフェアではないような気がして、図鑑を選ぶ時は必ず目をつぶった。あの子だって親にすべてお見通し、という態度を示されるのは気分がよくないだろう、いくら小さな末っ子にだって、自由と偶然が必要なはずだ、とママは考えていた。

洗濯石鹸のにおいが染み付いたふやけた指でママは図鑑をめくった。どれほど記憶が完全であっても、今初めてすべてを目にしたかのように、微笑んだり、はっとしたり、抱きとめようとして思わず身を乗り出したりすることができた。

ああ、ここは安全なのだ。書斎の机に座って図鑑を開く時、ママは心の底からそう思った。温泉療養施設で働いている間は、一瞬たりとも気が抜けなかった。新入りの療養者や、見慣れない出入り業者や、どこの誰とも知れない見舞い客とすれ違うたび、もしかしてこの人が変装した探偵だったら、と想像しないではいられなかった。どうしても数の合わない三人、いや四人の子どもを捜すためにどこからか送り込まれたスペシャリストだったら、と。

ママの頭の中には広場があった。ボイラーが周回する広場とは比べものにならない、見渡す限り平らで広大な広場だった。そこには子どもたちがびっしり、列を作ってお利口に並んでいる。お喋りをしたり、はみ出したりしている子は一人もいない。そこに、ほんの少しだけ長さの足りない一列がある。ぱっと見ただけでは気づかないが、ガラスに入った微かなひびのような空洞が、確かにある。無数の列の上をサーチライトが斜めに照らしている。交差しながら横切る光の帯が、空洞の脇をかすめてゆく。

ママは始終、決して目立たないように振る舞った。誰に対してであれ印象を残さない存在になりきった。どんな強力なサーチライトで照らされようともはっきりとは映らない、薄ぼんやりした影をまとった。仕事で失敗をしないのは当然だったが、人並み以上の技量や余分な創意工夫により、目覚しい成果を残さないこともまた同じくらい大事だった。シーツを畳む時は、雑すぎて主任に注意されないのと同時に、三角定規を当てたように見事に角が揃いすぎていないか注意を払った。

療養施設でのママは完璧な図鑑モデルだった。平均的でひっそりとしていて余計な飾りのない、パパに褒めてもらったとおりの才能を発揮するモデルだった。図鑑こそが安全地帯だった。

図鑑モデルに徹するのに疲れ、つい油断してしまいそうになると、相変わらず劇場に通って体中に溜め込んだ滓を発散した。何者でもない自分が、特別な誰かに一瞬だけ間違われることで、不思議と体が軽くなった。療養施設のあらゆる片隅にひっそりと身を沈めるための活力を、再び取り戻すことができた。

書斎は緑に囲まれ、夜に包まれていた。外の音はすべて闇に飲み込まれていた。オパールと琥珀と瑪瑙はぐっすり眠っている。きっと朝まで目を覚まさない。そしてあの子は図鑑の中にいる。四角く閉じた囲い、分厚い表紙、他の誰も侵入できない一枚一枚の連なり。その保障された安全にママは安堵の吐息をついた。

最後の一冊は『家庭科図鑑2キッチン篇』と決めていた。たとえ目を閉じていようとも、それだけは手探りで間違いなく引き当てることができた。ママが求めれば求めるだけ、あの子はおやすみのキスをしてくれた。うんざりするということがなかった。こんなにも辛抱強い子がいるだろうか。ただ頰にキスをするだけのささやかな、しかしかけがえのない仕草を、何度でも繰り返せるのだ。絶対に裏切らないのだ。こんな子が他に、他にいるだろうか……。

ママは夜の闇に向かい、一人そう問い掛けた。そしてサーチライトが空洞を照らさないようにと祈りながら、図鑑を閉じた。

瑪瑙は新しい図鑑の読み方を編み出す。アイルランドの泥炭地から掘り出した自分の小石を取り出し、いろいろなページに載せて見つめている。『絶滅動物図鑑』フクロオオカミの背中、『徹底分解鉱石ラジオ図鑑』コイルの中、『学習歴史図鑑』パルテノン神殿の柱の間、『おしゃれ百科・ブラウスのすべてが分かる』後ろ身頃型紙の中心線、『海からはじまる進化図鑑』デボン紀の海中、『宇宙の図鑑』暗黒星雲の渦の奥……。一旦場所を定めると、二十分でも三十分でもじっとしている。時々机に頰を寄せたり立ち上がったりして見る角度に変化をつけているかと思うと、小石をほんの少しずらすこともある。ちょっとした狂いも許されないのだ、といった真剣さで指先に神経を集中させ、本人にしか分からない程度の微かな変化を与える。その間ずっと唇は閉じられている。歌さえ聞こえてこない。

オパールと琥珀は瑪瑙の様子が気になりながらも、余計な口出しをしないよう気持を抑え、自分たちの作業に専念する。つまりオパールはノートを取り、琥珀は妹を描く。琥珀は失敗した線を消しゴムで消す時、机が揺れて小石が動かないか、少し心配になる。

書斎の窓から差し込む光の中で、小石はすべすべして見える。表面の細かい傷に染み込んだ、いくら洗っても洗い流せない泥が渋い模様になり、いかにも地中深くから掘り起こされたという雰囲気をかもし出している。瑪瑙は新しい一冊を引っ張り出してくる。オパールと琥珀が密かに進めている、本棚の両端から徐々に歩み寄ってゆく計画になどお構いなく、ただひたすら自分の気に入った図鑑だけを選ぶ。片隅で妹が待っていることもある。もちろん彼女も邪魔はしない。

小石を置く場所を決める前、瑪瑙は丹念に図鑑を読み込む。分からない字に出会といまだに、シグナル先生を思い出す。せせらぎに流されてゆく舟を見送ってから長い時間が過ぎたのに、耳の窪みに腰掛けていた先生の感触はありありと残っている。瑪瑙は辞書を引き、それで解決したとしても念のためにオパールにも尋ねる。彼女の勉強を中断させるのは心苦しかったが、オパールが何か教えてくれる時の口調が、シグナル先生と変わらないくらい瑪瑙は好きなのだ。

　小石を一つ置くだけで、どんなページでもはっとするほど印象が変わる。影が射し、焦点が絞られ、厚みが出る。小石に表情が浮かぶ。瑪瑙の瞳は輝いている。すぐ目の前の小石を見つめながら、同時にずっと遠いどこかを見通している。その瞳の動きをたどれば、彼がただぼんやりしているのではないと分かる。両足は自由にぶらぶらとし、頬は透き通り、鬣はブラシされたばかりで綺麗に整っている。

　琥珀はわけもなく心配になってくる。何がどう心配なのか自分でも説明がつかないまま、気がつくと鉛筆を動かす手を止め、瑪瑙の様子を窺っている。つい彼の名を呼んでしまいそうになる。あるいは手をのばし、小石をつかんでしまいそうになる。オパールはひたすら自分のノートだけに没頭している。

「あー、くたびれた」

　突然、瑪瑙が声を上げる。いつの間にか手には小石が握られている。

「どうしたの？」

　オパールが瑪瑙を覗き込む。

「だって、宇宙は遠いよ。百億光年も離れているんだ。そのうえ、空気もないしね」

　瑪瑙は肩を上下させて深呼吸し、いたわるように小石を撫でる。

「もうちょっとで銀河の雲に足を取られて迷子になるところだった」

琥珀はどう受け答えしていいか言葉に詰まるが、オパールは静かにノートを閉じ、にっこりとする。

「帰り道が見つかってよかったわね」

「うん」

瑪瑙は小石を握っていない方の手でズボンとセーターを払い、背中に腕を回して鬣も丹念に払う。日差しの中にキラキラしたものが舞い上がる。これは銀河の雲の欠片なのだろうか、と琥珀は思う。

こんなふうにして瑪瑙の小石は、フクロオオカミの一生を見届け、鉱石ラジオの電波に身をゆだね、海底のマグマ噴出孔を探索する。宇宙と神殿と裁縫台を自由に行き来する。誰も小石を引き止められない。鬣には動物の毛や塩の結晶や仕付け糸が残される。それを払っている瑪瑙を眺めながら琥珀は、弟が無事に戻ってきたことを神様に感謝する。


いつもの年より遅れているようだけれどどうしたのだろう、と子どもたちが気にしはじめた頃、雑草も寒さで元気をなくす時分になってようやく、ボイラーが姿を見せた。ママの説明によれば、夏の終りに古釘を踏み、怪我をした右前脚が炎症をおこして治るのに時間がかかったようだった。

「広場一周のサービスもずっとお休みしていたのよ。でももうすっかり元通りです」

ママが鼻筋を撫でると、ボイラーは申し訳なさそうに頭を二度、三度上下させた。枯れかけた草でもボイラーは嫌がらずに食べた。みずみずしい季節に来られなかったのは自分のせいですから、とでもいうように黙々とした姿勢を貫いた。

右前脚が元通りでないのは、子どもたちの目にも明らかだった。一歩一歩がぎこちなく、小さな段差にもすぐバランスを崩し、泉の近くの岩がゴツゴツしたあたりには怖がって近づこうとしなかった。濡れたように艶やかだった焦げ茶色の毛はパサパサとして白いものが目立ち、鬣はもつれ、耳の内側の皮も心なしか張りをなくしていた。瑪瑙はママの鏡台からこっそりブラシを持ち出し、朝晩ブラッシングしてやったが、いくら丹念に梳かしても鬣はもつれたままだった。

一番好きなミモザの下草を食べてしまうと、ボイラーのペースはぐっと落ちた。食べている時間より、欅の幹にもたれたり、日向でぼんやりしている時間の方が長くなった。ぼんやりするのに飽きてくると、今度はミモザの木陰に移動し、いかにも難儀な様子で脚を折り曲げながら土の上に寝そべった。耳はぴくりとも動かず、目は閉じられていた。

「もうお腹一杯なのか？」

「池のほとりにはまだ美味しそうな草が生えてるよ」

「無理はしないでね」

「そうだ。お腹を壊したら大変だ」

「ゆっくりでいいんだよ」

「とってもあったかいね、ボイラーは」

どうしてもボイラーを放っておけず、三人は寝そべる彼のもとに集まって、思い思いに話し掛けた。オパールはお尻を撫で、琥珀は閉じられたまぶたを見つめ、瑪瑙はお腹に頭を載せて一緒に寝転がった。ボイラーは嫌がりもせず、時折尻尾を一回転させる以外、されるがままになっていた。

「お腹の中の音が聞こえるよ」

瑪瑙が言った。ばらばらな方向に折り曲げられた四本の脚の間に、どうにか納まった形のボイラーのお腹は、皺が寄ってだらしなくたるんでいた。

「壁の向こうから届いてくる音みたいだ」

瑪瑙は目を閉じ、片方の耳を皺の間の一番柔らかそうなところへ押し当てた。

三人は三人とも右前脚の傷跡に気づいていながら、それについては何も口にしなかった。まるで右前脚など最初からそこにないかのように振る舞った。傷跡は腐ったブロッコリーのように盛り上がり、じゅくじゅくしていた。

とうとう全部の草を食べきれないうちに、ボイラーの帰る日がやって来た。そんなことは初めてだった。いつもボイラーのおかげで清々しくなる庭は、まだら模様に雑草が残り、その中途半端な様子がいっそう子どもたちをもの悲しい気持にさせた。

「くれぐれもゆっくり手綱を引いてね」

轡を取り付けているママに向かってオパールは言った。林道を下っていった先にあるボイラーマンの家までは、歩いて一時間ほどの距離があった。

「ええ、何一つ心配はいりません。背中に私を乗せて坂を駆け下りる元気だってありますよ、ねえ、ボイラー」

ママの問いかけに、ボイラーは力なく鼻息を漏らした。

遠ざかってゆくボイラーの後ろ姿を、三人は黙って見送った。本当は労いの言葉を掛けてやるべきだと分かってはいたが、傷ついた脚をかばってよろけながら歩く後ろ姿を見ていると、何も言えなくなってしまった。ボイラーは一度も振り返らなかった。ただ長すぎる尻尾を揺すり、さようならの合図を送るだけだった。ボイラーの命がもう長くないことに、三人は気づいていた。やがて尻尾は木々の間に紛れて見えなくなり、蹄の音も壁の向こうへ遠ざかっていった。瑪瑙が一つ、ため息をついた。

ボイラーが食べ残した草は全部、琥珀が始末した。納屋から鎌と砥石を引っ張り出し、自己流で刃を研ぎ、丸三日掛けて庭中の雑草を刈り取ったあと、日に干して乾かした。

最初から最後まで、琥珀は一人で作業をした。鎌で怪我をすると危ないからと言って、オパールと瑪瑙には手伝わせなかった。鎌をどうやって握り、どの角度で振り下ろせばいいか、茎の太い、根の深い草がどのあたりに多く茂っているか、蜂の巣がどこにあるか、必要な事柄を一つ一つ琥珀はつかんでいった。

一人、茂みに分け入って草を刈りながら琥珀は、どこからか力が湧き上がり、体の隅々にみなぎってゆくのを感じた。図鑑の片隅に妹をよみがえらせている時とは明らかに違う感覚だった。左目の地層を鉛筆の先で削り、化石を浮かび上がらせようとしていたのが、突然ショベルカーを操って大地ごと掘り返しているようなものだった。自分のどこにそんな力が潜んでいたのだろうかと、不思議でならなかった。

一旦作業をはじめれば、際限なくどこまでも続けられた。手元にある雑草しか視界に入らず、左目の糸くずは知らない間にどこかへ遠のき、尖った葉や棘で指を切ろうと、鎌の刃が向こう脛に当たって血がにじもうと平気だった。時折、ボイラーによって残された、ぽっかりと丸い空白の地が現れた時だけ手を休め、しばしボイラーの姿を思い浮かべたが、すぐにまた仕事に戻った。

「ごはんよ」

テラスからオパールの声が聞こえても、気づかない振りをした。自分の力がどこまで続くか、できるだけ長い間、オパールに見ていてほしかった。

すべての雑草を刈り終え、十分に乾燥させると、焼却炉代わりに使っている裏庭のドラム缶の中で燃やした。最初くすぶっていた火は、一度勢いがつくと怖いくらいに燃え上がった。

「もっと入れてもいい？」

火傷しないでね、と心配するオパールをよそに、瑪瑙は両腕に抱えた草をドラム缶に投げ入れ、更に炎を大きくしようとした。琥珀が火掻き棒を突っ込むと、夕暮れの中に火の粉が舞い散った。

「ボイラーはいないけど……」

オパールが言った。

「琥珀がいてくれれば安心」

「うん、そうだね」

瑪瑙がうなずいた。

揺らめく炎は梢の上で煙に変わり、夜の色に染まりはじめた空へと立ち上っていった。煙の行き先を琥珀は目で追った。それは壁を超え、琥珀が行ったことのない遠い所をやすやすと漂っていた。いつの間にか左目は元に戻っていた。炎から逃れようとする枯れ草のように、糸くずがもつれ合っていた。琥珀色の左目に映ると、炎の赤色はより荒々しさを増した。時々、ドラム缶から小枝のはぜる音が聞こえてきた。

「煙に気づいた魔犬が僕たちを探しに来ない？」

瑪瑙が尋ねた。

「空は底なしに広いから、たとえ魔犬でも見つけられないわ」

と、オパールは答えた。

すべての草が燃え尽きるまで、三人は炎のそばにいた。少しずつ広がってゆく闇の中、炎はひとときも休まず形を変えていった。いつしか、自分たちが燃やしているのはボイラーの亡骸かもしれない、という気持になっていた。


自分たちの予感が間違っていなかったと三人がはっきり思い知ったのは、次の年、ママが例年通りにロバを連れてきた時だった。

「さあ、ボイラー、今年もお仕事に精を出して下さいね」

ツルハシを肩から下ろし、手綱を解きながらママは言った。三人は顔を見合わせたあと、慎重にロバを観察した。それがボイラーでないのは明らかだった。体が一回り小さく、脚が細長く、毛の色が焦げ茶ではなく灰色に近かった。それに何より、雌だった。

しかし三人とも、瑪瑙でさえ、気づいたことを何一つ口にせず、黙ってロバの背中を撫でた。ロバは三人のにおいを順番にかいだあと、さほど面白くもないといった態度で庭の奥へとぼとぼ歩いていった。

「あれは、ボイラーなのね」

問い詰める口調ではなく、ふと口をついて出た独り言のようにしてオパールが言った。

「もちろんです」

ママは手綱を両手でピシャリと引っ張り、かた結びにした。

「家の草を食べるのは、ボイラーのお仕事です。そう、決まっています」

三人は黙ってうなずいた。

「脚はもう治りました。ほら、ご覧なさい、あんなに元気じゃありませんか。すべてが元通り。案ずることなど何もありはしません。いくらでも草を食べますよ、私たちのお利口なボイラーは……」

その夜瑪瑙は、いつか琥珀がプレゼントした、丸い厚紙と欅の小枝でできたおもちゃを取り出し、ベッドの中でクルクル回転させた。サイドテーブルの明かりに照らされて、懐かしい、本物のボイラーの姿が浮かび上がった。厚紙の表と裏に挟まれた空洞で、草を食べていた。足元で蝶々が戯れていた。新しいロバはミモザの木につながれ、眠っているはずだったが、暗すぎて子ども部屋の窓からは何も見えなかった。

「ボイラーは死んだんだね」

瑪瑙は言った。

「うん、そうだ」

と、琥珀は答えた。

「さようなら」

瑪瑙の微かな声は、厚紙が回転する音に紛れて消えた。瑪瑙の手の中でボイラーは、頭を垂れ、大地に祈りを捧げていた。


雨が降ると、よろず屋ジョーは姿を現さなかった。奇数週の水曜の朝、雨の音に気づいても三人は敢えてそのことを口に出さなかった。口にしたら最後、午後には止むかもしれないし、これくらいの雨脚ならジョーは来てくれるかもしれない、という望みが消え失せてしまうのだと、心のどこかで信じていたからだった。

三人は食卓に腰掛け、時計の針が十分、二十分と過ぎてゆくのをただ手持ち無沙汰に見送るしかなかった。どんなに耳を澄ませても、雨の隙間から自転車を押すジョーの足音が聞こえてくる気配はなかった。

「さあ、居間でオリンピックごっこをしましょう」

もうジョーは来ないと、最後の決断をするのはオパールだった。

「どうして雨だと駄目なんだろう」

不満げに瑪瑙は口を尖らせた。

「ジョー自身がショーウィンドウだから、濡れるわけにはいかないんだ」

琥珀は言った。

そんな水曜日は何をして遊んでいてもどこか上の空だった。庭で音がするたび三人のうち誰かがぴくりとして手を止めたが、必ず空耳だった。ジョーが来ない、というたった一つの事実だけで、一日が全部塗り潰されるようにして過ぎていった。

あるいはママの休日とその日が重なって最初からジョーは来ないと分かっている時、子どもたちは普段にも増して静かにその一日をやり過ごした。ミシンを踏み、パン生地を仕込み、ツルハシの泥を落とし、図鑑をめくるママの姿を視界の片隅にとらえながら、どうかジョーが勘違いして勝手口をノックしたりしませんようにと祈った。

その頃、夕食後の合唱の時間、オルガンの伴奏はママから瑪瑙に交替していた。一音も鳴らないオルガンに合わせ、合唱はますます小さな歌声になっていたが、〝ジョーの来ない水曜日〟には特別その小ささに磨きがかけられた。三人は聞こえない音に合わせてリズムを取り、目を見合わせ、各々の唇で空気を震わせた。その震えを三重にして、大事な秘密を包み隠した。

日にちの流れを計るため、ママの勤務表にオパールがつけていた×印は、いつしかジョーを待つための印になっていた。夜、台所の柱に押しピンで留められた表に、オパールが×を書き込む時、次の水曜日まであと何日か、目で数えているのを琥珀は知っていた。そこに刺繡されるステッチが何の模様を浮かび上がらせているのか、ママは知りもしないで勤務表をのぞき込み、「あらいやです。今月は夜勤が八日もあるじゃありませんか」などと独り言をつぶやくのだった。


「一番綺麗な品物は、なぜロバの鞄で運ばれるのでしょう」

「ロバは働き者だからね。革が丈夫で柔らかいんだ」

「知っています。ロバは文句を言わずに働きます」

「ロバの鞄なら安心できるよ。綺麗なものは、壊れやすいと決まっている」

「ええ、そうですね。きっとそうなんでしょう。わたしにはよく分かりませんけれど」

「なぜ」

「だって綺麗なものなど持っていませんから」

「そんなことはない。こんなにも可愛い羽と、さらさらして真っ直ぐな髪が……」

ジョーは途中で口ごもった。

「僕の声、大きすぎない？」

オパールは目を伏せてうなずいた。

「ほら、これを見てごらん」

途切れた言葉の代わりにジョーは、ロバの鞄を開けた。

「心の卑しい人が触ったら、途端にばらばらになってしまいそうなくらい、精巧じゃないか」

黒いベルベット張りの、シックな小箱が取り出された。中には色とりどりの半貴石で飾り付けられた髪留めが入っていた。「まあ」と言ってオパールは思わず身を乗り出した。瑪瑙はおもちゃをあさるのに夢中で髪留めになど見向きもせず、琥珀はテラスの手すりにもたれ、黙ってオパールとジョーを見つめていた。

「君にぴったりだよ」

ジョーはオパールの髪に手をのばし、左耳のすぐ上あたりに、それを留めた。あまりにもさり気ない仕草なので、オパールは何をされたのかよく分からず、はっと息を飲んで首をすくめた。

日光を反射して髪留めはきらきら光っていた。半貴石は三人で泥炭地から掘り出した小石とは比べものにならないほど、色鮮やかに澄んでいた。長い黒髪の途中で、小さな光のかたまりが羽を休めているように見えた。

「うん、とってもよく似合う」

ジョーはロバの鞄を撫でながら、君もそう思うだろう？　という表情を浮かべて琥珀の方を振り返った。琥珀は気づかない振りをして視線をそらした。オパールはまるで、心の卑しい自分がそれを壊してしまうのを恐れるように、そろそろと髪に手をやり、髪留めに触れるか触れないかぎりぎりのところで掌を広げた。髪留めの感触をジョーの指先のように感じているのだろうか。そう考えると琥珀はどうしていいか分からず、ただうつむいて、握り締めた自分の手を見つめるしかなかった。

テラスの半分は陰になり、半分には木漏れ日が射していた。丸テーブルにはドーナツの欠片と落ち葉が散らばり、飲み残したココアはすっかり冷えてかたまりかけていた。相変わらず大量の商品を背負わされた自転車は、スタンド一つでどうにかバランスを保ちつつ、彼らのそばで大人しく待っていた。瑪瑙が自転車のベルを鳴らした。思いがけず大きな音が響き、慌てて両手で押さえつけた。その音に驚いたのか、木立の中をつがいの小鳥がすり抜けていった。

琥珀はジョーが、その綺麗なものを入れる鞄を作るため、ロバの皮を剝ぐところを思い浮かべた。オパールの髪に触れたのと同じ手が、ナイフを握り、脂肪の間に刃を差し入れ、鬣をつかんで皮を引き剝がしてゆく。その様子が一ページ一ページに映し出される。ページがめくれる時の音も風もよみがえってくる。藁を背負い、石臼を回し続けてきた背中の皮は磨り減って傷だらけになっている。刃先から血が滴り落ちている。腱が切断され、脚が突っ張ってぴくんとする。口から舌がはみ出している。死んでいるとは思えないくらいに生々しく温かいにおいが立ち込めている。瞬きに合わせ、オパールの髪に触れる手と、ロバの血に濡れた手が交互に現れ出る。ドラム缶で燃やしたのは、ジョーが皮を剝ぎ取ったあとのボイラーだったのだ、と今さらながらに思い至る。

「君のお望みは何だい？」

琥珀は首を横に振った。

「遠慮はいらないよ」

痛ましいボイラーの姿を目にしたくなくて、琥珀は瞬きをこらえようとするが、日差しがまぶしくてどうしても我慢ができなかった。

「プラモデル、昆虫の標本、漫画、工具セット、カメラ……」

ジョーは次々コートのポケットに手をやった。琥珀はうつむいたきり顔を上げなかった。彼は決して何も見せてもらおうとはしなかった。

「何か思いついたら言っておくれ。今度来る時までに仕入れておこう。お望みのものは何なりと。お安いご用でございます」

髪留めを箱に仕舞いながら、ジョーは言った。

ロバの鞄の留め金を締める間際ジョーは、髪留めの代わりのように、あるいは自分の印を残しておくかのように、香水をオパールの羽に吹き掛けた。真っ白いレースでできていたはずのそれは、染みだらけになり、ほつれた糸がはみ出し、枠の針金は歪んでしまっていた。そのみすぼらしい背中の突起に向かい、香水壜の口に付着した風船のような膨らみをほんの一押しするだけで、瞬く間に濃いにおいが漂った。またしてもオパールは、自分の目の届かないところで何が起こっているのか確かめられないまま、首をそっとひねっていた。ボイラーの血と香水のにおいが混じり合って、琥珀は胸が悪くなった。

オパールと瑪瑙がまだ別れ難くジョーを引き止めている間、琥珀は彼らに気づかれないよう、自転車のハンドルにぶら下げられた袋の一つに石を忍ばせた。テラスの床下から咄嗟に拾った、オパールと琥珀と瑪瑙の石を三つ合わせても到底足りないくらい大きく、重い石だった。どうしてそんなことをするのか、自分でも説明がつかなかった。何の目的もなかった。ただ勝手に体がそう動いただけで、頭の中は空っぽだった。

玉ねぎか食用油か洗濯石鹸か、とにかく商品で満杯のはずにもかかわらず、なぜか袋の中に石はすっぽりと納まった。まるでそのためのスペースがあらかじめ用意されていたかのようだった。琥珀は素早く袋の口を閉じ、手についた土を払った。いくら払っても石の感触が消えない気がした。光の恩恵も受けられないまま、じめじめした暗がりに打ち捨てられた、可哀想な石の感触だった。不意に、もしかしたら自分はジョーの品物を盗んだのではないか、という錯覚に襲われ、その恐れを拭い去るためいっそう強く掌をズボンにこすりつけた。ハンドルが左側に傾き、危うく倒れそうになった自転車は、ひとりでにバランスを取り直してどうにか踏みとどまった。

「この次、また」

と、オパールは言った。

「曜日と時間を間違えないで下さい。気紛れを起こさないように、お願いです」

何度念を押しても安心しきれない様子のオパールをなだめるようにジョーは、彼女の髪に触れた。

ジョーは手を振り、自転車を押しながら木立の中へと姿を消していった。心なしかいつもより車輪の音が重そうに聞こえた。

「さようなら」

ジョーの後ろ姿に向かい、決して届かない声でオパールは言った。

「さようなら」

瑪瑙が続けて言った。琥珀は黙ってオパールの羽を見つめていた。黒いコートが緑の奥に吸い込まれた後もまだしばらく、車輪の音だけが聞こえていた。

8

アンバー氏にボイラーの話を聞いて以来、館でもロバを飼ったらいいのに、と私は夢見ている。部屋で飼える大きさに限り、入居者はペットと一緒に暮らせる決まりになっているが、亀やハムスターや小型犬や、そんなちまちました動物ではなく、ロバくらいどっしりとした生きものが目に留まるところにいてくれれば、どんなに心が弾むか知れない。

一度、御意見箱へ提案書を投函してみたが、予算と管理の難しさを理由に却下されてしまった。庭の雑草を食べてくれる経済的効用について、もう少し強調すべきだったかもしれない。

御意見箱は電話室の入口脇に設置されていて、気づいた問題を何でも投函してよいことになっている。密かに私は提案書を書くのを趣味にしている。

『……お若い方々にとりましては全く取るに足らないことではございましょうが、蟻の穴から堤も崩れるのことわざもございます……』

『……多少なりとも芸術に関わりを持つ者からいたしますと、どうにも神経に障るのを防ぎきれず、こうして厚かましくも一言申し上げる次第で……』

『……以上、愚にもつかない年寄りの戯言に長々とお付き合いいただきまして誠に……』

側溝の蓋のゆるみ、館内放送のボリューム調節不良、ランドリー使用エチケット徹底対策、玄関足拭きマット交換期間の再考、等々テーマは多岐にわたる。食堂のメニューに不満をこぼしたり、職員の対応に腹を立てて抗議したりするのは、私の流儀ではない。あくまでも建設的な提案を目指している。あまりにもささやかすぎて、皆から素通りされている問題点に目を留めてこそ意義がある。自分の提案が受け入れられ、改善が施されながら、誰一人その事実に気づかない時、私は本当の満足を得る。入居者の中で恐らく、自分は最も数多くの提案をした人間であろうと自負している。

夜、皆が引き揚げたサロンの片隅で、私はアンバー氏と二人一緒に過ごす。消灯時間が近いので、もうピアノは弾かない。私は御意見箱に投函するための文章を、薬袋の裏に下書きする。気取りすぎていないか、いい気になっていないか、文章を何度も読み返し、形容詞を削ったり主語と目的語を入れ替えたりする。分からない字はアンバー氏に尋ねる。するとまるでシグナル先生のように、人差し指で宙にその字を書いてくれる。

アンバー氏は台所から持ってきた、ワインやビールやソースの空き瓶の、ラベルを剝がしている。濡れた布巾でふやかしたあと、できるだけ破らないように少しずつ爪を立ててゆく。

「ほら」

破れないで完全に剝がれると、いかにも気分がよさそうな声でそのラベルをこちらに向ける。

「まあ、素敵」

所詮、くしゃくしゃにされ、ゴミ箱に捨てられるラベルではあるけれど、つられて私もうれしくなる。

薬袋の裏はびっしり字で埋まり、何が何だかよく分からなくなっている。ラベルを剝がされ、途端に心もとない姿になった空き瓶が、二人の足元に何本も並んでいる。

こんなふうにお互い、大して役にも立たない作業に没頭している時、ピアノのことも娘のことも体の不具合も全部が遠のいて、ただ二人きりでここにいる安らかさだけを感じる。彼がページの片隅に死者をよみがえらせる時と同じように、一瞬一瞬が引き伸ばされ、いつまでもずっと役に立たない作業の海に浸っていられる。そうしていつしか自分も、図鑑のページの住人になったかのような錯覚に酔っている。

琥珀はますます図鑑の作業に没頭していった。時にはママが定めた夕食後の合唱の時間にさえ、顔を見せないこともあった。

「琥珀……」

そんな時、誘いに来るのは瑪瑙だった。瑪瑙は書斎の扉に半分顔を隠し、ためらいがちに兄の名を呼んだ。

「僕はいいんだ」

琥珀は答えた。何がいいのか自分でも分からなかった。

「オパールと瑪瑙だけで歌えばいいんだ」

「ママが淋しがってるよ」

「あの子も一緒に歌っているんだから、淋しくはないよ。僕はここで聞いてる」

そう言って琥珀はまた、図鑑に視線を戻した。

「うん、分かった」

瑪瑙は素直にうなずき、皆の歌がちゃんと聞こえるよう、扉を開けたまま廊下を遠ざかっていった。

　オパールと出会うまで、あともう一息だった。『装飾紋様百科』『灯台の図鑑』『世界の風習・安産祈願篇』『図鑑・獰猛な植物たち』『働くくるま事典』『胡蝶蘭農協品評会全記録』……。それでもまだ途中には、琥珀の知らない世界の欠片たちがびっしり詰まっていた。それらを目の当たりにするたび、壁の外側に広がっているらしい世界の広大さに途方もない気持に陥り、しかしそのすべてが自分の眼前に用意されていることを確かめて、同時に安堵を感じた。本棚は煉瓦の壁に守られた、完全な天地だった。しかも探索の旅の同伴者はオパールなのだから、恐れる必要などないはずだった。

　琥珀は新しい図鑑を一冊取り出し、表紙を撫でて埃を払い、余白の具合と紙の感触を確かめてから鉛筆を手に取った。数えきれないほど繰り返してきた手順だった。左目の中で動いているあの子をママに会わせるための、唯一の方法だった。

　琥珀色は書斎の光を受けた時が一番澄んで見えた。一旦、鉛筆の芯を余白の真ん中に置けば、その先から自然とあの子が姿を現してきた。どんな絵を描こうかと考える必要はなかったし、そのことを不思議に思う暇もなかった。図鑑の片隅であの子は、オパールの真似をしてダンスを踊ったかと思えば、瑪瑙と同じくらい上手にオルガンを弾きこなした。琥珀を見習って庭の草刈をし、シグナル先生と一緒に舟遊びを楽しみ、ボイラーに乗ってどこへでも冒険に出掛けた。三人のオリンピックごっこに耳を澄ませながら、自分も一緒にやりたいと駄々をこねたりもせず、よろず屋ジョーが来た時には、見つからないよう大人しく自分の居場所に隠れていた。そして夜になると、ママにおやすみのキスをした。

一枚として同じあの子はいなかった。どんなにじっとしているように見えても、生きているものは皆、一刻一刻変化しているのだった。その変化を左目は見逃さなかった。焦るあまり途中を省いてしまい、すべてを台無しにするような失敗を、彼は二度と犯さなかった。一枚描き終われば、次、どこがどう移ろっているのか十分に見えていた。あとは輪郭をはみ出したり余計なものを付け加えたりしないよう、丁寧になぞるだけでよかった。

息をするのさえ忘れて琥珀は集中し、図鑑に奉仕した。いつしか左目と右手がつながり合い、鉛筆と一続きになっていた。鉛筆が余白を滑り、芯がすり減ってゆく音を聞いていると、地層をコツコツ掘り返している実感を味わうことができた。それはあの子が図鑑の隅に新たな空気を見つけ、深呼吸している音だった。

描いているうちに少しずつ、自分が名前のとおり琥珀色に染まり、図鑑の余白に吸い込まれている気がした。その証拠にあの子の体温はすぐそばにあった。あたりには常に風が吹いていた。よく目を凝らさないと気づかないくらいわずかに、シロツメクサの茎は揺れ、それに合わせて前髪はなびいていた。ページが巻き起こすこの微風の中でしかあの子は生きられないのだ、と琥珀は今さらのように気づき、自分も風が吹いてくる方に顔を向けて息を吸い込んだ。

半分開いた扉から、廊下の明かりが漏れていた。図鑑から発せられるあらゆる気配に神経を研ぎ澄ましながらも、同時に琥珀は聞こえるはずのない皆の合唱を聞いていた。ママは気持よく口を開け、始終笑みを絶やさず、オパールは踵で拍子を取って皆の調子が合っているかどうか気を配っている。瑪瑙は空気を途切れさせないようペダルを踏み、小さな指を広げて和音を奏でている。三人の耳には、自分の歌声とともに、ページの巻き起こす風も一緒に届いている。あの子がちゃんとそばにいるのを感じている。

大丈夫だ。誰も欠けていない。壁は高く頑丈で、図鑑の地層は深い。世界のすべてがここにある。合唱を邪魔しない無音の声でつぶやきながら、琥珀は次のページをめくる。

「ほら、見てご覧。何だと思う?」

自転車のハンドルにぶら下げられた袋の一つをジョーが両手で持ち上げた時、琥珀はすぐ、いつか自分が石を入れたのと同じ袋だと気づいた。あの時のまま、石の形のとおりに膨らんでいたからだった。見てご覧、と言っておきながらジョーは、背伸びをして覗き込もうとする瑪瑙から隠すように、もったいぶった様子でそれを胸に抱えた。

僕を責めるつもりに違いない。琥珀は身構えた。見たまえ、この粗野で、不恰好で、ただ重たいばかりの役立たずの石を。私が運ぶ世界のバランスは、こんな石ころ一つで乱されたりはしない。全くのお笑い種だ。よろず屋ジョーは無敵なのだ。誰の仕業かちゃんと見当はついている。さあ、白状するなら今だ。今ならまだ間に合う……。そう、迫られる気がした。

「気をつけて、そっとだよ」

しかしジョーの手つきも表情も穏やかだった。うきうきさえしているくらいだった。油断させるつもりかもしれないと、琥珀は一歩後ずさりした。

「さあ、ここ。分かる？」

ジョーは腰をかがめ、三人に向けて袋の口をほんの少しだけ開けた。

「あっ」

瑪瑙とオパールが一緒に息を漏らした。石ではなかった。見るからにもっと柔らかくて温かそうだった。湿った土の代わりに、まだら模様の綿毛に覆われていた。

「猫だ」

普段よりももっと微かなささやき声で瑪瑙が言った。

「裏門の脇にうずくまって鳴いていたんだ。乳離れしたばかりの子どもかもしれない。親とはぐれて迷子になったのかなあ。ちょっと痩せてる」

扱いに慣れていないらしいジョーは、ぎこちない手つきで袋から仔猫を取り出し、胸に押し当てるようにして抱きとめた。それは丸くなり、琥珀が忍ばせた石と同じ大きさになって両腕に納まった。短い脚を折り曲げ、上目遣いにあたりをうかがい、心なしか背中を震わせていた。お尻の毛は擦り切れ、髭は頰にくっつき、小さすぎる耳の先端はギザギザになっていた。

「これは売り物？」

「ううん、違うよ。我がよろず屋は、生きた商品は扱わないんだ」

「ああ、よかった」

瑪瑙は安堵の表情を浮かべた。

「どうして一人ぼっちになっちゃったの？　ママがどれほど心配しているか知れないよ。きょうだいはいないのかい？」

自分より幼いものを労わる口調で瑪瑙は言った。撫でたくてたまらないのを、怯えている仔猫のために我慢しながら、それでも少しでも近づこうとしてジョーの胸に顔を寄せていた。その傍らでオパールは瑪瑙の鬣《たてがみ》に手をやった。なぜ、いつの間に、石が猫に変わってしまったのだろう。琥珀はただそればかりを考えていた。

怯えているのは猫ではなく、むしろ三人の方だった。ボイラーの時にはもっと単純な興奮があった。ボイラーはどっしりとして、どこか図々しく、更には草を食べるという誤魔化しようのない役目を背負っていた。しかし猫は違った。外の世界から何かの手違いで迷い込んできた、門の外へ投げ捨てることも泥炭地に埋めることもできない、か弱いかたまりだった。

「これは何?」

ジョーの両腕からのぞく足の裏を指差して瑪瑙が尋ねた。

「肉球だ」

ジョーが答えた。

それは産毛の間に半分埋まった、薄桃色の小さな膨らみだった。まるで一つのベッドで眠っていた頃の三人を真似するように、足の裏のわずかなスペースに肩を寄せ合っていた。地面を踏むためのものであるにもかかわらず、少しもその薄桃色は汚れていなかった。何ものにも犯されない清らかさと、思わず触れてみないではいられない丸みを持っていた。

「中には何が詰まっているの?」

瑪瑙の質問は次から次へとあふれてきた。

「さあ……」

ジョーは首を傾げた。

「きっと、何か大事なものに違いないわ」

オパールが答えた。

「うん、そうだね。だってこんなにもぷっくりして、可愛らしいんだから」

しばらく三人は黙って肉球に視線を注いでいた。仔猫が一つ欠伸をした。幾筋も溝が連なる喉と、思いがけず尖った歯がのぞいて見えた。とうとう我慢しきれずに瑪瑙は、オルガンの鍵盤に指をのせる時よりも優しく、肉球に手をのばした。

「恐がらなくていいよ」

指先に産毛が触れるか触れないか、ぎりぎりの瞬間だった。不意に仔猫がジョーの胸を蹴ったかと思うと、瑪瑙の指先をかすめ、短い鳴き声を残して地面に飛び降りた。誰一人、引き止める間さえなかった。気づいた時にはもう、あのか細い生きもののどこにそれほどの力が潜んでいたのか、という勢いで藤棚の下を突っ切り、せせらぎを飛び越え、羊歯の茂みから欅の奥へと姿を消していた。ジョーの腕はしばらく呆然と空洞を抱えていた。

「待って」

最初に駆け出したのはオパールだった。テラスからジャンプし、仔猫の走り去った道筋をなぞって枝の間をすり抜けていった。

「オパール」

すぐにその後をジョーが追いかけた。ジョーがオパールの名を口にするのはその時が初めてだった。彼の口から発せられると、それはなぜか急に、よそよそしい響きを持って琥珀の耳を捕らえた。あとには足元に横たわる空の袋だけが残されていた。琥珀はとっさに瑪瑙の手を握った。

「どうして逃げたの？」

自分のせいかもしれないと、不安を隠しきれない口振りで瑪瑙が言った。

「ママのところに帰りたかったんだ」

仔猫を追いかける二人の姿が、琥珀の左目に映った。彼らが図鑑のページの中で動いているように感じられるのは、欅の木立に見え隠れしているからなのか、自分の瞬きのせいなのか、区別がつかなかった。

「誰だってママのところにいる時が一番幸せなんだ」

オパールとジョーは木々に守られ、つながり合い、重なり合いしながらどんどん壁の方へと遠ざかっていった。琥珀は仔猫が走り去った跡をもう一度目でなぞった。地面には足跡一つついてはいなかったが、彼の左目には、庭の真ん中を貫く一筋の影がのびていた。図鑑一枚一枚の間に現れては消え現れては消える空洞よりももっと色濃く、拭い難く、冷ややかな影だった。オパールが踊り、瑪瑙が舟を浮かべ、琥珀が生贄を捧げ、三人が数々の死を埋葬した庭を、ジョーの腕から放たれた一陣の風が切り裂いていた。

　琥珀は幾度も瞬きをした。しかし仔猫が残した左目の影は消えなかった。ひとたび入った庭の亀裂はもう元には戻らなかった。瑪瑙の手が汗ばみ、冷たくなっていた。


　結局仔猫は見つからなかった。ジョーが帰ったあと、三人でもう一度庭を隈なく探してみたが、仔猫は足跡一つ残していなかった。あんな小さな脚で壁を飛び越えられるはずもなく、一体どんな隙間から外へ逃げ出したのか、それを考えるのは恐ろしい気がして、三人は敢えて口に出さなかった。あれは幻だったのだ。琥珀は自分に言い聞かせた。そう思えば、ジョーがオパールの名を呼ぶ声も、自分から遠ざかってゆく二人の姿も、庭を切り裂く影も、全部を幻にしてしまえる気がした。

　新たな秘密を加えながら、彼らの生活は相変わらず続いていった。朝、ママはスーツに着替えて頬紅を塗る。オパールは朝御飯の後片付けをし、琥珀は家中のゴミを集めて焼却炉へ運ぶ。その間瑪瑙は皆を元気づけるためにオルガンを弾く。そして仕事へ出発するママを、三人そろってテラスから見送る。
行ってらっしゃい。気をつけて。僕らのことは何の心配もいらない。ママの禁止事項をちゃんと守るよ。

オパールの王冠が姿を消したり、オルガンが鳴らなくなったり、長い年月の間にいろいろなことが少しずつ移ろってはいたが、それらはすべて、彼らの習慣を支えるために必要な変化だった。壁の内側を満たす時間の流れが乱される気配は、微塵もなかった。ママは手を振り、ツルハシを担ぎ直し、門へと続くアプローチの曲がり角で振り返りながらもう一度、子どもたちの安全を確かめる。子どもたちはそこにいる。壁の中で、図鑑の中で、お利口にしている。

「さあ、お勉強しましょう」

オパールの掛け声とともに彼らは書斎へ向かう。

瑪瑙の姿が見えないのに気づいたのは、おやつの時間がすんでしばらく過ぎた頃だった。オパールは居間で編み物をし、琥珀は脚立に上って樋の掃除をしていた。よく晴れて空気の冷たい、冬の午後だった。オパールは三人分のセーターを仕上げようと精を出し、琥珀はひたすら樋に詰まった落ち葉を掻き出していた。

「瑪瑙は？」

編み棒を持ったままテラスに出てきたオパールが言った。

「居間じゃないの？」

琥珀は答えた。

「さっきまでオルガンを弾いていたんだけど……」

無人のオルガンを二人は振り返った。静けさの様子がさっきまでとは少し違っている気がした。もっと深々とした沈黙があたりを包んでいた。

「ここの掃除が終わったら、一緒にキャッチボールをする約束になっているんだ」

「裏庭かしら」

「泉で遊んでいるのかもしれない」

「昨日、木屑で舟を作っていたものね」

琥珀は脚立の上で背伸びをし、泉の方を見やった。目に入るのは揺れる枝々と、その隙間からのぞく泉を囲う岩ばかりだった。

オパールは家の中を、琥珀は庭を探した。

「瑪瑙」

「瑪瑙」

二人は口々に弟の名前を呼んだが、それは彼がどこにいようと到底届くはずもない小声だった。そういう時でさえ彼らは大きな声を出すという術を知らなかった。まるで弟は自分たちのすぐそば、例えば左目の中に隠れてしまったのだと信じ込んでいるかのようなささやき声だった。

書斎にも子ども部屋のベッドにも、泥炭地にも藤棚にも瑪瑙はいなかった。そんなはずはないと琥珀はつぶやきながら、焼却炉の灰を掘り返し、テラスの床下を懐中電灯で照らし、泉の底を棒で突いた。落ち葉の山を一つ一つ崩していった。考えつく限りの隙間に手を突っ込みながら、その三音を唯一の命綱にして頼るように、めのう、めのう、とささやき続けた。

すべてを探し尽くしたあと、二人はテラスに戻り、どうしようもなく立ちすくむしかなかった。編み棒が床に転がり落ちていた。

「瑪瑙はいない」

オパールは言った。どんな時も弟たちのために、目の前の事態を最も的確な言葉で説明することのできるオパールだった。その言葉はいつでも、恐ろしいほどに美しい正しさをたたえていた。

「瑪瑙はいない」

琥珀は目を閉じ、オパールの声をなぞった。左目の糸くずは地層の底でじっとうずくまったきりだった。

どちらからともなく二人は手をつなぎ、書斎へ移動し、机の下に潜り込んで抱き合った。そこより他に彼らの居場所はなかった。机には午前中、瑪瑙が読んでいたらしい彼の一番のお気に入り、『宇宙の図鑑』が開いたままになっていた。百億光年、10の23乗キロメートル離れた世界のページに、瑪瑙の小石が置かれていた。それは太陽も銀河系もまだ姿を現していない、暗黒星雲の渦の中にぽつんとあった。

「どこに行ったんだろう」

口に出しても仕方のない言葉を、力なく琥珀は吐き出した。オパールは首を横に振った。

「壁の外ね、きっと」

オパールがあっさりそう言い切るのに驚いて、琥珀は思わず言葉を飲み込んだ。

「でも、どうやって……」

「方法はいくらでもあるわ」

「例えば……」

「舟でせせらぎを流れてゆく」

「シグナル先生と一緒に」

「あるいはボイラーと……」

「ボイラーのお腹の暗闇に紛れて」

「ええ、そうね」

「紙ヒコーキを使う手もある」

「ジョーが上手く飛ばすわ。風に乗せて、壁の向こうまで」

窓に木々の影を映す日差しが、少しずつ翳りはじめていた。口をつぐむとあとはただ、お互いの息遣いが聞こえるばかりだった。いつもなら彼らを安堵させてくれるはずの静けさが、ずっしりと重くのしかかってきた。

油断があったのだろうか。琥珀は自問した。四人が三人になった時、思い知ったはずなのに。今また、三人が二人になろうとしている。下から順番に一人ずつだ。本当はもっと厳重に、ママが望むとおりにすべきなのだ。ジョーの扉は鍵で閉ざし、もっと大きな落ち葉の山で塞ぐべきなのだ。それなのにオパールが……。

自分の思いを打ち消そうと、琥珀はきつくオパールを抱き寄せた。三人が二人になったというだけで、どこかぎこちなかった。お互いの間に通う信号に従いながら隙間を埋め合い、ごく自然に三人で一つになっていたのが、不意に二人だけが取り残されてすべてがぎくしゃくしていた。一人でいる時よりも小さなものになろうとすればするほど、オパールの重みが琥珀の胸を一杯に満たした。

「ジョーの扉は閉まっていた？」

オパールが尋ねた。琥珀は「うん」と答えた。頬に当たる髪の毛から、オパールの体温が伝わってきた。

「ジョーの足跡しか残っていなかった」

「そう」

「でも、爪先立ちでジョーの足跡を踏んでいったのかもしれない」

「あの子は身軽だものね」

「だから木屑の舟にもボイラーにも紙ヒコーキにも乗れる」

「わたしたちのなかで一番遠くまで行ける」

オパールの体は温かく、柔らかかった。その柔らかさをどう自分の腕に納めたらいいのか分からず、琥珀は無闇に両手に力を込めるしかなかった。背中の羽が折れ曲がり、いっそう皺くちゃになった。ジョーの香水が、一瞬匂ったような気がした。

「瑪瑙は戻って来る？」

「ええ、戻って来るわ」

「本当？」

「出られたのなら、そこからまた戻って来られる」

「迷子にならなければいいけど」

「大丈夫。ずっと図鑑で訓練していたから」

「そうだね」

「それに瑪瑙は、オパールよりも琥珀よりも、ずっと硬くて強い石なの。たとえ象でもそれを割ることはできないの」

琥珀は壁の内側にたどり着いた日、まだ幼い瑪瑙が『こども理科図鑑』を広げ、〈瑪瑙〉の項目を指差した時のことを思い出した。その小さすぎる手を左目の地層によみがえらせた。

オパールと琥珀、二人の声は一つに混じり合い、部屋の四隅の暗がりに吸い込まれていった。日が傾くにつれて風は止み、小鳥のさえずりも消え、床下からしんしんと冷気が伝わってきた。香水の匂いを打ち消すため、琥珀は息を止め、オパールの髪に顔を押し当てた。ジョーが髪留めを飾ったあたりに唇を埋めた。オパールがバランスを崩し、よろめいた。それを支えようとした琥珀の腕が机の脚に当たり、小さな音がした。暗黒星雲の渦から、瑪瑙が転がり落ちた音だった。

日が暮れないうち、ママが帰宅する前に、瑪瑙は戻って来た。オパールが言ったとおりだった。体中どこも傷つかず、疲れた様子もなく、上気した頬はつやつやと赤らんでいた。

「ごめんなさい」

そう謝る声さえ、外の空気をはらんで溌剌としていた。

「ジョーの扉が開いてた」

オパールと琥珀を交互に見上げながら瑪瑙は言った。

「ほんの少しだけど。だから閉めようとしたんだ。危ないから。だってもしも魔犬が、魔犬が入ってきたら……。でもノブを握った時、なぜだかよく分からないうちに、はっと気づいたらもう、外に出てた。落とし穴に落ちたみたいだったよ」

一息に瑪瑙は喋った。

「でも全然怖くなかった。運よく魔犬には出会わなかったし、何よりシグナル先生に再会できたんだ」

「先生は、お元気だった？」

オパールが口にした質問はただ一つ、これだけだった。どこへ行っていたのだと問い詰めることも、どれほど心配したか知れないのだと責めることもしなかった。

「うん、とっても。相変わらず紙挟みをカサコソいわせながら、ピーナッツを食べていた」

「そう。よかったわね」

「うん」

心の底から先生の無事を喜ぶ様子で、瑪瑙はうなずいた。

「先生と一緒に壁の周りを歩いたよ。本当は林の中に入ってみたかったけど、先生に止められた。いきなりは難しいって。だから壁に手を這わせながら、ぐるぐるぐるぐる何周もしたんだ」

「迷子にならなかったのは、シグナル先生のおかげね」

「で、それは、どうしたんだ？」

最初から一番気に掛かっていたことを、琥珀は尋ねた。瑪瑙はツルハシを引きずっていた。

「門の外に立て掛けてあった。ママ、忘れたんだね。お仕事に持っていかなくちゃならないのに」

確かにそれは、襲ってくる魔犬を退治するため、ママが一日も欠かさず出勤の時に担いでゆくツルハシだった。

「温泉療養施設へ持って行かなくても大丈夫なの？　心配いらない？」

「ええ、心配はいらないのよ」

冷たい頬を温めるようにオパールは瑪瑙の顔を両手で包んだ。

「ママは上手くやっているから」

「でも、ツルハシがなくなっていたら、ママは驚くよ」

当然の理屈を琥珀は主張した。

「僕が元のところに戻してくる」

「駄目」

瑪瑙の手からツルハシを取り、ジョーの扉へ向かおうとする琥珀を、オパールは押し留めた。

「琥珀までが壁の外へ出てゆくなんて耐えられない。やっと瑪瑙が帰ってきたのに」

「すぐに戻ってくる。門の脇に立て掛けるだけだ。ほんの二、三分だよ」

「それでもやっぱりよくないわ。きっと何か悪いことが起こるに決まっている」

「ママはどうなる？　ここにツルハシがあったら、誰かが外に出たことが分かってしまう」

「ええ、そうね。そうよ……」

珍しくオパールは混乱していた。たとえ短い時間とはいえ、瑪瑙が行方知れずになったことがこたえているようだった。オパールと琥珀のやり取りを聞き、ようやく自分が仕出かした事態の重大さに気づいたらしい瑪瑙は、黙ったまま不安げな表情を浮かべた。三人は一本のツルハシを取り囲んでうな垂れた。もはや瑪瑙が壁の外へ出た事実より何より、このツルハシをどうすればいいのかが大きな問題だった。ママの乗るバスが停留所に着くまで、あまり時間はなかった。

「埋めましょう」

自分を落ち着かせるようにオパールが言った。

「ツルハシも何もかも、今日起こったこと全部、土の下に埋めるのよ」

三人は泥炭地に集まった。琥珀がツルハシで穴を掘った。大雨のあと、三人が自分たちの小石を見つけた時の面影はとうになく、ただのひび割れた池の底に戻っていたが、そこはあくまでも彼らにとって見知らぬ遠い果ての国、アイルランドの泥炭地だった。生贄になった人々の死体を何千年でも隠し続けることのできる地だった。

一心に琥珀は穴を掘った。ツルハシを埋めるための穴を、ツルハシで掘った。どんなにそれが重くても、土が固くてもひるまなかった。あたりはすっかり暗くなり、居間から漏れてくるわずかな明かりだけが頼りだった。琥珀が腕を振り下ろすたび、飛び散る砂利と一緒に、冷たい土のにおいが立ち上った。オパールと瑪瑙は手をつないでしゃがみ、琥珀の荒い息に耳を澄ませながら、少しずつ深くなってゆく穴を見守った。

琥珀はただ一つ、ツルハシの刃でオパールの王冠を傷つけるのだけが怖かった。夏のはじめ、三人で埋葬した死体にオパールが被せた王冠のことを、彼は忘れていなかった。水に濡れた全身で光を放ちつつ、自分の一部を葬るようにして頭からそれを外した、彼女の姿がありありとよみがえってきた。あの王冠の眠りを妨げるのは、オパールを傷つけるのと同じだという気がした。

いつしか背中は汗ばみ、掌がすりむけていたが、琥珀は手を休めなかった。どこまでも深く、掘ってゆけた。掘っても掘っても、その先には暗闇が満ちていた。真っ黒い図鑑がめくれてゆくのと同じだった。そこには一瞬と一瞬の間に差し挟まれる空洞も、余白も、指先を撫でる風もなかった。

「もう十分」

オパールの声を合図に、ようやく琥珀は手を止めた。

「もうそこが、暗闇の底よ」

こうして三人はママのツルハシを埋葬した。三人一緒に表面をならし、足で踏み固め、不自然にならない程度に小石と枯葉をばらまいた。すりむけた琥珀の掌に、オパールと瑪瑙が順に息を吹き掛けた。彼らはまた一つ、三人だけの秘密を分かち合った。

「よろしいですか？　今晩はいつもよりもっと厳重に鍵を掛けなければなりません。一つ残らず明かりを消して、カーテンは隙間なく締めて、鎧戸を閉じるのです。そして明日は一日、お庭に出るのもやめましょう。今日、ママはとても恐ろしい目に遭いました。ここであなたたちにお話しするのもはばかられるほどの恐ろしさです。お仕事が終わって、温泉療養施設の裏門を出て歩きはじめた時、ふと気配を感じて振り返ると、林道の向こうから魔犬が、あの子を噛み殺した残忍な魔犬が砂埃を巻き上げながら突進してきました」

瑪瑙が「えっ」と驚いて目を見開いた。オパールは瑪瑙の気持を鎮めるように鬣に手をやった。

「誰かを襲ってきたばかりだったのでしょう。口元から血が滴り落ち、それが砂埃の中に点々と赤い筋を引いていました。尖った牙の間からは血よりも赤い、あの子の頬の痣より赤い舌がのぞいています。恐ろしさのあまりママは尻餅をついて息もできません。それでも魔犬は容赦なく近づいてきます。尖った爪が小石を撥ね上げる音と、ハーハーいう声がだんだん大きくなってゆきます。血と舌の赤色が迫ってきます。あの子に噛み付いた時に比べてそれは、ずっと大きく成長していました。図々しいくらいの大きさです。脚はどっしりと太く、肩は筋肉で盛り上がり、肉厚な舌は濡れた内臓そのままです。いよいよそれが飛び上がり、こちらに覆いかぶさってきた瞬間、空が隠れて目の前が暗くなったほどです。ママは悲鳴を上げました。もう駄目だと思いました」

真っ黒い瞳で瑪瑙はママを見つめ、オパールと琥珀は黙って目を伏せた。三人ともママのお話を中断させないよう、注意を払った。質問も疑問も否定も、そして同意さえもそこには必要ないと、無言のうちに三人、理解し合った。一旦開かれたページは淀みなく、最後の一枚までめくられなければならないのだった。

「その時、まぶたの裏にあの子が現れたんです。シロツメクサの首飾りをぶら下げて、スキップしながら。ぱらぱらと風に乗って。あんな痛い思いをさせられた魔犬が目の前にいるのに、ちっとも辛そうな顔も見せず。咄嗟にママはツルハシを握りました。この時のために私はこのツルハシを担いでいるのではないか、と自分を鼓舞し、覆いかぶさる暗い影に向かってそれを振り上げました。さほどの手ごたえはありませんでした。とてもスムーズだったのです。骨や腱や目玉に邪魔されることのない、急所へ続く一点を、打ち抜いたのです。我に返った時、すべては終わっていました。それはこちらに背中を向け、ふらふらとした足取りで、どこへとも知れず去ってゆくところでした。死に場所を求めているのか、あるいは自分に何が起こったのか分からず呆然としているのか、いずれにしても既に魂が抜けているのだけは確かでした。眉間にはツルハシが突き刺さったままです。それはそれは見事な形でした。単なる偶然の結果だとはとても信じられません。ましてママの手でそれが成し遂げられたなどとは……。ツルハシの先端は一ミリの狂いもなく眉間に食い込み、刃は頭部の上方へ向かって曲線を描きながら絶妙なバランスを保っています。頭蓋骨と刃が優美に調和しているのです。どんな野生動物も持っていない、決して抜けることのない、自らの邪悪を象徴する角が一瞬にして突き刺さったのです。邪悪に振り下ろされた天の一撃を頭に捧げ持ち、魔犬は牢へ引きずられてゆきました」

ママの言葉の余韻が消え、最後の一ページがめくられたのを用心深く確かめてから三人は、胸の中に溜まった息を順々に吐き出した。ママはようやくコートを脱ぎ、手袋とマフラーを外して壁のフックに掛けた。手袋を脱ぐ時、「魔犬の爪に引っかかれた跡です」と言って手の甲の傷を子どもたちに見せた。そこはほんの少し赤くなっているだけで、琥珀の掌の方がずっと痛々しくすりむけていたが、三人はママの手に視線を落とし、同情の表情を浮かべた。琥珀はママに気づかれないよう、両手をズボンのポケットに入れた。

「救急箱に消毒液があるわ、ママ。戸締りはわたしと琥珀でちゃんとやっておくから、心配はいらない」

オパールは落ち着きを取り戻していた。

「今晩は、早く眠りましょう」

背中の羽にはまだ琥珀の腕の中でできた皺が残っていたが、物腰には一切、動揺は見られなかった。皆に何が一番必要か、正しく判断できるオパールだった。

誰にとっても長い一日が終わろうとしていた。瑪瑙は壁の外を周回し、ママは魔犬と闘った。オパールはただただ心配し、琥珀は穴を掘った。

ベッドに入る前、瑪瑙は書斎に置き忘れていた小石を胸の袋に仕舞い、琥珀はすりむけた掌に唾をつけた。まぶたを閉じようとした時、琥珀は左目の地層に魔犬が埋もれているのに気づいた。ああ、そうか、自分が穴を掘ったのはこれのためだったのだと分かった。横たわってもなお、ツルハシは永遠に抜けない角となって深く食い込んでいた。三人でこしらえた死体にオパールが被せた王冠と同じように、頭蓋骨のツルハシが死の印となっていた。

瑪瑙の寝息が聞こえてきた。ママの部屋も、オパールが眠る納戸もひっそりとしていた。琥珀は枕元の灯りを消し、目を閉じた。

温暖なはずの温泉保養地も、その冬は寒さが厳しかった。風の強い日が続き、裏庭の水溜りに氷が張ったり、時折小雪が舞ったりした。古いガスストーブだけでは家中を暖めるにはとても足りず、皆オパールの編んだセーターを重ね着してしのいだ。子どもたちの手は霜焼けになって赤く膨れた。瑪瑙は思い通りにオルガンの鍵盤を叩けず、琥珀は図鑑を上手にめくれなかった。

そのうち、ママが仕事場からもらってきた流感が三人に順番にうつった。いつも誰かが熱にうかされているか、咳き込んでいるかしている間にクリスマスは過ぎ、ふと気づくと新しい年が明けていた。

　ようやく熱が下がり、節々の痛みもなくなってベッドから出られた日の夕方、琥珀は日課を再開した。寝込んでいた日数の分を合わせて五つのひっつき虫を握り、門のところへ来ると、一つずつ、できるだけ遠くへ、いろいろな方向に着地するよう投げ上げた。もう背伸びなどしなくても、たとえ病み上がりでも、ひっつき虫はやすやすと壁を飛び越えた。それは雲の広がる空を横切り、門扉の向こうへぽとり、ぽとり、と頼りなげに落下していった。

　最後の一個が手を離れた時だった。外に向かってただじっと待っているだけの小箱、郵便受けに、何か白いものが入っているのに気づいた。湿って破れかけたチラシ『電話線架設工事のお知らせ』と、トンボの死骸とともに、白い封筒が一通横たわっていた。瑪瑙が入れたのだろうトンボはすっかり干からび、触れた端から粉々になってしまった。琥珀はチラシを丸めてポケットに押し込み、封筒を手に取った。しっかりと糊付けされた、切手も差出人も宛先もない、真新しくて清潔な封筒だった。かろうじて残る夕日と昇ったばかりの月にかざしてみたが、光が弱すぎて中身は見えなかった。

　ジョーからだ、と琥珀は感じた。そんな証拠はどこにもなかったが、ジョーからオパールへの手紙だとなぜだか分かった。分かった途端、触れてはいけないもののような気がして慌てて元に戻し、走って食堂に戻った。

ママは夜勤だった。晩御飯のあと、瑪瑙のオルガンに合わせて三人で合唱をした。自分宛の手紙が届いているのを知っているのか知らないのか、オパールに変わったところはなく、普段どおり、オルガンから漏れる空気に乗せ、今にも消え入りそうなソプラノを響かせていた。

あれは初めての手紙だろうか。それとも僕が気づかない内に、もう何通もやり取りされているのだろうか。歌っている間中ずっと、琥珀の視界には白い封筒が浮かんでいた。こんな危ない真似をして、もしママに見つかったらどうするんだ。いや、もしかすると、ママの夜勤を狙って郵便受けに手紙を入れる約束が、交わされているのかもしれない。ママの勤務表に縫い付けられる×印は、あの二人にとって大事な暗号だから……。

琥珀は少しも歌に集中できず、所々、歌詞を間違えた。しかし彼らの歌は、乱れるということがなかった。誰の耳にも届くことのない合唱だからだった。

瑪瑙と一緒にお風呂の用意をしている時、オパールがこっそり庭へ出てゆくのを、琥珀は見逃さなかった。背中の羽が庭の暗闇をすり抜けてゆき、すぐにまた戻ってきた。胸をそっと押さえていた。セーターの下、胸にぶら下げられた小石の下に、封筒があるのだと琥珀は思った。

夜、書斎の机に琥珀は一人座っていた。机の隅にはオパールの筆記用具とノートの束が置かれていた。日が落ちてからまた風が強くなり、木々の揺れる音が絶えず聞こえていた。

目の前には壁一面の本棚があった。最上段左端からオパールがスタートさせた勉強と、最下段右端から琥珀がスタートさせた妹の絵が出会うまで、もう少しだった。目印があるわけでもないのに、一目見れば二人の前進の具合は明らかだった。誰からも顧みられないままずっと本棚に押し込められていた図鑑は、一度でもページをめくられた瞬間、指先の体温を吸い込んで長い眠りからたちまち目覚める。あらゆるページの隅々に空気が行き渡り、記載された項目一つ一つが呼吸しはじめる。世界の片隅の事物に光が射す。

だから琥珀はいちいちタイトルを確かめずとも、本棚を見渡すだけで背表紙の連なりに刻まれている二人の軌跡を目でたどることができた。僕とオパールは二人協力し合ってここを発掘しているのだ、と琥珀は改めて自分自身に宣言した。誤魔化しも手抜きもなく、ただひたすらうつむいて一ページずつ前進する。足元の土を小さな両手で掘り返す。誰かによって置き去りにされた、あるいは偶然の成り行きから閉じ込められた化石を救い出す。僕たちが王冠やツルハシを埋めたのと同じようにして昔々の人が葬ったものを、よみがえらせる。

本棚のどこかでとうとう二人が出会う瞬間について、琥珀はあれこれと夢見た。それは世界を制するトンネルが貫通する時なのだから、やはり盛大にお祝いするべきだろう。花火が上がり、拍手が沸き起こり、ファンファーレが鳴り響く。二人は手を携え、くす玉を割る。紙吹雪とカメラのフラッシュと歓声が二人を包む……。けれどオパールは派手なことは嫌いかもしれない。彼女にはもっとつましい祝福が相応しい。ああ、もうそろそろだ、などと浮かれたりせず、これまで何十万回と繰り返してきたとおりに淡々と一ページをめくり、妹を描く。すると前方に、小さな光が射しているのに僕は気づく。あの子もはっとした様子で動きを止める。その光にそろそろと腕をのばすと、そこにオパールの手がある。あかぎれも霜焼けも治った、いつもの綺麗な手だ。僕たちは手を握り合う。自分とオパール、二人が一つにつながり合い、漆黒の地層を一筋の光の道が貫くのを確かめる。誰もそれを引き離せない。オパールの手は優しく柔らかい。これが僕たちの祝福だ。

琥珀は本棚から一冊図鑑を取り出した。いつかオパールが郵便受けの話を聞かせてくれた時、手紙を運ぶ小鳥の絵を描いた図鑑だった。

「手紙がほしくなったら、これを開けばいいわね」

と、オパールは言った。

「ページの音と、小鳥の羽ばたきはそっくりだもの」

「もう空っぽの小箱に、がっかりしなくてもいいんだよ」

琥珀がそう言うと、オパールはにっこり微笑んだ。

琥珀は図鑑をめくった。小鳥の背中にしがみつくあの子が、たった一つ目指す小箱を探して空を旋回している。羽の内側には、オパールのためだけに捧げられる言葉たちが潜んでいる。自分一人ではどこへも移動できないその言葉たちを運ぶため、あの子は地上に目を凝らしている。

「オパールへの手紙は図鑑の中にちゃんとあるよ」

琥珀の声は暗がりに紛れ、どこにも届かなかった。

「小鳥の羽ばたきと、錆びた自転車の音はまるで違う」

返ってくるのはただページのめくれる音だけだった。

「せっかくあの子がオパールのために手紙を届けてくれているのに、どうして……。あの子が可哀想じゃないか……」

自分の知らぬ間に勝手に白い封筒が小箱へ押し込められているのにも気づかず、あの子は小鳥に乗って琥珀の指先を舞っている。一度として間違えることなく、オパールの小箱を目指して急降下してくる。

「まだ起きていたの？」

半分開いた扉の向こうに、オパールが立っていた。

「早く寝なさいね。熱が下がったばかりなんだから」

あの手紙をオパールはもう読んだのだろうか。それとも皆が寝静まるのを待って、胸の中で十分に温めたあと、封を開くのだろうか。

「うん」

琥珀は扉から目をそらし、再び図鑑をめくる。何度でもオパールの小箱目掛け、あの子に手紙を運ばせる。

「その左目は、どうしたの」

もし失礼な質問だったら許してほしい、という口振りで、ジョーは尋ねる。

「生まれつきです」

嘘をつく必要などないのに、なぜか自分でも意識しないうちに琥珀はそう答えている。

「珍しい色だ」

「そうでしょうか」

「僕の目とは全然違う」

オパールと瑪瑙はテラスの日溜りにしゃがみ込み、知恵の輪で遊んでいる。

「はい」

琥珀はわざと左目をジョーに近づける。二人は自転車のそばに立っている。ジョーは左目をじっと覗き込む。

「その目は見える?」

「とてもよく見えます」

逆光の中では黒々としたコートの輪郭がいっそう大きく迫ってくるが、琥珀は少しも怖いとは思わない。後ずさりもせず、顔をそむけもせず、それどころかもっと一杯に目を見開く。知恵の輪のカチカチいう音が聞こえている。

「君のその左目には風景はどんなふうに見えているんだろう」

こらえきれずにジョーの方が先に視線をそらし、サドルに片手をつく。大きく膨らんだ袋をいくつもぶら下げた自転車は、ぐったりとうな垂れている。

琥珀は太陽を見上げる。瞬きをするたび糸くずがクシュクシュとなり、知恵の輪もかなわない精巧さで絡まり合ってたちまちあの子に変身する。シロツメクサの首飾りもちゃんと忘れていない。お利口に暖かい日向の真ん中に立っている。

これを分かち合えるのは、瑪瑙とママと、オパールだけなんです、と琥珀は、決してジョーには届かない声でささやく。書斎の図鑑に隠れたもう一つの世界を見られるのは、僕たちだけなんです。

「再来週は一回休みだ」

油断するとすぐジョーの声は大きくなりすぎてしまう。琥珀は人差し指を唇に持ってゆく。

「いいんですよ」

指を唇に押し当てたまま琥珀は言う。

「別に構わないんです。ママがいる時に来て下さっても」

ママはどうやってジョーを退治するだろうか、と琥珀は想像する。ツルハシは既に奪われているというのに。

「ママならいろいろ買い物をするでしょう。ミシン糸とか、ふくらし粉とか、ハンドクリームとか」

「いや」

小さな声を出そうと、必要以上にジョーが慎重になっているのが伝わってくる。

「彼女との約束を破りたくないからね」

彼はオパールを見つめる。オパールと瑪瑙は粘り強く、知恵の輪をひねったり交差させたりしている。

「ほら、できた」

離れ離れになった輪を両手に持ち、瑪瑙が得意げな笑顔を見せる。瑪瑙の手が銀色に光っている。

「夜、仔猫は一人でも眠れる？」

ベッドの中で瑪瑙は尋ねた。猫がどんなふうに眠るのか、琥珀には見当もつかなかった。

「ああ」

琥珀が瑪瑙の鬣を撫でると、何かふわふわしたものが舞い上がり、ナイトスタンドの明かりの中で揺らめきながら、やがて左目の地層に吸い込まれていった。それは百億光年離れた暗黒星雲の欠片などではなく、仔猫の毛だということに琥珀は気づいていた。だからこそ強く目をつむり、それをできるだけ深い地層の底に閉じ込めようとした。

最初の兆しは、ある朝オパールが冷蔵庫から牛乳を取り出す時に発した短い声だった。

「あっ」

しかしオパールはそのまま黙って牛乳をコップに注ぎ分けた。一人分、足りなかった。

それから、光の加減で左目に暗がりが差す瞬間を見計らうようにして、ひっそりと、少しずつ、取るに足らない何かが姿を消していった。布の切れ端、ささみの缶詰、ひびの入った皿、木箱、擦り切れたクッション、魚肉ソーセージ……。それらに気づくと琥珀は手を止め、小さな空洞に視線を落とし、かつてそこにあったはずの何かをよみがえらせようと瞬きをしたが、ぼんやりした影が浮かんでくるばかりだった。

一つ空洞が増えるたび、瑪瑙の鬣にくっついて仔猫の毛が舞い込んできた。どんなに地層の奥に閉じ込めておこうとしても、光の糸のようにか細いそれは、左目を自由気ままに漂い、せっかく浮かびかけた失われたものの輪郭を遠ざけてしまうのだった。

一日に何度も琥珀は裏門の様子を見に行った。扉が開いたままになっていないか、落ち葉の山が不自然に崩れていないか、足跡がついていないか確かめた。初めての時、ツルハシを持ち帰って騒ぎを大きくしたような過ちを、瑪瑙は二度と犯さなかった。慎重に、賢く振る舞った。琥珀にもオパールにも、もちろんママにも見とがめられない、彼だけがすり抜けられる時間の隙間を探り当てていた。彼が壁の外側から持ち込むのは、たやすく光に紛れてしまう仔猫の毛だけだった。何度確かめても裏門は、何事もなく閉まっていた。

それでもまだ落ち着かず、枯葉を踏み越え、扉の前に立ち、壁を見上げた。風の向きが変わり、頭上の木々がざわめいた。そのざわめきの底を、音とも言えない微かな震えが途切れ途切れに響いていた。シグナル先生の舟を壁の外へと運ぶせせらぎよりも、瑪瑙が弾くオルガンよりもずっと小さな響きだった。百億光年離れた暗黒星雲から聞こえてくるかのようだった。

「仔猫だ。仔猫が鳴いてる」

琥珀は壁に手を這わせた。壁はどこまでも冷たく、鳴き声はどこまでも遠かった。

「駄目だ、瑪瑙。壁の外へ出ては駄目だ」

と、琥珀は彼の鬣を摑んで詰め寄りたかった。そうできれば楽だろうと思うのに、なぜかその一言を口にしたら最後、少しずつ積み重なり危ういバランスを保っている空洞が、ガラガラと崩れ落ちて取り返しのつかない事態に陥りそうな予感がした。

心配はいらない。琥珀は自分で自分を励ました。宇宙の果てからだって、瑪瑙は迷子にならず、ちゃんと帰って来る。図鑑に置いた小石を、オパールの縫ってくれた袋の中に何度でも仕舞うことができる。

琥珀は胸元の小石を握り締めた。琥珀が恐れる予感になど囚われもせず、いつの間にか瑪瑙は眠りに落ちていた。

雨が降ったり、季節風が冷たすぎて庭に出られない日の午後、三人は〝事情ごっこ〟をして暇を潰した。それは〝オリンピックごっこ〟がすたれたあと、急速に勢力をのばした新しい遊びだった。まず、できるだけかけ離れたテーマの図鑑を二冊、適当に用意する。一人が目をつぶってページを開き、一つずつキーワードを選び出すと、その二つの言葉を使って自由にある状況を作り上げる。例えば〈クレオパトラ〉と〈雲梯〉なら、

「クレオパトラのようなおかっぱ頭の、けれどそれほど美しくはない小母さんが、公園の雲梯の上を裸足で歩いています」

あるいは〈逆子〉と〈国際連盟〉なら、

「ボクはある日、電信柱に貼られた、国際逆子連盟加入者募集の広告を見掛け、事務局の連絡先に電話してみました。当然ながらボクは逆子です」

といった具合だった。

提示されたこの状況についてあとの二人は、そこにどんな事情があるのかを説明する。そういう遊びだった。

「事情って、何？」

瑪瑙は最初、オリンピックごっこよりは多少入り組んだ、新しい遊びの仕組みをつ

かみかねていた。

「どんな出来事も、理由なく起こるわけではないの。そこにはちゃんとしたいきさつ、顚末があるということ」

オパールが説明した。

「訳が分からない、と思うところに隠された訳を発見するんだ」

琥珀はそう付け加えた。

「ジョーが毛糸の帽子に棒つきキャンディーを突き刺して、首に大蒜をぶら下げているのにも、ちゃんと理由があるね」

瑪瑙は言った。

「そのとおり。できるだけたくさん、商品を運ぶためね」

事情ごっこがはじまると各々、クッションを抱えたり絨毯の上に寝そべったり、オパールは編み棒を動かしたりしながら、書斎の好きな場所に陣取ってリラックスした。図鑑以外、道具類は何も必要なく、あとは頭を働かせるだけでよかった。ジャンケンで勝った者が状況設定係となり、順番に交替していった。一度指差したキーワードの変更は不可、どれほど理屈に合わない無理矢理な状況でも文句は認められず、事情が語られはじめると、最後まで黙って耳を傾ける。それが自然と出来上がったルールだった。

一つ二つ簡単な例題を示すと瑪瑙はすぐにコツをつかみ、本領を発揮した。特に状況設定係を得意とし、気持がいいほどに迷いなく鮮やかなイメージを編み出した。

「ラグビー選手がカンガルーをおんぶして走っています」

「詩人が一人、吊橋の真ん中でウィスキーを飲んでいます」

「修行僧がボクに、あなたの喉仏と私の喉仏を取り替えてほしいと頼みます」

瑪瑙の設定は、三人のうちで最も豊かな事情を引き出した。キーワードが決定するや否や、あらかじめ暗譜してきた一小節を歌うように、頭に浮かんだ場面をパッと差し出した。その勢いに乗り、オパールも琥珀も思わず自由な発想を得ることができた。

オパールと琥珀はどうしても、より複雑で意外な事情を編み出そうと思案を重ねたが、瑪瑙の目指す方向は逆だった。二人の長々とした壮大な事情を聞き終えると、正解を発表したくてうずうずしている生徒のように、片手を挙げ、一瞬でその場の空気を入れ替える簡潔な一文を発した。

「カンガルーを使ってラグビーの訓練をしているのです」

「酔っ払うと良い詩が書けます」

「ボクの小さな声が羨ましかったのです。僧は沈黙の修行中ですから」

瑪瑙の語る事情を聞くといつも、二人はさわやかな気持になった。図鑑に囲まれた、自分たちのいるこの世界が、平和で微笑ましいものに思え、事情ごっこがいっそう好きになった。

「ええ、きっとそうね。瑪瑙の言うとおり」

「カンガルーは見た目よりずっと重たいんだ」

「そんな修行があったら、わたしたち立派な位の僧侶になれるはずね」

オパールは毛糸玉から毛糸を引っ張り出しながら、琥珀は〈カンガルー〉のページの体重の記述をなぞりながら、口々に瑪瑙の想像を褒めた。

しかしだからと言ってオパールや琥珀の語る事情がつまらないわけではなかった。瑪瑙の得意技が瞬発力であるとするなら、年長者二人のそれは丁寧さと忍耐強さだった。一目一目毛糸を編んでゆくように、あるいは一ページ一ページ妹をよみがえらせるように、二人は図鑑と図鑑の間に潜む事情を探り出した。聞き役に回った時の瑪瑙は誰よりも集中し、気持を素直に表情に表した。深くお話の世界に潜り込み、見ず知らずのはずのラグビー選手や詩人や修行僧の身を案じた。事情ごっこに登場する人々は皆、瑪瑙にとって、図鑑の中に生きている妹と同じだった。

琥珀の語る事情はやはり左目と無縁ではいられなかった。どんな状況を示されても、左目の地層に映る情景を、一瞬一瞬描写するように語った。琥珀の一言は図鑑の一ページだった。彼の声に聞き入っている時、オパールも瑪瑙もどこかでページのめくれる気配を感じ取っていた。

「逆子にはある特別な能力が授けられている。その能力が難産の危険と引き換えになっていると言ってもいい。しかし多くの逆子たちはそのことに気づいていない。生まれた時自分が逆子だったか、帝王切開だったか普通分娩だったかなどという問題には、たいてい誰もこだわらないものだ。そもそも人は自分の生まれ方を、すぐに忘れてしまう。国際逆子連盟は名前のとおり国際的な組織で、各地に支部を構えているが、扱う分野の性質上、活動内容はベールに包まれている。電信柱に貼られた広告が半分はがれかけ、印刷の文字が雨ににじんでいたのも、無関係な人にはただのゴミに見せかけるための作戦だ。そこには、逆子に向けてのメッセージが隠されている。自分に与えられた能力を呼び覚ますための、意志と善意を持った逆子だけに通じるメッセージである。ボクはそれを読み取り、電話番号を暗記し、すぐにダイヤルを回す。面接や審査は必要ない。ゴミ同然の広告チラシから電話番号を読み取った時点で既に、ボクは立派な国際逆子連盟の一員と認められたのだ。普通人は物事の、上下や表裏や最初と最後、にこだわりを持つ。何事であれ瞬時に正しい一方向を見定められるし、もしその方向が間違っていると、途端に落ち着きをなくし、気持が悪くなる。ゴッホの油絵を上下さかさまに壁に飾れば笑われるし、椅子がひっくり返っていればすぐ元に戻す。靴下が表裏反対なら履き直す。神経がどうしてもそうしないではいられない仕組みにできている。もうお分かりだろうが、逆子は違う。物事の逆を見極める力を授けられている。椅子がさかさまだろうが靴下がひっくり返っていようが決して乱されることのない平常な心で、逆の世界に隠されたさまざまな秘密をキャッチできる。神様がこっそりと隠した秘密を。シェークスピアの戯曲にも、モーツァルトの交響曲にも、もちろんゴッホの絵にも逆の世界がある。花も星も小鳥も然り。例えば『夏の夜の夢』を最後の字から読んでゆく。小鳥のさえずりを逆回転にして聴く。そういうふうにしてしか味わえない驚きがこの世にはある。瞬きによって遮られ、見ることの叶わないもう一つの風景が存在するのと同じなのかもしれない。連盟に加入した逆子たちは、自分の発見した秘密について語り合うため、定期的に支部に集まる。年に一回は本部で総会も開かれるが、すべてが静かに執り行われるので、加入者でない人に気づかれる恐れはない。大事なのは、逆の世界に隠された秘密が、決して大げさなものではないということである。お金儲けの種にも、お腹の足しにもならず、誰かが腰を抜かすほどの奇跡でもない、ただのささやかな秘密。それが国際逆子連盟にとっての一番の誇りなのである」

「琥珀も逆子じゃないの？」

オリンピックごっこの時と同じく事情ごっこでもやはり、一番に質問するのは瑪瑙と決まっていた。

「さあ、どうかな」

琥珀はあいまいに首を振った。

「ママに聞いてみましょう」

いつの間にかオパールは編み物の手を休め、半分だけ出来上がったセーターの後ろ身頃に両肘をついていた。

「オパールは覚えていない？」

瑪瑙はなおも食い下がった。

「覚えているわけないわ。琥珀が生まれた時、わたしはまだ三つだったし、産院に行った時にはもう、琥珀は小さな透明のベッドに寝かされていたんだもの」

「一人で病院へ行ったの？」

「いいえ。パパとよ。パパにこう言って自慢したの。これがわたしの赤ちゃんよ」

机に広げられた図鑑には、妊婦のお腹の断面図が二つ並んで載っていた。器用に丸まり、堂々と頭のてっぺんから扉を押し開こうとしている正常な赤ん坊と、居心地が悪そうに手足をぎくしゃくと折り曲げ、上目遣いに出口とは正反対の方向を見つめている逆子の赤ん坊だった。

どこか部品がゆるんでいるのか、書斎の片隅に置かれたストーブがカタカタ低い音を鳴らしていた。庭の落葉樹は寒々しい枝をさらし、泥炭地はいよいよ乾燥して落ち葉の吹き溜まりになっていた。季節風が次々と雲を運んでくるおかげで、窓から覗く空はずっとどんよりしたままだった。

「大げさじゃない秘密って何？」

琥珀とオパール、どちらにともなく瑪瑙は尋ねた。

「そうねえ……」

オパールは編み棒の先で自分のこめかみを突いた。

「何でも構わないのよ。発見されてもされなくても、大して変わりがない……ねえ、そうでしょ？」

琥珀はうなずいた。

「例えば、シグナル先生の好物は殻つきのピーナッツであるとか」

「泥炭地には死体が埋まっているとか」

「あっ、分かった」

瑪瑙が目を輝かせて言った。

「僕たちがここにいることとか」

三人は無意識に視線を合わせ、目配せともいえない微かなシグナルを送り合った。そうだ、それが一番ささやかな秘密だ、と琥珀は声に出さずに同意した。オパールは再び編み棒を握り、瑪瑙は次の図鑑を取り出すため本棚に歩み寄った。日が傾き、ガラス越しにわずかに届いていた日差しも消え、雲はいっそう厚みを増していた。琥珀はストーブのつまみを回して火を大きくした。

「わたしたちを見つけられるのはきっと、国際逆子連盟の人たちだけね」

後ろ身頃の続きを編みながらオパールは言った。

しかしいくら瑪瑙が鮮やかなイメージをぶつけてこようと、琥珀が詳細な描写を施そうと、事情ごっこで誰より魅力的に輝いたのは、間違いなくオパールだった。琥珀も瑪瑙もオパールの語る事情が大好きだった。それはもはや単なる事情ではなく、一つの物語になっていた。彼女が一人子ども部屋のベッドを出ていって以来、事情物語に耳を傾けている間が唯一、三人一緒に眠っていた頃の安らかさをよみがえらせてくれるお話の時間だった。

「クレオパトラ小母さんがクレオパトラのように美しくないからと言って、誰も小母さんを責めることはできません。親と早く死に別れたり、養父に折檻を受けたり、大人になってからも結婚詐欺にあったり誤診で卵巣を切り取られたり、さまざまな不運に見舞われて、とてもお洒落に時間を割く余裕などなかったのです。髪がおかっぱなのも、月末、家賃の支払いに困った時、自分の髪をかつら屋へ売っているからです。小母さんの唯一の慰めは一緒に暮らしている猫でした。万年筆から誤ってインクをぽたりと落としたような黒い斑が鼻先に広がる、お世辞にもハンサムとは言いがたい雑種で、名前はカエサルです。夜、仕事が終わってアパートへ帰ってくると、迎えてくれるのはカエサルだけです。小母さんにとってカエサルは親きょうだい、恋人、子ども、親友、そしてそれらすべてでした。彼女のような境遇の人はたいてい猫を飼うものです。猫はそのための生きものと言ってもいいでしょう。彼女たちはいつも一緒でした。言葉など通じなくてもお互いの心は分かりすぎるくらい分かりましたし、相手のために何かできることを喜びとしていました。小母さんはカエサルが満足するまで何百回でも毛糸玉を投げて遊んでやり、またカエサルは小母さんが食あたりで唸っている時、自ら抱き枕となってお腹を温めました。小母さんは自分の誕生日、ケーキもシャンペンもお花も買いませんでした。そんなお金はありませんし、カエサルはケーキもシャンペンもお花も食べられません。代わりに上等な鶏のささみを一切れだけ買ってカエサルにやります。カエサルの喜ぶ顔が、クレオパトラ小母さんにとって何よりの誕生日プレゼントだったのです。特に小母さんが愛したのはカエサルの肉球でした。何か打ちのめされることがあってどうしようもない夜更け、彼女はカエサルの肉球を握りました。それは薄桃色で、掌の窪みに納まる丸みを持ち、ちょっとぶつぶつしています。ただ柔らかいだけでなく、中に何が詰まっているのかしらと思わせる弾力があり、そっと指先に力を入れると、問いかけに応じるかのように、手ごたえを返してくれます。涙が止まるまで、眠りが訪れるまで、小母さんは目をつぶって肉球を握っていました。彼女にはこれ以外方法がないのだということを、カエサルも知っていました。小母さんにとって肉球は、ただの猫の一部などではありません。この世界と自分をつなぎとめてくれる、たった一つの結び目です。肉球の中にはきっと、魂が包まれているのでしょう。カエサルが老衰で死んだのは春のはじめ、靄と霧が一緒になって立ち上る早朝でした。小母さんの胸に抱かれ、肉球を握られ、穏やかに旅立ちました。クレオパトラ小母さんが公園の雲梯を裸足で歩くのは、平べったい自分の足の裏に肉球をこしらえるためです。雲梯の金属製のパイプを踏んで歩けば、自分の足もきっと上手い具合に盛り上がり、プクプクとした肉球ができるに違いない。眠れない夜にはせめて、それを握ってカエサルを偲びたい。カエサルのいる遠い場所と自分をつなぎとめるための結び目を取り戻したい。そう考えたのです。もし公園で小母さんを見かけてもどうか見逃してあげて下さい。不審そうな目を向けたり、危ないからおよしなさい、などと余計なお節介を焼かないで下さい。これでも小母さんは、できるだけ迷惑にならないよう真夜中の公園を選んで練習しているのです。スカートが翻り、ふくらはぎが露になろうと、バランスを崩してパイプとパイプの間にお尻が挟まろうと、ひるまず訓練に励むクレオパトラ小母さんを、どうか黙って見守ってあげてほしいのです」

語り終えるとオパールは、目の前に二冊並んでいる図鑑の、〈クレオパトラ〉と

〈雲梯〉のページを閉じた。

琥珀はジョーの袋から逃げ出した仔猫のことを思った。その肉球に触れようとした瑪瑙の手と、走り去る仔猫を追いかけるオパールの後ろ姿が、交互に左目に浮かび上がってきた。

「うん、小母さんの邪魔はしないよ」

瑪瑙は言った。

「お利口ね」

と、オパールが褒めた。

三人は各々、大方忘れかけた、あるいは図鑑以外では生まれてから一度も目にしたことのない、壁の外側のあれこれに想像を巡らせた。ラグビー選手の背中で、カンガルーの袋の赤ちゃんが押し潰されなければいいがと心配し、僧侶と一緒に沈黙の修行に励む自分の喉仏を思いやった。国際逆子連盟のバッジのデザインや本部ビルの間取りを考案し、それから夜更けの公園で雲梯にぶら下っている自分を激励した。

雲梯は見かけよりずっと難しい。琥珀は二段飛ばしで最初から最後まで移動できるが、ツルハシで穴を掘った時と同じところの皮がすりむける。オパールは真ん中で力尽き、瑪瑙は自分の体重を支えるだけで精一杯で、前へ進めない。それでも琥珀に負けまいと、何度でも挑戦する。

三人の頭上をクレオパトラ小母さんが危うい足取りで歩いている。広げた両腕を小刻みに震わせ、足の指を折り曲げ、土踏まずに力を込めて一本一本パイプを踏みしめている。かつら屋に売ったばかりなのだろうか、一段とぴっちり切り揃えられたおかっぱの毛先も揺れている。鍛錬の邪魔にならないよう、三人は息を殺して下から見守る。金属のパイプとだらんとしたスカートの裾と小母さんの両足の向こうで、星が瞬いている。あの星の一つがカエサルだろうか、と瑪瑙は思う。足の裏は黒ずみ、皺だらけで、胼胝《たこ》がいくつもできている。長い間生きている人の足だと、オパールには分かる。あまりにも真剣すぎて歪んだ顔を、薄ぼんやり月明かりが照らしている。パイプをつかむ三人の指を小母さんの足は踏みつけてゆくが、少しも痛くはない。肉球ができはじめている証拠だ、と琥珀はうれしい気持でつぶやく。三人は肉球がどんなものか本当はよく知らなかったが、今自分たちが握っているものこそ、カエサルの肉球ではないかという気がしてくる。うん、これは金属のパイプなどではない、肉球なのだと思い、掌の中のものを優しく包むように指をもごもごさせてみる。クレオパトラ小母さんが頭上を通り過ぎるまで、三人は雲梯にぶら下っている。

こんなふうにしてオパールと琥珀と瑪瑙は、いつもの年より遅れているらしい春の訪れを、辛抱強く待った。

私が一番愛しているのは、図鑑に絵を描いている時のアンバー氏だ。一度でもその様子を目にしたことのある人なら、私が恥ずかしげもなく愛などという言葉を使ってしまう気持を、分かってくれると思う。

9

壁の内側を出たあとも、アンバー氏の制作は延々と続いている。念願だった、オパールと手を携えての世界を貫くトンネルの完成が果たせないまま、壁の外へ連れ出され、一時書斎の図鑑たちと離れ離れになっていたが、その間も彼の制作が途切れることはなかった。こつこつ貯めたお小遣いで古本屋を巡り、お父さんの図鑑を見つけては手に入れていた。幸いにもお父さんの図鑑は安く、たいてい店先のワゴンに詰め込まれていた。

なぜ他の本では駄目なのか、どうして図鑑、しかも父親の作った図鑑でなければいけないのか、誰にも、本人にも説明できない。福祉施設から芸術の館へ移って間もなくの頃、作品を本にしたいと願い出る美術出版専門の編集者が何人か現れたことがあった。

「おっしゃっている意味が、よく分からないのですが」

とアンバー氏は言った。相手を否定する口振りではなく、分からないことを申し訳なく思う、という言い方だった。

「私たちは、図鑑の中でしか生きられません」

アンバー氏は今でもずっと、壁の内側のあの書斎に留まり続けている。オパールと瑪瑙とママ、今は既に彼のもとを去ってしまった大切な人々が、全部揃っていたあの場所に。そう思うと私はたまらない気持になる。どんなに手をのばしても、書斎に私のための居場所はない。

福祉施設に保護された後、紆余曲折を経て書斎の図鑑が正しい持ち主の元に戻ってきた時、オパールと共に果たそうと夢見ていた望みは既に実現不可能になっていた。彼は一人でトンネル掘削作業を再開するしかなかった。彼の人生はそのことに捧げられた。ママを喜ばせるためにはじめたはずの作業は、いつしかどんな評価も満足も見返りも必要としない、彼のためだけの営みになっていた。彼の肺を満たすことができるのは、父親の図鑑を流れる空気だけだった。

長年、福祉施設の倉庫に押し込まれていた図鑑がとある美術評論家の目に留まったのは、全くの偶然であったらしい。倉庫の建て替えが迫り、扱いに困った職員がアンバー氏を説得して廃棄しようとする寸前だったと、誰かが教えてくれた。図鑑の住人を発見できるほど注意深い人は滅多にいない。だからこんなにも長い時間がかかってしまった。

声と同じくらい小さな絵を描く人。これが芸術の館でアンバー氏と出会った時の、私の第一印象だった。どんなに大判の図鑑でも、ページの片隅に区切られた空白は思いのほか狭い。それでも登場人物たちは少しも窮屈そうにしていない。与えられたそこが自分に相応しい場所なのだと心得ている。彼らがもし喋れるとしたら、その声は間違いなくとても小さいのだろう。いや、ページのめくれる音の陰で、本当は喋っているのかもしれない。それは伴奏専門ピアニストの私でさえ聞き取れないほどの、彼らの間だけに通じる、暗号のような声なのだ。

一冊分すべて揃うと、それが単なる小さな絵などではないということがすぐに分かる。片隅の空白は一気に厚みを増し、そこに時間が生まれ、鉛筆書きの輪郭が呼吸しはじめる。図鑑は地層となり、その一つ一つの層に眠っている記憶が呼び覚まされる。

アンバー氏の制作場所は、鍵の束や食べ残しのチョコレートや小銭が散らばる、二人座るのがやっとの、自室の机と決まっている。南向きの窓からたっぷりと日が差し込む、丁度いい具合に角が磨り減った、正方形の居心地のいい机だ。館には共同で使用できるアトリエもあるが、自室以外の場所で彼は鉛筆を握ろうとしない。施設にいた頃からスタイルはずっと変わらない。子どもの頃の体験のせいで、見慣れない他人がそばにいると不安なのだ。

「よろず屋ジョーが初めて勝手口に姿を現した時のように、無闇に驚いてしまうのです」

とアンバー氏は告白する。

だから制作中のある日、もしよろしければどうぞ、と言って隣の椅子を勧めてくれた時はうれしかった。館の住人の中でただ一人、私だけに与えられた特権だった。私は誰の耳も煩わせないピアノを弾くことができるし、彼の鼓膜に丁度適した、オパールや瑪瑙やママと同じ音量で話すことができる。館の誰も彼もが犯す、つい普通の声で喋ってしまうという失敗を、私は決して犯さない。伴奏の専門家として培ってきたこの用心深さをもってすれば、壁の内側で、ママの禁止事項も忠実に守れただろう。

しかし、彼がやっていることを制作と呼ぶのが適切なのかどうか、いまだに自信は持てない。たぶん私は間違っている。それは創造でもなければ表現でもない。絵でもイラストでも落書きでもない。彼はただ左目に映る記憶を模写する人であり、地層の発掘人である。

一日描きはじめると、二時間、三時間、休憩なしにずっと同じ姿勢を保ち続けている。しかしだからと言って、何かに取り付かれたような切羽詰まった感じではなく、雰囲気は自然で穏やかだ。左目がアンバー氏のものであるのと同じくらいの確かさで、図鑑と彼もまた一つの輪郭に包まれている。

頼まれたわけでもないのに、私は隣の椅子に座って鉛筆を削る。次から次へと芯が減ってゆくので何本もの鉛筆が必要になる。いくらなんでもそばにずっといたら気詰まりだろうと、途中、適宜部屋を出て自分の用事を済ませたり、ピアノが空いていれば少し弾いたりしてまた戻って来る。

図鑑は角が手元にくるよう、机の端に少し斜めにして置かれている。右目の視力が衰えてきたせいか、いっそう深く背骨を折り曲げ、体を縮め、図鑑を抱え込むようにしている。アンバー氏の目はもともと、遠くを見るのには適していない。物心ついた頃から、見渡せるのは壁に切り取られたスペースだけであり、唯一外とつながっていた空も、庭の木々が生い茂るにつれ、どんどん狭まっていった。彼は別に遠くを眺める必要などなかった。自分の左目に遠くの世界を持っていたのだから、それで十分だった。

鉛筆はゆっくりと、同じペースで、ためらいなく動く。思案のあまりいらついたり、気が乗らない素振りを見せたりすることはない。スランプもない代わりに、完結の高揚感とも無縁だ。一ページ描き終わると、一枚めくり、また描き終わると次の一枚をめくる。淡々とその繰り返しが続く。一枚ごとに次の一瞬が訪れる。地層はどこまでも果てしなく深い。手が止まるのは消しゴムを使う時と、まぶたをこすって瞳にかかる靄を押しやる時だけだ。

最初、妹一人だった登場人物は、いまやママとオパールと瑪瑙が加わってにぎやかになっている。壁の外では決して一緒に暮らせなかった人々が、そこでは一つになってよみがえっている。子ども部屋のベッドで、書斎の机の下で、小さなかたまりになっていたのと同じように肩を寄せ合っている。

アンバー氏がどんな絵を描いているかとても気になるが、私は素知らぬ振りを装ってただひたすら鉛筆を削ることのみに専念する。芯を円錐形に整え、余分な粉を吹き払い、ちり紙に集めた屑を丸めてゴミ箱に捨てる。削りたての鉛筆を机の上に並べてゆく。長い順に、一ミリの狂いもないよう端を揃え、きれいに並べる。私は満足する。アンバー氏が息をしているかどうか、そっと口元を見やって確かめる。微かだけれど息遣いが聞こえる。安堵して次の鉛筆を手に取る。自分は決して図鑑の住人の仲間には入れないのだと、私にはちゃんと分かっている。

「さあ、好きなだけお食べ」

壁の向こうで瑪瑙の声がしている。

「喉に詰まらないよう、ゆっくり……」

琥珀はうずくまり、息を殺して煉瓦に耳を押し当てる。

「誰も横取りなんてしないよ」

自分より年下の者は自分が思うよりずっとか弱いのだから用心が必要なのだと、自らに言い聞かせるようなその口調に、琥珀の耳は吸い寄せられる。普段は皆から末っ子扱いされている瑪瑙が、思いがけず一人前の口をきいているのに驚く。もしかしたら図鑑の妹に話し掛けているのではないだろうかと、最初はそう錯覚する。それほどに優しい響きを持っている。

「お代わりだってあるよ」

木箱がごそごそいう音、舌が缶詰の中身をすくい取る音、肉球が毛布を踏みしめる音、そういうものが一緒になって煉瓦越しに伝わってくる。間違いなく瑪瑙は壁一枚を隔てたすぐそこにいるはずなのに、その気配は地層の底から長い時間をかけて染み出してくるもののように、とてもはかない。頭上を夕闇が覆い、土のにおいのする湿気が足元を冷やしている。傍らで落ち葉の山が黒いかたまりになっている。息苦しさを鎮めるため、琥珀はポケットのひっつき虫を握り締める。

「さあ、いい子だ、カエサル」

残りわずかな光の中、琥珀の左目に仔猫を抱き上げる瑪瑙の姿が映る。落とさないよう両腕に力を込め、首を傾けて猫の背に唇を寄せる彼の横顔が、琥珀色に染まりながら一ページ一ページめくれてゆく。

ジョーに抱かれていた時よりずっと仔猫は安心している。お腹が満たされ、あとはもう何の心配事もないという顔で瑪瑙のセーターに体を預けている。時折、胸元の小石の袋を突いて遊ぶ。その前足をそっとつかまえ、瑪瑙は肉球に触れる。その中に隠されたものを傷つけてしまわないか心配するように、図鑑の妹の頰に触れるように、人差し指を押し当てる。

「きっと今頃、クレオパトラ小母さんが心配しているよ」

仔猫の毛に包まれ、瑪瑙の声はいっそう密やかに聞こえる。

「帰り道はまだ思い出せないかい？　目印は雲梯のある公園だ。そこに小母さんはいるよ。カエサルのことをずっと待ってる」

毛に埋もれた指先で鍵盤を叩く真似をしながら、瑪瑙は歌をうたいだす。唇の形から、それが仔猫を勇気づけるための歌だと分かる。不意に、ページのめくれるスピードが速くなる。それは止めようもなく勢いを増し、風を巻き起こし、瑪瑙の輪郭をにじませる。仔猫はもはや透明なかたまりになっている。瑪瑙はページとページの空洞に吸い寄せられ、どんどん遠ざかってゆく。

「メノウ」

思わず琥珀は彼の名を呼ぶ。しかしその声は壁を越えられず、生贄の人形のように梢に引っ掛かったまま朽ちてゆく。

なぜその年の冬がそんなに厳しかったのか、誰にも説明はできなかった。どの図鑑にも答えは載っていなかったし、オパールはただ首を横に振るばかりだった。一向に止む気配のない乾いた季節風が下の町から硫黄のにおいを運び、林を唸らせ、子どもたちの気分を沈ませた。一日だけうっすら雪が積もり、少なからず彼らを興奮させたが、庭中の雪をかき集めても、土混じりの黒ずんだ雪だるまがどうにか一個できただけで、それもすぐに溶けてしまった。

このまま一生冬なのかもしれない、とさえ思いはじめた頃、ようやく風向きが変わり、春の小鳥が一羽、二羽、姿を現した。いつもの年より半月以上遅れてのことだった。

春の訪れはよろず屋ジョーが持って来る商品の変化にも現れた。根菜ばかりだった野菜籠は黄緑色の豆類が加わって華やかになり、氷の上に並ぶ魚の形も変わり、草花の球根と種の種類が増えた。携帯懐炉や腹巻や手袋は姿を消し、花柄のスカーフと、レースで縁取られた日傘が登場した。相変わらずジョーは黒いコート姿のままだったが、いつの間にか生地は薄く軽やかになっていた。ただポケットの数に変化はなかった。

テラスでおやつを食べてももう寒くなかった。ジョーのためのお菓子を、オパールは普段以上に手間をかけて焼いた。卵を泡立て、粉を篩い、生地を捏ねている間、ずっと無言だった。お菓子が焼き上がるまでオーブンのそばに腰掛け、そこから離れようとしなかった。小窓をのぞき込み、生地が少しずつ膨らんで色づいてゆく様子をじっと見つめていた。台所に甘い匂いが立ち込めてくるにつれ、琥珀はなぜか胸が詰まった。オパールに話し掛けたいのに、一つとして言葉が浮かんでこないまま、途方に暮れていた。

「さあ、出来た」

オーブンからお菓子を取り出したオパールは、きれいな焼き色のついた一番美味しいところを一人分だけ切り分け、ママに気づかれないよう戸棚の奥に隠した。

オパールと一緒に後片付けをしたあと、少しずつ冷えてゆくオーブンの傍らで琥珀は、柱に留められたママの勤務表に見慣れない印がついているのを発見した。それは規則正しく並ぶ×印がまだ到達していない、三週間ほど先の日付の角に記された、ほとんど点にしか見えない星だった。琥珀は顔を近づけ、もう一度よく確かめた。その日はジョーがやって来る予定の水曜でも、お給料日でも祝日でも何かの記念日でもなかった。これまで延々と積み重ねてきた、当然この先も繰り返してゆくはずの、何事もない日々の続きの一日でしかなかった。ママの勤務は、[日勤]、となっていた。

　琥珀は星の印を人差し指で撫でた。左目の中で星はあの子を押しのけ、どんどん膨らんでいった。せっかくオパールが几帳面に一目ずつ刻んでいるクロスステッチの模様が、その一点のためだけに乱れてしまうのが嫌だった。刺繍糸が引きつれ、もつれていた。指先で解こうとしたが、星の印はきつく結ばれ、どうやっても解けなかった。

　何か用心すべき兆しがないか、琥珀は神経を研ぎ澄ませた。そうしながら殊更に平穏さを装い、昼間は事情ごっこに興じ、テラスでジョーを迎え、夜には合唱の輪に加わった。いくら払いのけても琥珀の耳には仔猫の鳴き声が、左目には星の印が染み込んで消えなかった。張り詰めた神経が悲鳴を上げそうになると、すぐさま図鑑に逃げ込んだ。そこにはいつどんな時でも琥珀を受け止めてくれる、不変の一瞬があった。

間違いなく春がやって来たと確信できた最初の休日、ママは子どもたちの髪を切った。それはママの仕事と決まっていた。黒いビニール袋を被ってテラスの真ん中に座る子どもを前に、下から横から頭を眺め回してハサミをカチカチ鳴らすママの姿は、まるで彫刻家のようだった。髪を切っている時間より、そうやって頭を観察し、理想の完成形を思い描いている時間の方がずっと長かった。いよいよ機が熟すと彫刻家は、石膏のかたまりに最初の鑿を振り下ろすのだった。

「クレオパトラ小母さんみたいにしないでね」

瑪瑙はしきりにそればかり心配していた。

「クレオパトラを知っているとは、何て偉いんでしょう」

散髪の時ママは、食事中よりも合唱の時間よりも上機嫌だった。

「だからさ、かつら屋さんに髪の毛を売ったあとみたいには、してほしくないんだ」

「当たり前ですよ。可愛いあなたの髪の毛一本だって、よその人に売ったりするわけがないじゃありませんか」

のびすぎて眉毛を隠していた前髪に、ママは威勢よくハサミを入れた。

しかしママが求めるのは、羽と尻尾と鬣に調和する、豊かで長い髪だった。だから勢いのいいハサミの音に比べ、実際に切り落とされる長さは大したことはなかった。

壁の内側に来て以来三人は、背中まで届く髪を保っていた。オパールは光沢のある直毛で、琥珀と瑪瑙の髪はカールして茶色がかっていた。

かつら屋の心配さえなくなれば、あとは三人ともママにされるがまま、髪の切れ端が入らないよう目を半分閉じて、じっと動かずにいた。ママの体をこんなにも近くに感じるのは、散髪の時間だけかもしれなかった。黒いビニール袋を通して伝わってくる体温は生温かく、何かの拍子に頬や首筋に触れる指先は、ハサミの刃先かと思うほどひんやりしていた。ママの息遣いと髪の切断される音は重なり合い、増幅し合いながらすぐ耳元で響いた。玄関の呼び鈴よりも、ジョーが油断して出す声よりもずっと強く鼓膜を揺さぶる音だった。

「さあ、ちょっとうつむいて下さい」

ママは指先一本で子どもたちの頭を自在な向きに動かすことができた。人差し指のほんのわずかな感触が、彼らの体をぐるぐる巻きにした。

ママの求める角度からわずかでも頭がずれないよう細心の注意を払いながら、彼らはビニール袋の上を滑り落ちてゆく自分の髪の毛を見つめていた。ママは霧吹きで水を飛ばし、櫛で髪を撫で付け、毛先を揃えて指の間に挟んだ。ハサミの銀色が目に映るだけで、それがどれほど鋭く研がれているか分かった。もちろん痛みなどないはずなのに、耳元でハサミが鳴るたび、はっとして身を硬くした。一人がそうしている間、残りの二人はすぐそばにしゃがんで見守っていた。

「ええ、いいわ。とても可愛い」

彼らの周りを一周して隅々を点検したあと、自分の作品に満足してママはうなずいた。どれくらい満足しているか高らかに知らせるように、また何度もハサミで宙を切った。最後に仕上げの櫛を入れると、残っていた髪の切れ端が舞い落ち、顔にくっついてチクチクした。それをママは丁寧に一つ一つ取ってくれた。

ビニール袋を脱ぐとたちまち体が軽くなり、三人は浮かれた気分でテラスを飛び跳ねた。日差しは明るく、空を覆っていた雲の姿は欠片もなく、庭の隅のじめじめしたところも芽吹いたばかりの緑に覆われていた。散髪したての髪は湿り気を帯び、櫛の跡が残り、まるで泥炭地から掘り出した小石のように光っていた。ママが望むとおりそれは、羽の上で揺らめき、尻尾から鬣に連なる一続きのラインとなって子どもたちを飾っていた。

床に散らばる三人分の髪は、思いのほかたっぷりとあった。風が吹くたび、各々の髪が混じり合い、片手にのるほどのかたまりになってテラスのそこかしこをふわふわと転がった。そこに一筋強い風が吹き抜け、かたまりの一つを舞い上げた。瑪瑙がつかもうとして手をのばすと、タンポポの種のように飛び散り、風に乗ってもっと高いところへ流されていった。

た。

「わー」

三人はそろって声を上げた。冬の風とは明らかに違う、軽やかな緑のにおいがし

「それっ」

瑪瑙がかたまりをすくい、両手で精一杯投げ上げると、続けて琥珀もオパールも真似をした。三人の胸元で小石が跳ねた。ついさっきまでチクチクしていたはずのそれは、互いに絡まり合うと途端に、思わず頬を寄せてみないではいられないほど柔らかい手触りになった。琥珀は太陽に向かってそれを捧げ持った。一本一本の髪が琥珀色の中に浮かび上がっていた。真っ直ぐなオパールの髪に、自分と瑪瑙のカールした茶色い髪が優しく巻きついているのが見えた。

その時再び風が木々の間をすり抜けてきた。

「今だ」

琥珀の合図に合わせ、三人は一緒に空に向かって髪を投げた。たちまちそれは空中で風をはらみ、光のかたまりになってさまざまに形を変えた。あるものはより小さな毛糸玉に分かれてテラスに舞い戻り、またあるものはバラバラに解けつつ緑の中へと吸い込まれていった。一瞬の中で刻々と移り変わる形が瞬きとともに切り取られ、琥珀の左目に刻まれ、一瞬よりずっと豊かな姿を映し出していた。もはやそれがかつて

自分たちの体の一部であったとは、信じられない思いだった。もっと特別で神秘的なものに見えた。何度繰り返そうと、空中で髪の毛は決して同じ形にはならず、それ自体、息をしているかのように自在だった。その自由な形を存分に味わおうとして、三人は飽きずに髪の毛と戯れながら、春が来た喜びをかみしめた。

誰かが仕舞い忘れたらしい図鑑が一冊、書斎の机の上に開いたまま置かれている。あの子は石段に機嫌よく腰掛け、小首を傾げてこちらを見ている。テラスで遊ぶ三人の様子に耳を澄ませているのかもしれない。短すぎるチェックの吊りスカートから、くりくりした膝小僧がのぞいている。石段の脇にはデージーが咲いている。

三人の体が年々大きくなるのに比べ、彼女はいまだにおしめが取れたばかりで乳母車に乗るのが好きな、小さな女の子のままだ。それでも末っ子が一番小さいのは当然だと、少しも気に掛けてはいない。

その時、テラスで渦を巻いた風の名残が窓から吹き込み、カーテンを揺らしたかと思うと図鑑のページをめくりはじめる。琥珀の指先に比べれば少々不器用ながら、風を受けたページはカサコソとめくれてゆく。あの子はデージーに手をのばし、一本の茎をつかむと、花びらに顔を寄せる。

デージーは無数のか細い花びらがぐるりと重なり合った、まん丸の花だ。化粧パフのように柔らかくていいにおいがする。あの子は花びらの先が鼻に触れるか触れないかすれすれのところに顔を近づけ、目を閉じる。まぶたにもデージーにも等しく日光が降り注いでいる。花びらを傷つけないよう気をつけながらあの子は、パフの中に鼻先を埋め、胸一杯に息を吸い込む。微かに茎を揺らし、花びらが頰をくすぐるのを感じて、つぶったままの目で微笑む。花粉が鼻の頭にくっついている。もう一つの呼び名、太陽の目、に相応しくデージーは輝いている。頰と膝小僧と吊りスカートのチェックと首飾りと、彼女の何もかもがデージーと調和している。彼女は花の名前が何かも知らない幼子なのに、これが春のにおいだと感じている。自分だけが置いてきぼりにされているわけではないと、ちゃんと知っている。テラスからはまだ三人のはしゃぐ気配が聞こえている。あの子はもう一つのデージーに手をのばし、自分の頰をくすぐる。石段のそばにはたくさんデージーが咲いている。いくらでも好きなだけ春のにおいをかぐことができる。

風が少し強まり、また幾枚かページがめくれる。誰に見守られるでもなく、それでも淋しがったりせずにあの子は、琥珀によって引き伸ばされた一瞬の中で遊んでいる。やがて風が止み、ページが静まると、また図鑑の中に帰ってゆく。いつの間にかテラスも静かになっている。

夕方、オパールと琥珀は散らばった髪を塵取りに集め、二人一緒に落ち葉の山に捨てに行った。それはもはや壁に沿って庭をぐるりと取り囲む山脈になっていた。彼らを匿う二重の囲いだった。

琥珀はまだ腐りかけていない、山の上の方を崩し、そこへ髪の毛を捨ててまた枯葉を被せた。髪でも茸でもボイラーの糞でも、焼却炉で燃やせないものを構わず捨て続けてきたせいだろうか、変なにおいが立ち上るのと同時に、いろいろな形をした虫たちが、折れ曲がった脚をもつれさせたり、触角を震わせたりしながら這い出してきた。半ば腐葉土になった地面に近いところからは、何かよく分からない植物が芽を出していた。

昼間の光を失い、髪の毛はぐったりとし、ただ腐ってゆくのを待つだけのものになっていた。夕暮れの中ではもはや、どれがオパールの髪か琥珀たちの髪か、見分けがつかなかった。

「ねえ、琥珀。あれ」

オパールが頭上を指差した。欅の梢から夕焼けに染まる空が見えた。深いルビーのような、若紫のような、決して何色とも決められないその色が、透明から不透明へと少しずつ変化しながら帯状に空を染めていた。それを本当に夕焼けと呼んでいいのかどうか迷うほどの、厳かさがあった。風は収まり、梢はぴくりとも動かず、ただその色だけが移ろっていた。

「ああ……」

琥珀は思わず声を漏らした。

落ち葉の山のそばにたたずみ、二人はしばらく黙って空を見上げていた。光が遠ざかるにつれ、色がだんだんと濃くなってゆき、空のすぐ縁まで夜が近づいているのが感じられた。

「琥珀の色だわ」

オパールが言った。確かにそのとおりだった。いつの間にか空は琥珀の左目と同じ色に染まっていた。

「あの子がいる場所はきっと、ああいうところなのね」

琥珀は瞬きをした。そうすると、左目と空が重なり合って色が静けさを増した。濁っているからではなく、深すぎて底の見えない湖面のようだった。その静けさの中に、いつもと変わらずあの子はたたずんでいた。

「ねえ、ここへ来る前、最後に家族皆で出掛けた日のこと、琥珀は覚えている？」

湖面を揺らすのは、風でも雲でもなく、ただねぐらに帰る鳥の群れだけだった。

「公園で、犬に噛まれた日のこと?」

「あれはただの散歩よ。そうじゃなくて、きちんとよそ行きの洋服に着替えてお出掛けした日」

「えっと、どうかなあ……」

琥珀は空から視線を外し、オパールの横顔を見やった。

「皆一緒にデパートへ行ったの。映画スターの没後十年だか二十年だかの記念展覧会を観るために。女優さんの名前は忘れちゃったけど」

「ああ、ママはデパートが好きだった」

「その女優さんが映画で身につけた衣裳や靴や宝石や、台本やプライベートの写真や、そういうものが展示される展覧会よ。子どもにとってはさほど魅力的なお出掛け先じゃなかったけど、ママは夢中だった。お利口にしていたら、帰りに地下のお菓子売り場で好きなものを一つずつ買ってあげる、って約束してくれた」

「うん」

そうしている間にも光は少しずつ空の縁に飲み込まれ、オパールの横顔と髪は夕闇に包まれようとしていた。もうすっかり乾いているはずなのになぜか、濡れた髪のにおいをかいだような気がした。

「でも、デパートは休みだった」

オパールは夕焼けを見上げたままだった。また鳥の群れが一つ、梢の隙間を横切っていった。

「定休日だったの。ママはうかつにも曜日を間違えたの。私たち四人におめかしをさせて、自分は綺麗にお化粧をして、デパートまでてくてく歩いたのよ。あの子は散歩用じゃない、上等な方の乳母車に乗ってた。真っ白いレースのケープを着せられていたわ」

琥珀はどうにか記憶をよみがえらせようと試みたが、上手くいかなかった。

「それで、ママがどうしたか、覚えてる?」

オパールが振り返った。琥珀はただ首を横に振るしかなかった。

「裏口の警備員室に行って、こう言ったの。特別に開けて下さらないかしら。特別にしていただくだけの理由はあります。あの大女優は、この子たちの大伯母なのです」

「えっ」

「ほら、ご覧になって下さい、子どもたちの顔を。一番似ているのは、そうねえ……やっぱりこの子。そう言ってママは乳母車からあの子を抱き上げて、警備員さんに見せたの。やましい雰囲気なんか微塵もなく、堂々と、感じのいい笑みを浮かべながら、ぐいっと腕をのばしてあの子を差し出したのよ」

ママの仕草を真似てオパールは両腕で空洞を抱え、琥珀の方に向けた。ちょうどあの子がすっぽり納まるくらいの空洞だった。

「それで？」

「入れてくれたわ。警備員さんが鍵を開けてくれたの。特別に」

ようやく琥珀は、琥珀色の水底からぼんやりとした風景が浮かび上がってくるのを感じた。重い扉、薄暗い通路と階段、非常口のマーク、懐中電灯の明かり、天井に響く靴音、マネキンたちのうつろな目……。そうしたものたちが現れては消え、現れては消えていった。けれど展覧会の中身は何一つ思い出せなかった。

「きっと、親切な警備員さんだったのね。私たちのことを気の毒に思ってくれたの」

「それで僕たち、展覧会を見学したの？」

「ええ。でも、面白くなかった」

冷淡にオパールは言った。

「広いデパートに、私たちだけ。他には誰もいない。世界中から見捨てられて、取り残されたみたいだった。懐中電灯で照らすと、どんなにきらびやかなドレスだってダイヤモンドだって、不気味なものにしか見えないのよ。瑪瑙は半分泣きそうになっていたわね。嘘をついた罰を与えられている気分だった。一番平気だったのは、やっぱりあの子よ。ケープの首元によだれを垂らして、機嫌よく目をきょろきょろさせていた」

日が沈むのと一緒に空の琥珀色は消え去っていた。腐った枯葉の山も、オパールが抱く空洞も、輪郭がぼやけていた。琥珀は瞬きを繰り返し、女優の親戚としての役目を立派に果たしたあの子を褒めてやろうとしたが、もう既に光が足りなくなっていた。

「お菓子売り場は当然閉まっているから、約束のご褒美は買ってもらえなかった。ママがついたもう一つの嘘」

琥珀はふと視線を上げ、一本の欅の枝に目を留めた。黙って持ち出したオパールの人形を、生贄として捧げた枝だった。長い時間が経ち、印となる名残はどこにも見当たらないのに、間違いなくあの枝だと思い出すことができた。壁の外側で使っていた、もはや当人でさえ忘れてしまった名前を、唯一口元に留めているはずの人形は腐り果てていた。そこだけ闇の色が濃くなっていた。

「可哀相にあの子は、どうして自分だけ皆から引き離されたのか訳も分からず、たった一人、図鑑の中でにこにこしている」

オパールは一度、息をついた。

「魔犬なんかじゃない。ママがあの子を選んだの。四人の中から一人だけあの子を選んで差し出したのは、ママよ」

しばらく二人は黙ったままでいた。琥珀は何も言い返せなかった。オパールの声の残像が、琥珀の耳にいつまでも響いていた。

二人はもう一度、捨てた髪の上に落ち葉を被せ、山を整え直した。ママが夕飯の支度をはじめたのだろう、絡まり合う枝の向こうに台所から漏れる明かりが見えた。ママを糾弾するオパールの声を打ち消そうとするかのように琥珀は彼女の手をつかみ、きつく握り締め、明かりの方に向かって走った。

星印の日は一歩ずつ近づいていた。図鑑のトンネルの貫通より、オパールの×印と星が出会う方が、ずっと早いのは明らかだった。相変わらず印の意味は不明だったが、琥珀は毎日勤務表に視線を走らせ、ほとんど無意識のうちに、クロスステッチと星が交わるまであと何日、と数えていた。

琥珀はまた正門の小箱に封筒を見つけた。いつかと同じ、差出人の名も宛名もない真っ白い封筒だった。小箱の中には他に、破れたチラシも虫の死骸もなく、ただ四角い白色だけが横たわっていた。琥珀はそれを手に取り、夕日にかざし、縁を左目でなぞり、匂いをかぎ、掌に載せ、思いつく限りのことをやった。そしてそのあと、封筒を泥炭地に埋めた。

春の雨が降ったにもかかわらず、冬の間乾いた風にさらされていた沼底は、固くひび割れていた。そこを琥珀は素手で掘り返した。砂粒が爪の間に挟まり、指先の皮膚が擦りむけて痛んだが気にしなかった。掘れば掘るほど、閉じ込められていた冬の空気が逆流し、彼の手をいっそう冷たくした。

これはいつか埋めた死体の骨の欠片だろうか、王冠の切れ端だろうか、それともツルハシの錆だろうか。琥珀は休まず土をかき出し続けた。自分ではオパールを埋められるくらい深い穴を掘ったつもりでいたのに、実際目の前にあるのは、封筒一通分のささやかな窪みに過ぎなかった。いつの間にか封筒は泥にまみれ、白い色はもうどこにも残っていなかった。

琥珀は土を被せ、その上を運動靴で踏んだ。五十万年でも百億年でも、暗黒星雲から太陽が生まれ、珪酸がオパールの結晶になる間もずっと、それが沼の中で眠り続けるようにと願いながら、何度も踏みしめた。

「さあ」
「ええ」
「どうぞ」
「お相手、お願いできますか」

「お安いご用でございます」

オパールはジョーを見上げ、視線が合った途端、睫毛を伏せ、彼の掌に自分の手を重ねた。これが、クロスステッチと星が交わった印だった。

奇数週の水曜日でもないのに、ジョーはやって来た。そんなことは初めてだった。しかも商品を積んだ自転車もロバの鞄もなく、コートのポケットは空っぽだった。二人はテラスを下り、ミモザの木の下でポーズを取った。何を合図にしたのだろう。琥珀がはっとした時にはもう、彼らの踊りがはじまっていた。

オパールの練習は何度も見ているはずなのに、ジョーが加わってようやく、本来これは二人で踊るものだったのだと気づいた。合唱の時間、姿の見えないあの子の声が一人分、三人の声に重なり合っているのと同じように、オパールの踊りには空洞になった相手がいた。どうして今までそれに気づかなかったのか、自分のうかつさに呆れた。琥珀が見逃していたその空洞に、ジョーはいつの間にかすうっと忍び込んでいた。

開け放たれた窓の向こう、居間のいつもの場所で瑪瑙は鳴らないオルガンを弾き、バレリーナにも観客にも届かない歌声を響かせていた。テラスの手すりに両肘をつく琥珀は、舞台を見つめるたった一人の観客だった。

オパールは普段のとおり、のびのびとしていた。足には、室内履きを細工し、ピンクのリボンを縫い付けて作ったオリジナルのシューズを履いていた。壁の外から持ってきたシューズはとっくに小さくなり、穴だらけになって落ち葉の山に葬られていた。短すぎて裾がひらひらしたスカート、白いタイツ、甲と足首にクロスして巻きつくリボン、一つに束ねた髪、そうしたものたちのおかげで彼女は本物のバレリーナに見えた。ただ一つ、王冠が姿を消しているのだけが残念だった。あれさえあれば完璧だった。しかし瞬きをすれば左目の地層に埋められた王冠はいつでも浮かび上がってくるのだからと、自分で自分を慰めた。

オパールは羊歯を踏み分け、垂れ下がる蔓の間でターンし、封筒の埋まった泥炭地を悠々と飛び越した。ジャンプしたその爪先で、封書に隠された言葉たちを光の中に弾き飛ばした。琥珀は自分のささやかな抵抗が、何の役にも立たなかったのを悟った。

図鑑の中で琥珀が一瞬を引き伸ばすのと同じく、オパールはその踊りで、煉瓦の壁をどこまでも押し広げていった。リードしているのはジョーではなく、明らかにオパールだった。彼女が目配せをしたり、指で肩先に触れたりするだけで、ジョーは何も考えなくともごく自然な位置で、正しいポーズを取ることができた。たとえジョーがもたついてもオパールは慌てず、乱れたリズムを利用して次の新しいリズムへとつなげていった。広げたジョーの腕の内側でくるりと回転したかと思えば、日溜りの真ん中でステップを踏み、手を絡ませて木々の隙間をすり抜けた。あるいは藤棚の下でバランスを取る彼女の腰をジョーが支え、次の場面では泉を間に挟んでお互い掌を差し出し合った。

瑪瑙はずっとオルガンを弾き、歌をうたい続けていた。実際には、瑪瑙の発しているのは空気の震えだけだったが、決してオパールの踊りと無関係ではなく、二つはちゃんとつながり合っていた。瑪瑙の目には草むらの間を見え隠れするバレエシューズのピンク色が浮かび、オパールの耳はオルガンと唇から届けられる合図をキャッチしていた。ステップの強弱はオルガンのメロディーに寄り添い、歌声は連続ジャンプの後押しとなって舞台を盛り上げた。そのハーモニーが琥珀にも伝わってきた。三人は順番に点滅するシグナルなのだ。シグナルの意味を分かり合えるのは、僕たち三人とあの子だけなのだ。琥珀はそうつぶやいた。

そんなことには気づきもせず、よろず屋ジョーはひたすらオパールだけを追いかけていた。ジョーの全身は黒いコートの下に隠れて見えず、ただコートだけが踊っているようだった。いくらポケットが空でも、それはあちこち型崩れし、アンバランスに引きつれていた。時折裾や袖口や背中が枝に引っかかり、木々をざわつかせてせっかくの踊りに水を差したが、オパールはいっこうに構わず、爪先で地面をポイントしながら腰を沈め、ジョーの体勢が元に戻るのを待った。すべてがあらかじめ用意された、優美な振り付けになっていた。

朝方から残っていた東の空の靄が少しずつ晴れ、それにつれて木々の間をすり抜けてくる日差しは明るさを増していった。次から次へと小鳥たちが現れては梢で戯れ、新芽をついばみ、さえずりだけを残してまたどこかへ飛び去っていった。さえずりが消えると、あとはせせらぎの音が届くばかりで、壁の向こう側はずっと静かなままだった。

足首のリボンが揺れていた。それを見ているだけで琥珀には、オパールの踊りがどれくらい愛らしいか伝わってきた。白いタイツに包まれた足はほっそりとし、指先は優しく、背中は柔らかくしなった。曲線を描く髪とスカートの裾が、彼女の体をいっそう魅力的にしていた。染みと皺だらけのうえに、枠の針金が歪んで惨めな突起物になってしまっている背中の羽でさえ、彼女が彼女であることを証明するための飾りになっていた。それは乳白色の光を浴び、オパールのように輝いていた。不変の地下で、規則正しい配列のもと、ひたすらゆっくり結晶になってゆく、傷つきやすいオパールだった。胸元では小石が、持ち主の分身のように忠実に跳ねていた。

花壇を一周し、敷石をジグザグにジャンプし、せせらぎの縁に登って片足でバランスを取るオパールのあとを、黒いコートは付き従っていた。二人は時折視線を合わせ、微笑み合い、またすぐ次の場面へと転換してゆきながら、少しずつ庭の奥へ奥へと入り込んでいった。琥珀は手すりから身を乗り出した。いつしか二人の姿は遠ざかり、ただ黒い色とリボンの揺らめきが欅の幹の間からチラチラと見えるだけになっていた。助けを求めようとして振り返るとなぜか、瑪瑙の姿がなかった。蓋が開いたままのオルガンの前は、無人だった。

「駄目だ。そっちに行ってはいけない」

思わず琥珀は手を差し伸べたが、二人の靴音ははるかに遠かった。ちらつく黒色とリボンは、裏門の方へ向かってどんどん小さくなってゆくばかりだった。

「そっちには扉がある。鍵の掛かっていない、壁の外側へ出るための扉が……」

どうしていいか分からず、琥珀は手すりに胸を押し当てた。テラスの床がみしみしと軋んだ。やがて左目の片隅にわずかに残った二人の影は、琥珀色の地層の隙間をすり抜け、そのまま静かに見えなくなった。

「踊りの最後はミモザの下なんだ。黄色い花が髪に降り注いで、オパールを祝福するんだ」

琥珀は懸命に瞬きをし、ページをめくった。めくってもめくっても、白い余白が続くばかりだった。ミモザの花は全部、枯れ落ちていた。

瑪瑙は手を止め、ペダルから足を離す。

10

「何か聞こえる」

歌の続きのように、そうつぶやく。琥珀の肩越しに、踊り続けるオパールとジョーが見える。その姿を目で追いながら、左耳に掌をあてがい、息を潜める。

「シグナル先生だろうか」

先生の紙挟みがカサコソいう音に似ている気がする。しかしすぐに、それがもっと遠い場所から時間をかけて届いてくることに気づき、耳を庭の方に向ける。か細く、たどたどしく、消え入りそうだけれど途切れる様子もない、オルガンよりずっと控えめな音。

「カエサルが鳴いているんだ」

瑪瑙は立ち上がり、いっそう耳に神経を集中させる。オパールとジョーが地面を蹴り、琥珀がテラスを軋ませ、小鳥たちがさえずる隙間を縫って、それはただ一人、瑪瑙の耳だけを求めて届いてくる。瑪瑙がよく知っている、お腹が一杯になって満足した時腕の中で聞かせてくれる鳴き声とは明らかに違っている。どうしても放ってはおけない哀切な響きに導かれるようにして彼は立ち上がり、オルガンを置き去りにして勝手口から庭に出る。

林の向こうに太陽があった。梢をすり抜けて降り注ぐ光が、欅の木立に深い陰影を与えていた。二人の踊りを邪魔しないよう、琥珀の視界に入らないよう注意を払いつつ、瑪瑙は壁伝いにカエサルの声へ近づいていった。柔らかい下草と、泉で水浴びをする小鳥たちのはばたきが足音を消してくれた。せせらぎの縁には青草が茂り、そこかしこに赤い花が散らばって咲き、垂れて水面を撫でる葉先がさざ波を立てていた。いつの間にか風向きが変わり、カエサルの声は水音と重なり合いながら、せせらぎをさかのぼって聞こえてくるようになった。瑪瑙はオパールとジョーがどうか近づいてきませんようにと祈り、靴を脱いで素足で流れの中に立つと、声の源に近づくためせせらぎを下っていった。

水は冷たく、底はぬるぬるとし、足を動かすたび水面に映る木々の影が飛沫になって弾けた。せせらぎの出口は、シグナル先生とさようならをした時に比べて様子がすっかり変わっていた。羊歯が密集し、欅の根が盛り上がり、どこからか種が飛んできたらしい植物たちが勝手に茎を伸ばして見通しが悪くなっていた。確かに声は近づいているのに、姿は見えなかった。瑪瑙は腰をかがめて茂みを払いのけ、林につながっているはずの出口を覗き込んだ。

その時、せせらぎの出口のすぐ脇にもう一つ穴が開いているのが目に入った。何かの拍子に煉瓦が崩れてできたらしい、ごく小さないびつな穴だった。そこに、カエサルが挟まっていた。

「どうしたの、こんなところで」

尻尾と鬣が濡れるのも構わず瑪瑙は水の中にしゃがんだ。

「雲梯のある公園が見つからなかったのかい？」

その間もずっとカエサルは鳴き続けていた。前脚と頭だけがのぞき、体の後ろ、半分以上は壁の向こう側につかえていた。ジグソーパズルのピースのように背骨が穴の輪郭にかっちりとはまってしまい、どうにも身動きできない状態だった。長くもがいていたらしく、煉瓦の尖った割れ目が首筋に刺さり、毛が擦り切れて赤らんだ地肌が露になっていた。鳴き声を上げるたび前脚の先が震え、薄ピンク色の舌と小さな牙がのぞいて見えた。飛び散った水で頭の毛はびしょ濡れになり、鼻先の黒い斑点模様もにじんでいた。

「僕を探しに来たんだね。こんな小さな穴、どうして通り抜けられると思ったの？」

瑪瑙はカエサルの肉球を握った。

「大丈夫。ここには、クレオパトラ小母さんが言うとおり、慰めとなるものが詰まっているんだ。もう少しの辛抱だ」

何に対してであれ、これほど優しく触れることはできないだろうと思われるやり方で、瑪瑙は肉球を撫でた。少しずつ脚の震えは治まっていった。

「さあ、お願いだから、ちょっとの間、我慢して」

少し落ち着いたのを見計らってから瑪瑙は前脚をつかみ、引っ張ったり逆に外へ押し出そうとしたりしたが、体が伸び縮みするばかりで何の効果もなかった。無理をすればするほど煉瓦の先がより深く首に食い込み、鳴き声は悲鳴に近くなっていった。

カエサルを助けるためには壁の外から引きずり出すしかないと決心した瑪瑙は、裏門へ急いだ。途中、泉のそばでつまずき、城砦が崩れたのにも気づかなかった。一刻も早くという、ただそのことばかりを思い、今まで何度か繰り返したとおりの手順で落ち葉をかき分け、扉のノブを回した。

壁の中より、外側はずっと光がまぶしい。瑪瑙は思わず目を細める。それから迷いなく、せせらぎの出口につながる林の方へ走ってゆく。カエサルのいる場所だけを見つめ、一度も振り返らない。

「坊や」

最初に話し掛けられた時、瑪瑙はそれが自分を呼ぶための言葉だとは気づかなかった。ただ声の大きさにびっくりするばかりで、その意味を理解するゆとりがなかった。ジョー以外の他人の声を耳にするのは、物心ついてから初めてだった。

「こんなところで何をしているの？」

瑪瑙の戸惑いになどお構いなくその人は更に顔を近づけてきた。ママより歳を取った、太った女の人だった。どんなに表情が柔らかくても、言葉遣いが丁寧でも、大きな声であることがすべてを台無しにしていた。

「お名前は、坊や」

なぜ彼女が自分の名前を知りたがるのか見当もつかず、瑪瑙は背中を壁に押し当て、肩をすぼめた。体を小さくしていれば、その人もまた小さな声で話してくれるかもしれない、というかのようだった。

「恐がらないでね。どうかお名前を教えて頂戴」

瑪瑙は胸元の小石を握った。これが僕の名前です。これが僕です。掌にはまだ、ついさっき穴から助け出してやったばかりのカエサルの温もりが残っていた。

「お口はきける？」

その人は手をのばし、瑪瑙の肩をつかもうとした。とっさに瑪瑙は後ずさりした。あなたは国際逆子連盟の人ですか？　きっとそうなんですね。いつかオパールが言っていたとおりに……。

しかし瑪瑙の言葉は何一つ、その人の耳に届いてはいなかった。


琥珀は待った。どんなわずかな気配でも、気づけばすぐそちらに向かって微笑が返せるよう、手すりにもたれて耳を澄ませ、木立の奥に目を凝らした。枝の影が揺れるだけではっとして身を乗り出し、床の軋む音がするたび、振り返って居間を見やった。しかしいつでも彼の予感は報われなかった。影が動くのは風と小鳥のせいでしかなく、オルガンの椅子はずっと空いたままだった。

心を鎮めるため、深呼吸をし、人差し指でこめかみを撫でた。平気だ。自分に言い含めるように琥珀はつぶやいた。自分は待つことに慣れていないだけだ。ジョーは決まった日時に姿を現す。ママは毎日勤務表のとおりに帰ってくる。書斎の本棚ではオパールが、琥珀の到着を待ちわびて腕をのばしてくれている。だから自分は本当の意味で誰かを待ったことがなくて、つい大げさに考えすぎているんだ。そもそも、何を心配する必要があるだろうか。オパールがいて、瑪瑙がいて、自分がいる。もうすぐママの仕事も終わる。これ以上に当たり前なことなど、他にないではないか。

太陽が沈むのに合わせ、どんどん木立の暗がりは広がってゆき、左目に必要な光はもうわずかしか残っていなかった。庭も家の中も静かなままだった。十分に慣れ親しんでいるはずのその静けさが、全身を押し潰そうとしていた。琥珀は瞬きを繰り返し、闇を追いやり、無理矢理左目に幻を映し出した。

幹の間にピンク色のリボンがちらちら見え隠れしはじめたかと思うと、不意にそれは宙で翻り、次の瞬間にはオパールが欅の梢から舞い降りてくる。ジョーの姿は消えている。随分長く踊っているはずなのにオパールは少しも疲れていない。それどころか黒い影から解放され、いつもの一人の踊りに戻っていっそう勢いづいているように見える。ジャンプはふわりと軽く、ターンには切れがある。小石も胸元でハミングするように弾んでいる。思わず琥珀が手を振ると、ちゃんと見ててね、とでもいうように見事な高さで泥炭地を飛び越える。白い両脚が、宙に真っ直ぐ一本の線を描く。小石のハミングに合わせてオルガンがメロディーを奏でる。いつの間に戻ってきたんだろう。琥珀が振り返ると、鍵盤の上で指を滑らせながら、瑪瑙は恥ずかしそうにウインクを返す。鬣にまた仔猫の毛をくっつけている。いよいよ踊りはフィナーレを迎える。それはミモザの下と決まっている。バレリーナを賛美し抱擁するように垂れ下がる枝の中で、オパールは膝をつき、スカートの裾を持ち上げ、深々とお辞儀をする。オルガンが最後の一音を鳴らす。オパールの胸は上下し、頰は熱を帯び、汗で濡れた首筋には後れ毛が張りついている。琥珀は拍手をする。それを合図に一筋風が吹き抜け、黄色い花がオパールに降り注ぐ。

琥珀は目を閉じた。あっという間に幻は消え失せ、左目の地層は夜に沈み、闇のかたまりになっていた。

琥珀はテラスを下り、庭をさ迷った。地面に残るバレエシューズの跡をたどっているうち、泉のほとりで、城砦が壊れているのに気づいた。瑪瑙がこつこつと築き上げ、いつしか彼が身を隠せるほどの大きさになろうとしていたそれは、土台から崩れ落ち、バランスを失った石たちが無残に散らばっていた。慌てて琥珀はひざまずき、石を積み直そうとしたが、暗すぎるからか、手が震えているせいなのか、いくらやっても上手くいかなかった。積み上げるそばからそれは足元に転げ落ちた。もはや城砦の名残はどこにもなく、ただ残骸が墓標のように、ひとかたまりになっているばかりだった。

「駄目だ。もうすぐママが帰ってくる」

ひっつき虫を投げる時間が、とうに過ぎようとしていた。琥珀はポケットに手を突っ込み、その日の分のひっつき虫がちゃんと入っているのを確かめてから、正門に向かって走った。煉瓦の壁に掌を当て、門扉にもたれて息が整うのをしばらく待った。林の上にうっすら、三日月が昇っていた。

門の向こう目掛けて振りかぶった時、小箱の中に琥珀はそれを見つけた。どんなに月の光が弱々しくても、見誤るはずがなかった。オパールの小石がそこにあった。いかにも慌しく、無造作に投げ込まれたという様子で、袋の中に入ったまま小箱の隅に転がり、革紐はもつれて取出し口に挟まっていた。いつも首に提げておくのよ。約束しましょうね、と言って指切りをしたはずの小石は、王冠が泥炭地の死体に被せられたのと同じように、小箱に埋葬されていた。

琥珀は図鑑を開いた。図鑑だけは何一つ変わりがなかった。懐かしいほどに親しみ深く、緻密でありながら大らかで、どこまでもどっしりとしていた。彼の居場所はそこにしかなかった。琥珀はそこに初めて、妹以外の人物、オパールと瑪瑙を描いた。ついさっきまで自分の目の前にあったはずの情景、庭で踊るオパールとオルガンで伴奏をする瑪瑙の姿をよみがえらせた。

二人は壁の外に出て行ったのではない。ここにいるのだ。初めて皆に妹を披露した時、瑪瑙が「ここに、隠れていたんだね」とささやいた夜のことを琥珀は思い出した。あの安堵に満ちた声が、くっきりと浮かび上がってきた。ようやくこれであの子も一人ぼっちではなくなった。庭を探しても無駄なのだ。彼らは図鑑の隅に、琥珀の手の中にいるのだから。

ママが帰ってきたのだろうか。廊下の向こうで物音がした。羽ばたくバレエシューズのリボン、鍵盤の上の指、真っ直ぐな髪、濡れた唇、歪んだ羽、左の耳。とにかく思いつく限りの瞬間を、ページをめくるのももどかしい思いで懸命に描いた。二人を歓迎してはしゃぐあの子のシロツメクサが、オパールのシューズより瑪瑙の唇よりもっと元気よく弾んでいた。子どもたちの名前を順番に呼ぶママの声が少しずつ近づいていた。琥珀は返事をしなかった。いけないよ、ママ、そんなに大きな声を出しては。それは一番重要な禁止事項じゃないか。普段なら二人揃って出迎えをする玄関も、夕食の用意が整っているはずの食堂も暗く冷え切り、明かりが灯っているのは書斎の机だけだった。いくら呼んでも返事は聞こえないよ。ママもよく知っているとおり、図鑑の中は無音だ。

どこかにぶつかったのか、何かを落としたのか、耳障りな物音が続いた。階段を駆け上がり、琥珀の頭上を歩き回る足音はどんどん不規則になり、不穏な響きを帯びていった。子ども部屋、納戸、洗面所、衣裳ダンス、おもちゃ箱、あらゆる扉が開け閉めされていた。その間もずっと琥珀は手を休めなかった。少しでも鉛筆を止めれば、オパールも瑪瑙も途端にページの間に取り残され、あやふやな影になってしまうのだから、中断するわけにはいかないのだった。泥炭地を飛び越えるオパールの脚も、聞こえない音を奏でる瑪瑙の指も休みなく動き続けていた。焦れば焦るほど手が強張り、思い通りの線が描けず、消しゴムを床に落としたりページを破いたり、失敗ばかりしていっそう鼓動が激しくなった。どうしようもなく息が苦しくなると、オパールと琥珀、首にぶら下げた二つの小石の袋を一緒に握って心を落ち着かせた。

「カーテンを……鎧戸を閉めるのです。家中の窓を全部……」

手伝ってあげられないよ、ママ。ぐずぐずしている暇はない。早くオパールと瑪瑙を図鑑に匿わなければ。テラスでずっと一人、待ち続けていたんだ。これ以上は我慢できない。もう、待ちくたびれてしまった。でもどうして一瞬をよみがえらせるのに、一ページ一ページ、こんなにもゆっくりとしか進めないのだろう。不思議だよ。ほんの一回、瞬きをする間だけのことなのに……。

その時、不意に呼び鈴が鳴った。手元を照らす明かりと、窓の向こうの暗闇を震わせながら、それはジリジリッ、ジリジリッと二度鳴り、少し間をあけてから再び、更に大きな音で響き渡った。とっさに琥珀は図鑑を抱えて机の下に身を隠した。膝を折り曲げ、背中を丸め、図鑑を胸に強く押し当ててできるだけ体を小さくしようとした。オパールと瑪瑙と、こういう時必ずしてきたとおりのことだった。無言の合図を送って体を寄せ合い、三人で一つになろうとする。三人の間に自然にできるあの子のための空洞を、一緒に包み込む。琥珀の胸と図鑑の間で、二つの小石が手をつなぎ合っている。

辛抱強く、容赦なく、呼び鈴は家中の空気を切り裂いている。どこまでも果てしがない。ママはどうしたのだろう。いつしか何の気配もしなくなったけれど。琥珀は図鑑を抱き締める手にいっそう力を込める。頬にオパールの髪が触れるのを、首筋に瑪瑙の息がかかるのを感じる。ひっつき虫の棘があの子の三つ編みになってゆくのが見える。オパールのお話が、瑪瑙の歌が聞こえてくる。自分の腕の中にすべてがそろっているのだと分かって安堵し、図鑑の地層に身を沈めてゆく。そこには何ものにも傷つけられない静けさが満ちあふれている。相変わらずただ呼び鈴だけが鳴り続けている。

11

今日は久々に『一瞬の展覧会』が催される。芸術の館ではしょっちゅう家族や近所の住人たちを招き、入居者の作品を披露する発表会やコンサートが開かれているのに、『一瞬の展覧会』の時にはなぜか、特別に心沸き立つ雰囲気が漂う。朝から皆、そわそわして開会の時を待つ。

残念ながら『一瞬の展覧会』はそう頻繁には開催できない。図鑑はあまりにも古く、綻びが目立っているからだ。ママとオパールと琥珀と瑪瑙によって数えきれないほどめくられてきたページは、変色し、反り返り、折り目がついたり破れたりしている。そうした危うさこそが、彼らが壁の内側に潜んでいた時間の濃密さを物語っている。

芸術の館の地下倉庫にはアンバー氏の作品である図鑑がすべて運び込まれているが、それらはただ並んでいるだけでは何の価値もない。例えばガラスケースに収め、どこかのページを開いて展示したとしても意味がない。アンバー氏の左目の世界をよみがえらせることができるのは、指先の魔法だけだ。

彼の作品は広い夜空にぽつんと取り残された、名前もついていない星屑に似ている。他のどんな星が放つ光とも交わらない場所で、誰に気づいてもらうためでもなく瞬いている。

だからこそ福祉施設からアンバー氏がここへ移ってくると決まった時、入居者たちは最初、戸惑いを見せた。かつて館に存在したどんな芸術とも似ていないスタイルに、警戒心を隠そうとしなかった。更には、彼のあまりに特異な生い立ちについて、あれこれ詮索する人々も少なからずいた。誰がどこで手に入れたのか、古い新聞や雑誌の記事のコピーが密かにサロンで回し読みされた。多くは母親の愚かさを非難し、子どもたちに同情を示す、代わり映えのしない内容だったが、たった一人、彼らを救出するきっかけを作った女性のインタビュー記事だけは、今でも印象に残っている。彼女が子どもの声を、ちゃんと意味のある魅力的なものとして描写していたからだ。それはもしかして、世界中にあふれる音のために捧げられる、慈悲深い伴奏のような声ではないのだろうか。私はまだ見ぬ芸術家について、そんな想像を巡らせた。初めてアンバー氏に話し掛けた時、自分の想像が報われるのを感じ、まるで目の前の人がたった今、壁の外側へ足を踏み出したばかりであるかのように、彼の手を握った。

『……担当する地区の水道メーターをすべて検針し終え、木陰で休憩しようと林の中に入った直後でした。坊やを発見したのは。

管理事務所を通して警察に連絡をしてもらった時は、これほど大事になるとは思ってもいませんでした。あの古びた別荘に、きょうだい一緒に六年八ヵ月もの間、しかも実の母親の手で監禁されていたなんて、どうして想像できるでしょうか。

背中まで届く長い髪を束ねているのを見て、最初は女の子かと勘違いしました。お嬢ちゃん、と声を掛けようとした寸前、仕草や洋服の感じでやっと男の子だと察知したのです。半ズボンは明らかに小さすぎてお尻を隠す程度の役にしか立っておらず、ほつれた糸がはみ出したシャツも寸足らずでした。毛玉だらけの白いタイツは泥水でびっしょりと濡れ、両手は傷だらけでした。

可哀想に、寒気のせいか怯えているせいか、微かに震えていました。背中を壁に押し当て、うな垂れている姿はまるで、体を小さく丸めていなければ、体温を奪われて死んでしまうと信じている、ひよこのようでした。何かの拍子に籠から出てしまったけれど、どうしていいのか分からずに震えている、あっという間にたやすく踏み潰されてしまう未熟な生きもの。そんな感じです。

その時、後ずさりする坊やの背後に奇妙な飾りがついているのを見つけました。お尻にくっつく丸い毛糸のボンボンと、背骨に沿って連なる、短く切り揃えられたビニール紐です。ボンボンは半分潰れかけ、ビニール紐は色あせ、ささくれ、風が吹くと淋しげな音を立ててさわさわとなびきました。そのくたびれた様子が、彼の姿をいっそう印象深いものにしていました。いったいあれは何の印だったのでしょう。不恰好で役立たずの飾りという以外、言葉が浮かびません。

何を尋ねても、なかなか答えは返ってきませんでした。耳が不自由なのではと、ここで二つめの勘違いをしたほどです。微笑みかけたり、体に触れたり、質問の仕方を工夫したりしているうちにようやく理解できました。口がきけないわけではない。ただひよこの鳴き声よりもずっと小さな声でしか話せないだけだ、と気づいたのです。

坊やの声を聞き取るためにはかなりの集中力を要しました。ちょっと風が吹いたり小鳥が飛び立ったりするだけで、かき消されてしまうのです。ほとんど吐息と変わりがありません。

にもかかわらず、恐怖のためにどうしようもなくそうなってしまう、といった不自然さがないのは不思議でした。卑屈でもなければ、うらぶれてもいない。ごく自然なのです。そこはかとない気品さえありました。小さすぎる衣裳をまとい、ボンボンとビニール紐で身を飾った、臆病だけれど可愛いこの坊やに相応しいのは、こういう声なのだ。そう思いました。

あんな喋り方をする人間には、かつて一度も会ったことがありません。林のどこかで妖精が、秘密の通信を交わしているかのようでした。そう、彼は妖精のように話すのです。それをキャッチできるのは、秘密を分かち合った誰かだけなのでしょう。そうでない者の耳に届くのは、言葉の意味など置き去りにされたあとの、微かな響きばかりです。

今頃坊やは元気にしているでしょうか。毎回、検針のたびにメーターを読んでいながら、その奥に三人の子どもが潜んでいたなどとは気づきもせず素通りしていた自分を、責めずにはいられません。十七歳のお姉さんは行方知れず。坊やは十四歳のお兄さんと一緒に施設に保護されたあと、一人だけ里子に出されたと噂に聞きました。一度、警察が庭を大掛かりに掘り返しているのを目にしました。お姉さんの行方についてお兄さんが、ママが殺して沼に埋めた、と証言したからだと、これも誰かが噂していましたが、本当のところは分かりません。結局、沼からはツルハシが一本出てきただけで、他には何も発見されなかったようです。

偶然、ほんの一瞬だけ、関わりを持ったに過ぎませんが、結果的に思いがけない役目を果たした身として、どうしても彼らを忘れることはできません。ましてや母親が、罪を償う間もなく自殺したのですから、なおさらです。警察が踏み込んだ時、たった一人残された坊やのお兄さんは、母親が階段の手すりで首を吊っているのにも気づかず、最後までママの言いつけを守って、机の下に隠れていたそうです。

坊やの声を思い出すと、今でも胸が疼きます。自分で再現できないのが残念です。耳にその響きがよみがえってくる時、何をしていようと手を止め、名前も知らない彼らのためにそっと祈りを捧げています……』

少しずつサロンに見学者が姿を現しはじめる。皆、普段よりおめかしをしている。私は展覧会がスタートするまで、ピアノを弾いて場を和ませるという役を仰せつかっている。けれど、これからはじまる展覧会に心奪われ、ピアノの音に気を留める人は誰もいない。ただ時折、サロンの入口で見学者を迎えながら、アンバー氏が目配せをしてくれる。それだけで私は十分に喜びを感じる。

すっかり用意は整っている。展覧会の準備は大してややこしくはない。サロンの中央にテーブルを置き、図鑑を数冊並べる。周りに見学者のための椅子を五脚配置する。これですべてだ。

図鑑は全部で十二冊並べられている。必ずアンバー氏が自ら用意する。図鑑の組合せと冊数は展覧会の都度変わるが、膨大な作品の中からどういう意図でそれらが選ばれるのか、理由はアンバー氏にしか分からない。彼の記憶の流れを示す大事な意味が隠れているのかもしれないし、ただ思いつきで、両腕に持てるだけのものを運んでくるのかもしれない。ただし、トップバッターの役割を果たす最初の一冊だけは、いつも決まっている。『こども理科図鑑』だ。これが選ばれないことは決してない。

だから『こども理科図鑑』は他の図鑑とは比べものにならないくらい傷んでいる。いつか朽ちて粉々になり、めくれるページの風とともに舞い上がって消えてしまうのではないかと、心配になるほどだ。

私もそれがどれほど特別な図鑑か、自分なりに知っている。アンバー氏が芸術の館に引っ越して間もない頃、図鑑の整理を手伝っていて偶然、その一冊に挟まっていた紙切れを見つけたのだ。

『……昨年、病死されました弟さんの遺言により、養父母様から言付かったお品、同封いたします。生前、生き別れたお兄様のことを気にかけ、いざという時にはこの小石を兄のもとに返してほしい、とのご遺志でした……』

養子縁組の斡旋機関から送られてきた、簡潔な書類だった。長くページの間で眠っていたらしく、すっかり変色していた。その時にはまだ私は、小石の意味も、それらが三つ、窓辺に並んでいるわけも、何も知らなかった。ただ『こども理科図鑑』が、その大切な通知をしまっておくのに最も相応しい一冊であり、その亡くなった弟さんが、検針員に発見された坊やなのだろうと、察しただけだった。

　おおよそ、図鑑は一冊めくるのに八秒くらいかかる。それが十二冊分で九十六秒、つまり一回の展示が一分三十六秒の計算になる。その一回分を共有できる最大人数はわずかに五人。壁の内側の書斎で、初めて彼が図鑑に施した秘密を披露した際の観客は、ママとオパールと瑪瑙の三人だったのだから、その時と人数はほとんど変わらない。図鑑の片隅に描かれた風景はとても小さく、またそこに潜む人たちは長い沈黙の地層に埋もれているので、大人数の視線にはとても耐えられないのだ。

　約束の時間になり、私は演奏を終える。ピアノの鳴り止む時が開始の合図と決まっている。いざ展覧会がはじまれば、ページのめくれる音以外、何も必要はなくなる。まず、最初の見学者が五人、椅子に腰掛ける。『一瞬の展覧会』には、挨拶も前口上もお辞儀もない。あまりにもさり気なくスタートするために、今眼前にあるそれこそが展覧会なのだと気づかない人さえいる。彼らは一つ息を吐き出し、瞬きをして目を潤し、体勢を整え直す。そうしてすぐに、一瞬の意味を知ることになる。しかしだからと言って、その呆気なさに文句をつける人はいない。ただ最後の図鑑が閉じられた時、一瞬よりもずっと長い時間が過ぎたような不思議な感触を味わうだけだ。

図鑑をめくるのはもちろんアンバー氏だ。十二冊並んだ図鑑を、一冊ずつ、端から順にめくってゆく。猫背にうつむく彼の姿は見学者たちの中に紛れてしまい、とても中心人物には見えない。図鑑にそのように精緻な細工を施した本人である事実さえ、半ば忘れられている。見学者たちはただひたすら、老人の指先に浮かび上がる世界だけに引き寄せられてゆく。

彼らは五人ずつ椅子に座り、九十六秒間の一瞬を過ごし、次の五人と交替する。あらかじめきちんと順番を決めているわけでもないのに、なぜかお互いスムーズに入れ替わることができる。図鑑がかもし出す静けさの前では、誰もが無言のやり取りを上手に送れるのかもしれない。椅子をがたがたさせたり、咳払いをしたり、ましてや感想をあれこれ口に出したりしないよう気をつけることもまた、暗黙のうちに了解し合っている。

私の番はなかなか巡ってこない。幾人もの人が脇をすり抜け、先に椅子に腰掛ける。無言と厳かさと秩序のせいか、少しずつ、葬儀の列に並んでいるような気持になってくる。列の先には死者がいて、皆が順々に花を捧げ、拝礼する。すすり泣きこそ聞こえないが、人々の胸の内は哀切さに満ちている。さっきまでピアノを弾いていた手がもう青白く冷たくなっているのを感じながら、私は自分の順番を待っている。

アンバー氏は飽きた様子を見せない。単純な動作の繰り返しにもかかわらず、最初から変わらないペースと丁寧さを保っている。大げさなことではないのです、本当にこれっぽっちのことなのです、とでもいうようにうつむいている。ページをめくればめくるほど、いっそう体は縮こまってゆく。壁の内側に潜んでいた頃を、体が思い出すからだろうか。それともこのまま自分も、図鑑の片隅、琥珀の地層に埋もれたいと願っているからだろうか。

ようやく私のための椅子の用意が整う。手をのばせばすぐ触れられるほどのところに、アンバー氏が座っている。テーブルの上には深い静けさが満ちている。その静けさの中に、図鑑がお行儀よく並んでいる。五人は知らず知らず息を殺し、身を乗り出し、胸の前で手を組む。最初の一冊、『こども理科図鑑』をアンバー氏が手に取る。まるでそれが自分の左目そのものであるかのように、表紙に指を這わせ、睫毛を伏せる。次の瞬間、彼が爪弾く風の音とともに、地層の奥から思いも寄らない光景が浮かび上がってくる。何度体験しても、初めての時のように私は、思わず「あっ」と声を上げそうになるのを懸命にこらえなければならない。

糸くずがもつれてひっつき虫になり、棘が三つ編みに編まれ、リボンが結ばれ、白い花が連なって首飾りになってゆく。次に瞬きをした時にはもうそこに、一番小さな末っ子が姿を現している。スカートの裾を摘まみ、どうしてもうれしくてそうせずにはいられない、といった様子で足元にのびる影と一緒にくるくる回転している。ページの風を受けて輪郭はにじんでいるのに、少しもあいまいではない。ウエーブを描いて膨らむ吊りスカートも、小気味のいいリズムを刻む踵も、肩の上で跳ねるリボンも、隅々まで溌剌としている。弾む息遣いまでが伝わってくる。奥行きも温もりもある。ようこそ図鑑の片隅へ、と言って私たちを歓迎しているのが分かる。途中からはそれが、ページとページに挟まれた空洞に納まるだけの、小さな世界であるのを忘れてしまう。

図鑑は二冊め、三冊め、と次々めくられてゆく。ふと気づくと、少女の影がどんどん濃くなっている。影に飲み込まれてしまうのではと心配がよぎるものの、少女の顔は朗らかなままで、影にさえその微笑の気配が映し出されている。やがて蛹のように影は膨らみ、十分に満たされ、切り目が入ったかと思うとそこから、ママが姿を見せる。きちんとしたスーツに革靴を履き、髪をカールさせ、頬紅を塗った、女優のように綺麗なママだ。ママのヒールが地面を踏むたび、そこからデージーが花を咲かせる。少女は花びらに顔を埋め、デージーの香りのする唇で、ママの頬にキスをする。ああ、こんなふうに誰かからキスしてもらえたらどんなに幸せだろうと思いながら私は、気づくと自分の頬に自分で触れている。そうしている間にも図鑑は次々とアンバー氏の手に渡り、瞬きと瞬きの間で影は揺らめき続け、その暗がりの中から、オパールが、次に瑪瑙が現れ出てくる。どこまでも水平な地層の奥に、眠り姫のように潜むオパールと、硬くて鋭利な結晶を抱えつつ時に馬のように自由に駆け出す瑪瑙。オパールは踊り、瑪瑙はオルガンを奏でる。小石はそれぞれ正しい持ち主の首にぶら下っている。あの子とママとオパールと瑪瑙、彼らはミモザの下に集合し、これ以上無理というほど近くに体を寄せ合い、一つになる。頭上を一陣の風が渦巻き、ミモザの花びらを散らす。皆の髪の毛が、羽が、鬣が黄色い飾りで彩られる。そして合唱がはじまる。オルガンの音色も歌声も、ページの風に隠れて私たちの耳には届いて来ない。ただ彼らだけに聞こえる歌が、図鑑の片隅に響いている。琥珀の指先がそれを包み、守っている。

小さな声の真実

大森静佳（歌人）

誰かの声に静かに耳をかたむけることは、それ自体がひとつの祈りなのだと思う。その意味で、『琥珀のまたたき』は、祈りの物語とも言える。主人公の琥珀は、幼くして死んでしまった妹の無言の声に耳を澄まし、妹の姿を図鑑の余白にパラパラ漫画のようなものとして蘇らせる。そして、過去を語る琥珀＝アンバー氏のささやくような声を、小川さんはその鋭敏な耳で聴こうとするのだ。声を聴く、という祈りの連鎖が、この物語には、すばらしく澄みきった色彩で描きだされている。

実は私は、この小説を読みすすめながら、長女オパールは私自身なのではないかというざわざわした気持ちに取り憑《つ》かれた。これは、私だ。すぐれた小説というのは、読者にそういう思いを抱かせることがある。

小川さんの作品には兄弟、姉妹がしばしば登場するが、オパール、琥珀、瑪瑙はさらに濃密にお互いの魂を寄せあった、いわば三人でひとつのような存在だ。私も、オパールと同じく下に二人の弟を持つ長女として育ち、オパールが行方をくらましたのと同じくらいの歳で、弟たちを残して実家を出た。だから、直接には書かれていないオパールの葛藤を想像してしまうし、琥珀のことは、弟を見るようなまなざしで見てしまう。

弟たちのことを思うと、胸に蘇《よみがえ》ってくる記憶がある。休日にどこか出かけるとき、私たち三人姉弟はいつも車の後部座席に並んで座り、車がトンネルにさしかかると、あるゲームを楽しんだ。それは、トンネルに入って出るまでの間、三人それぞれが心のなかで数をかぞえ、トンネルを抜けた瞬間にその数字を言い合うという至極シンプルな遊びである。三人の数字が揃ったら成功、ずれたら失敗。目を合わせずにテンポを揃えることはとても難しく、結局完璧に成功したことはなかった。

今思えば何が面白いのかわからないが、試しても試しても微妙に数がずれるのがだんだん楽しくなってくるのか、三人でずっとけたけた笑っていた。そういう、ちょっと幸福な、遠い記憶。

あまりにもその遊びをやりすぎたため、今でもトンネルの暗闇に入ったとたん、私の心は無意識のうちに数をかぞえはじめる。いち、に、さん……そして、もう今は一人なのだ、弟たちとは離ればなれなのだと気づいて、心が海のように暗くあかるく、しんとする。

子どもは、いつどこにいても自由自在に遊びを考えつく。母親から家の外に出ることを一切禁じられた『琥珀のまたたき』の姉弟たちもまた、書斎にあるたくさんの図鑑を使って、「オリンピックごっこ」や「事情ごっこ」という自分たちで発明した遊びに興じる。この遊びがまたとびきり斬新で、自分でも試してみたくてわくわくするようなものなのだ。三人それぞれが個性と能力をいきいきと発揮する様子が純粋に愛らしく、また頼もしく、大好きな場面である。

弟たちと別れたあと行方知れずのオパールが、もしどこかで、ひっそりと過去を振り返るとしたら、きっとこの遊びの場面の昂揚《こうよう》感をまっさきに思い出すに違いない。何となく、そんな気がする。

幼い末娘を失った衝撃から立ち直れないまま、残った三人の子どもを守ることを固く決意した母親は、まず子どもたちから本当の「名前」を奪う。そして彼らには、図鑑のなかからオパール、琥珀、瑪瑙という新しい名前がつけられた。

閉ざされた暮らしのなかで、どんなにあたたかく身を寄せあっても埋められない「空洞」を抱えながら、一家は生きる。空洞、すなわち不在。死んだ末妹がひとつめの空洞、そして特に母親にとっては、自分たちを捨てて消えてしまった夫が、ふたつめの空洞かもしれない。

その二つの空洞をひととき慰める場所として、図鑑は存在している。琥珀の特別な左目だけに映る末妹が、図鑑の余白で元気に動きだし、しかも、その図鑑はもともと、琥珀たちの父親がつくった図鑑なのだから。

たくさんの図鑑とともに、楽しく規則正しい毎日を送る琥珀たち。外にはおそろしい「魔犬」がいるからと言って、ツルハシを担いで仕事へ行く母親。小さな王国のように満ちたりた日々に、崩壊の兆しがあらわれはじめるのは、オパールが、いつも頭に載せていた王冠を庭に沈め、夜、弟たちと一緒ではなく一人で眠るようになった頃だろうか。

おそらく母親の心の時間は、末娘を亡くしたあの日で止まっているのだろう。琥珀たちの誕生日を祝わず、身体のサイズに合わない小さな服ばかりを着せて、まるで永遠に子どもでいてほしいみたいだ。でも、歳月はたしかに流れ、オパールも琥珀も瑪瑙も、日に日に成長するばかり。ほんの少しずつ、家のなかの均衡が崩れてゆく過程を、読者である私たちは息をつめて見守ることとなる。

『琥珀のまたたき』は、琥珀たちの王国が崩れ去るまでを語る〈過去〉パートに、アンバー氏を、同じ施設で暮らす「私」の視点から見つめる〈現在〉パートを織り交ぜながら進んでゆく。アンバーは、琥珀の英語名。この小説では、おそらく名前というのも一つの大切な鍵になっている。

アンバーが琥珀の、外の世界での名前だとしたら（もちろん、さらにそれとは別に本名があったはずだが、それは琥珀自身にも思い出せない）、オパールはなぜ一人だけ、最初から英語の名前を持っていたのだろうか。一番年長だったために、外の世界での暮らしをはっきり覚えていたオパール。手紙に憧れ、からっぽの郵便受けを毎日覗いていたオパール。やがて、誰にも秘密で、外の世界の住人であるよろず屋ジョーと手紙のやり取りを始めたオパール。オパールという名前の不思議に、そして、オパールがひそかに抱いていたかもしれない希望や憧れに、私は立ちどまってしまう。

小川さんご自身がたびたび語っているように、小川さんの文学的原体験に『アンネの日記』がある。隠れ家という遮断された場所で、彼女は日記に日々の感情を解き放ち、ひととき心の自由を楽しんだ。その姿はやっぱり、図鑑のなかで遊び、図鑑を愛したオパールや琥珀たちと重なってくる。しかし、アンネの日記が「キティ」という名前を持っていたのに対し、図鑑のなかの妹には、どうやら名前がない。ただ、「あの子」としか呼ばれない。

この小説において、「名前」が持つであろう意味の大きさにおののきつつ、最後に私は、琥珀の一生について考えなければならないだろう。

彼の左目は、外の世界を見るためではなく、琥珀の奥を見つめるためにある。

琥珀は、数千万年前の樹液が地層の奥深くに固まった化石で、ときにはその内部に、大昔の昆虫や植物などを美しく閉じ込めていることもある。

琥珀の左目も、そうなのだ。そこには、すでに失われたものがきらきらと保存されている。娘を失った悲しみに暮れる母親を喜ばせるために、琥珀はまばたきのたびに見える妹の幻を描き続けた。琥珀ではなくアンバー氏として、一人で暮らすようになってからも、彼はずっと母親の言いつけを忠実に守って、「魔犬」に聞こえない小さな声で喋り、図鑑の余白に妹を、そして家族の姿をいきいきと蘇らせる。でも、絵を喜んでくれる家族は、もういない。アンバー氏はひたすら純粋に、自分の心のためだけにその絵を描き続けている。

それが、母親を、そして家族を心から愛した琥珀＝アンバー氏にとっての真実なのだ。その真剣すぎる営為を、痛ましいだとか、不幸だとか、孤独だとか、外から一面的に決めつける権利は誰にもない。

オパールにはオパールの、瑪瑙には瑪瑙の、それぞれ大切な真実がある。末娘を亡くした苦悩からついに癒されることのなかった母親や、アンバー氏に想いを寄せる

「私」や、さらには琥珀たちを「監禁」生活から「救出」した女性にも、それぞれの視点から見える真実があるだろう。

小川さんはそのうちの一つとして否定せず、糾弾せず、ただ、そのなかで一番声の小さな、琥珀の声に耳を寄せている。声の大きいひとの言うことが広く「真実」にされてしまいがちなこの現実において、『琥珀のまたたき』のような物語に耳を澄ませる時間が、どれほど貴重で、愛おしいか。この小説を読んで、私はまた少し、人間を、そして物語というものを好きになった気がする。

この作品は二〇一五年九月に小社より刊行されました。

|著者| 小川洋子　岡山市生まれ。早稲田大学文学部卒。1988年「揚羽蝶が壊れる時」で海燕新人文学賞を受賞。'91年「妊娠カレンダー」で芥川賞、2004年『博士の愛した数式』で読売文学賞、本屋大賞、同年『ブラフマンの埋葬』で泉鏡花賞、'06年『ミーナの行進』で谷崎潤一郎賞、'13年『ことり』で芸術選奨文部科学大臣賞を受賞。著書に『密やかな結晶』『猫を抱いて象と泳ぐ』『人質の朗読会』『最果てアーケード』『不時着する流星たち』『口笛の上手な白雪姫』などがある。

琥珀《こはく》のまたたき
小川洋子《おがわようこ》
© Yoko Ogawa 2018

講談社文庫
定価はカバーに
表示してあります

2018年12月14日第１刷発行

発行者――渡瀬昌彦
発行所――株式会社　講談社
東京都文京区音羽2-12-21　〒112-8001
電話　出版　(03)　5395-3510
　　　販売　(03)　5395-5817
　　　業務　(03)　5395-3615

デザイン―菊地信義
製版―――凸版印刷株式会社
印刷―――凸版印刷株式会社
製本―――株式会社若林製本工場

Printed in Japan

落丁本・乱丁本は購入書店名を明記のうえ、小社業務あてにお送りください。送料は小社負担にてお取替えします。なお、この本の内容についてのお問い合わせは講談社文庫あてにお願いいたします。
本書のコピー、スキャン、デジタル化等の無断複製は著作権法上での例外を除き禁じられています。本書を代行業者等の第三者に依頼してスキャンやデジタル化することはたとえ個人や家庭内の利用でも著作権法違反です。

ISBN978-4-06-513996-7

講談社文庫刊行の辞

二十一世紀の到来を目睫に望みながら、われわれはいま、人類史上かつて例を見ない巨大な転換期をむかえようとしている。

世界も、日本も、激動の予兆に対する期待とおののきを内に蔵して、未知の時代に歩み入ろうとしている。このときにあたり、創業の人野間清治の「ナショナル・エデュケイター」への志を現代に甦らせようと意図して、われわれはここに古今の文芸作品はいうまでもなく、ひろく人文・社会・自然の諸科学から東西の名著を網羅する、新しい綜合文庫の発刊を決意した。

激動の転換期はまた断絶の時代である。われわれは戦後二十五年間の出版文化のありかたへの深い反省をこめて、この断絶の時代にあえて人間的な持続を求めようとする。いたずらに浮薄な商業主義のあだ花を追い求めることなく、長期にわたって良書に生命をあたえようとつとめるところにしか、今後の出版文化の真の繁栄はあり得ないと信じるからである。

同時にわれわれはこの綜合文庫の刊行を通じて、人文・社会・自然の諸科学が、結局人間の学にほかならないことを立証しようと願っている。かつて知識とは、「汝自身を知る」ことにつきていた。現代社会の瑣末な情報の氾濫のなかから、力強い知識の源泉を掘り起し、技術文明のただなかに、生きた人間の姿を復活させること。それこそわれわれの切なる希求である。

われわれは権威に盲従せず、俗流に媚びることなく、渾然一体となって日本の「草の根」をかたちづくる若く新しい世代の人々に、心をこめてこの新しい綜合文庫をおくり届けたい。それは知識の泉であるとともに感受性のふるさとであり、もっとも有機的に組織され、社会に開かれた万人のための大学をめざしている。大方の支援と協力を衷心より切望してやまない。

一九七一年七月

野間省一

講談社文庫 最新刊

上田秀人
分断
〈百万石の留守居役(十二)〉
岳父本多政長が幕府に召喚され、急遽江戸に向かうことになった数馬だが。〈文庫書下ろし〉

パトリシア・コーンウェル
池田真紀子 訳
烙印 (上)(下)
最高難度の事件に挑む比類なき検屍ミステリー。検屍官シリーズ2年ぶり待望の最新刊！

小川洋子
琥珀のまたたき
隔絶された別荘、家族の奇妙な生活は永遠に続くはずだった。切なくもいびつな幸福の物語。

井上真偽
恋と禁忌の述語論理《プレディケット》
解決した殺人事件の推理を次々ひっくり返す、名探偵にとって脅威の美人数理論理学者登場。

三浦朱門
曽野綾子
夫婦のルール
90歳と85歳の作家夫婦が明かす夫婦関係の極意とは？　ベストセラー『夫の後始末』の原点。

マイクル・コナリー
古沢嘉通 訳
贖罪の街 (上)(下)
LAハードボイルド史上最強の異母兄弟、刑事ボッシュと弁護士ハラーがタッグを組んだ！

江國香織 ほか
100万分の1回のねこ
佐野洋子のロングセラー絵本『100万回生きたねこ』に捧げる13人の作家や画家の短篇集。

マキタスポーツ
〈決定版〉
一億総ツッコミ時代
SNSも日常生活も「ツッコミ過多」で息苦しい日々。気楽に生きるヒント満載の指南書。

講談社文庫 ✽ 最新刊

森 博嗣
月夜のサラサーテ
〈The cream of the notes 7〉
森博嗣は理屈っぽいというが本当か。ベストセラ作家の大人気エッセイ！〈文庫書下ろし〉

赤神 諒
神遊の城
足利将軍の遠征軍を甲賀忍者が迎え撃つ。愛と野望と忍術が交錯！〈文庫書下ろし〉

周木 律
鏡面堂の殺人
〈～Theory of Relativity～〉
すべての事件《ものがたり》はここから始まった。原点となった鏡の館が映す過去と現在。〈文庫書下ろし〉

安西水丸
東京美女散歩
日本橋、青山、門前仲町、両国。美女を横目に歩いて描いた、愛しの「東京」の佇《たたず》まい。

田牧大和
錠前破り、銀太 首魁《しゅかい》
因縁の『三日月会』の首魁を炙《あぶ》り出した銀太、秀次兄弟。クライマックス！〈文庫書下ろし〉

滝口悠生
愛と人生
「男はつらいよ」の世界を小説にして絶賛された表題作を含む、野間文芸新人賞受賞作。

本格ミステリ作家クラブ・編
ベスト本格ミステリTOP5
〈短編傑作選001〉
愛《いと》しくも切ない世界最高峰の本ミス！ 人生の転機に読みたい！ 歌野晶午他歴史的名作。